LES PETITS CAILLOUX

Mémoires d'un instituteur

GEORGES LOPEZ

Les Petits Cailloux

Mémoires d'un instituteur

STOCK

ISBN : 2-253-11744-7 – 1re publication – LGF
ISBN : 978-2-253-11744-5 – 1re publication – LGF

À Joachim et Andréa.
À tous mes élèves.

À Bénédicte pour son précieux soutien.

Prologue

> « Quand la démangeaison d'écrire saisit un homme, rien ne peut le guérir que le grattement de la plume. »
>
> Proverbe irlandais.

Ce samedi matin de juin 2002 vient de sonner le glas de ma carrière d'instituteur. Toute dernière classe à Saint-Étienne-sur-Usson, paisible village du Livradois, dans le Puy-de-Dôme. Début des grandes vacances. Un parfum d'herbe fraîchement coupée flotte dans l'air calme de ce nouvel été. Le soleil entre par les croisées grandes ouvertes et caresse chaque pupitre.

Dès que le dernier des plus petits franchit le grand portail d'entrée, je ne peux contenir l'émotion que j'ai sentie monter en moi au fil des heures de classe. Je me sens comme un enfant abandonné. En quelques instants, je vois ressurgir le souvenir de ceux que j'ai accompagnés au cours de toutes ces années scolaires et qui, de temps en temps, me font une visite ou m'adressent un message.

Plus de trente-cinq ans de bonheur parmi les enfants,

dont vingt et un en classe unique. Ultime sortie des élèves heureux de partir en vacances. Cris de joie et d'allégresse pour eux et douleur à peine contenue pour moi. Il en fut ainsi à chaque grand départ. La séparation a toujours été difficile.

Je mesure le travail accompli, les heures passées de jour comme de nuit à ma table, les moments de doute, de vide pédagogique, mais aussi de satisfaction devant les plus modestes réussites des élèves. Je me sens heureux des relations tissées avec mes aides-éducatrices – Catherine et Tatiana –, avec Chantal, Françoise et Thierry, certains de mes collègues, avec ma conseillère pédagogique et amie Mireille, les inspecteurs si souvent décriés mais dont je n'eus moi-même jamais à me plaindre, et les parents qui m'ont toujours honoré de leur confiance.

Finies, ces riches heures passées auprès de chacun, à guider un geste malhabile, à réconforter, à encourager, à gronder aussi, parfois. Finies, les balades en forêt du temps des primevères jusqu'à celui des blancs sapins. Combien de temps encore les murmures et les chuchotements des enfants en classe ou leurs cris dans la cour de récréation résonneront-ils à mes oreilles ? Que deviendront : Nathalie, silencieuse, à peine sortie de sa coquille à presque douze ans ? Olivier, si volontaire, qui lutte contre la fatalité familiale ? Julien, fort comme un Turc et au cœur si généreux ? Jonathan, taciturne et coléreux, trop tôt perturbé dans sa jeune vie ? Guillaume, secret, un peu indolent, mais si capable de réussir ? Quel sera ton destin, Axel, si timide et inattendu dans tes remarques et tes émotions soudaines ? Je me souviens comme, en guise de bonjour, tu criais : « Le maître ! » dès que tu rentrais en courant dans la cour. Que feras-tu, Laura, si sage et appliquée ? Aurai-je réussi à te redonner confiance en la vie, toi qui souffres de la présence bouillonnante de ton petit frère Johan, devenu soudain célèbre sous le diminutif de Jojo ? Apprendrez-vous à bien lire : Jessie, Marie et Létitia qui voulez devenir maîtresses à votre tour ? Et vous, Thomas, Léa, Océane, Agnès, Valentin que j'ai si peu connus et à qui, lâchement, je crois, je n'ai pas trop voulu m'attacher pour moins souffrir, grandirez-vous ici dans le calme et la sérénité ? Faites tous bon voyage.

C'est fini, il n'y aura plus d'autre rentrée pour moi. Dans cette école, dans cette classe, dans ce logement de fonction, quelqu'un me remplacera bientôt et tout basculera. L'éclatante énergie, l'âme de ces lieux vont changer, j'en suis sûr. J'écoute le silence devenu oppressant. Discrète et respectueuse comme je connais peu de gens, Francine, mon amie, tout aussi émue, est là, près de la porte, et je peux dans ses bras laisser exulter mon désespoir.

L'après-midi même, les parents fêtent mon départ. La population du village est invitée. Moments chaleureux et émouvants. Ma vieille amie Yvette est parmi eux. Malgré son grand âge, et pour être sûre d'être à l'heure, elle a quitté à pied sa maison lointaine dès le matin. Marcel, l'agriculteur vannier, est venu lui aussi, son cadeau à la main : c'est un magnifique « paillat » de sa fabrication, une corbeille à pain en paille de seigle tressée. Le maire fait une très brève apparition, fort remarquée ! Je ne peux m'empêcher de songer aux heures nocturnes que j'ai passées au secrétariat de mairie et qui ont fait dire à plus d'un que j'oubliais souvent d'éteindre la lumière. Ainsi vont l'inconstance et la mémoire de certains !

Les parents et les enfants donnent un spectacle en mon honneur et m'offrent de la part de tous un superbe ordinateur portable. C'est l'occasion pour moi de remercier cette assemblée. Des regards heureux et entendus s'éclairent et des têtes se baissent. Je n'ai de leçon à donner à personne. J'exprime seulement ce que j'ai essayé de transmettre aux enfants au cours de toutes ces années en même temps que les matières dites scolaires : la tolérance, le respect de l'autre, et la générosité. Je dis aussi ma consternation de voir ces valeurs s'en aller dans un monde sans repères et sans buts, excepté ceux de la rentabilité et de l'hégémonie.

Comme maintes fois auparavant, nous faisons la fête autour d'une bonne table préparée par les parents. C'est l'occasion d'expliquer nos comportements mutuels et nos incompréhensions. J'ai parfois été trop direct, tandis qu'eux n'ont pas osé me parler plus ouvertement parce que j'étais l'instituteur. Mon départ nous libère de notre relation trop formelle. Certains, qui n'ont jamais osé le faire, s'enhardissent à me tutoyer. Les discussions sont franches.

Un peu plus tard dans la soirée, le père d'un élève me lance le défi de faire une dernière dictée avec les parents. Je le prends au mot en ouvrant au hasard *300 dictées au cours moyen* et je tombe sur quelques lignes de Saint-Exupéry. Très sérieux, j'opère comme d'ordinaire. De la même façon qu'avec leurs enfants, j'indique, ici ou là, la prudence devant une difficulté. À la demande générale, pour bien jouer mon rôle tout en rappelant une autre époque, je saisis même une grande règle en ébène qui n'atteint, bien évidemment, personne car le bois précieux, à l'encontre du chêne, reste noble jusqu'au bout : il ne plie pas et ne rompt pas davantage. Tous s'exécutent de bonne grâce. Quelques-uns s'appliquent comme s'ils étaient heureux de retourner à l'école pour un moment. D'autres jouent les cancres et copient sur le voisin. On croira aisément que tous veulent connaître le résultat de leur effort. Je note donc les travaux et rends les copies, comme toujours sans comparer les résultats des uns et des autres. Moment peuplé de rires où les enfants, qui n'ont pas bronché depuis le début, insistent auprès de leurs parents pour connaître leur note : c'est justice !

À une heure avancée de la nuit, nous sommes là, comme une grande famille qui a du mal à se séparer. Je songe alors à mes collègues qui se privent de ces occasions-là par crainte de voir tomber la distance « nécessaire » entre eux et les familles de leurs élèves.

Les derniers partis, je reste assis sur les marches de l'entrée, comme je l'ai fait tant de fois à la veille des vacances d'été. Le plus souvent, je m'y installais, en fin de journée, pour me ressourcer après le départ des écoliers, avant de me remettre au travail. C'était une pause nécessaire, le moment de repenser à ce que nous avions fait, au comportement des enfants, à leurs difficultés. Inquiétude pour celui-ci qui ne fixe pas son attention. Que veut dire cette agressivité soudaine chez tel autre ? Pourquoi cette mine triste tout au long de la journée ? Et ce mutisme inquiétant qui ne disparaît pas ? Les bâillements de celle-ci prouvent-ils qu'elle ne dort pas suffisamment ? Il faudra en parler à ses parents avec délicatesse car ils ne s'en sont sans doute pas aperçu. Peut-être devrai-je être plus ferme, car je les ai déjà alertés maintes fois. Certains, en s'excusant, me remercieront et seront plus attentifs à l'avenir, tandis que d'autres s'en moqueront royalement et je lirai dans leur regard : « De quoi se mêle-t-il ? »

On m'a d'ailleurs souvent reproché de trop me préoccuper de la vie de mes élèves au sein de leur famille et de ne pas me contenter de faire la classe tout simplement. Mais éduquer n'est pas un acte aussi simple et ne se résume nullement à enseigner des matières scolaires.

L'instituteur n'est-il pas là aussi pour guider l'enfant le long des méandres d'un fleuve naissant qui le porte, tantôt tranquille, parfois tumultueux, vers une vie que l'on souhaite la plus harmonieuse possible ? « Cela ne te regarde pas ! », « Ce n'est pas ton travail ! », « Contente-toi de faire la classe ». Combien de fois, comme un reproche, ces mots ont-ils jailli de la bouche de collègues ! Je suis toujours resté sourd à leur réprobation et, aujourd'hui, j'en suis heureux. Les angoisses d'un enfant sont toujours à considérer avec sérieux avant qu'elles ne s'amplifient, même si elles sont nées dans son imaginaire. Avec beaucoup d'amour et de patience, il faut prendre le temps de parler pour qu'il exprime ses soucis, ses tracas et surtout ses peurs. Rester de marbre devant l'angoisse et la traiter avec légèreté en se disant : « Ça passera », se mettre en colère parce qu'on ne comprend pas, ou encore se laisser gagner par le trouble sont autant d'attitudes erronées que nous pouvons adopter quand nous sommes incapables de prendre du recul par rapport à nos propres émotions. Il faut au contraire, par le questionnement, prêter attention à ce que l'enfant nous montre, pour qu'il sache que ce qu'il manifeste est digne d'intérêt, pour mieux comprendre ce qui a généré ce trouble et vider l'abcès qui empoisonne.

Le jour pointe sur les monts du Livradois, les merles commencent leur chahut espiègle dans la fraîcheur matinale. Le pays de Saint-Germain-l'Herm s'éclaire puis le rideau se lève doucement sur Le Vernet-la-Varenne, le bois de la Garde et la cour désertée. Je frissonne. Comme tant de fois dans ma vie, la solitude vient me tourmenter et me fouetter le cœur. Je me rends compte que, depuis mon premier engouement pour l'école jusqu'à ce départ pourtant librement consenti, je n'ai pas beaucoup pensé à moi.

La porte de la classe est restée grande ouverte. Les tortues encore ensommeillées et les poissons dans leur apparente insomnie ajoutent au silence. Les rideaux tirés font une douce pénombre. La fraîcheur de la nuit vient d'emporter les derniers effluves enfantins. Sans même m'en rendre compte, je m'installe à ma table. Calme et douce, une petite voix commence à me parler de mon premier jour d'école, de mon pupitre, de mon cartable, de mon cahier et de ma plume violette. Sans me prévenir, elle vient de me ramener vers mon passé. Elle se fait soudain pressante, impérieuse. Au bout de ma nuit d'insomnie, j'entre dans un étrange état d'excitation. Je ne peux demeurer loin de moi plus longtemps. Au cœur de mon extrême solitude, toutes les choses viennent trouver leur nom dans le silence de ma chambre d'écriture. À la lumière de la langue enroulée sur elle-même, dans la spirale de ses phrases, au clair-obscur de ses parenthèses, à l'irisé de ses voyelles, je crains à tout moment qu'elle ne se rétracte et se dérobe à ma volonté, à mon besoin de vérité, comme un enfant apeuré va se cacher dans le jupon maternel. Au fil de l'encre, je laisse affleurer ces mots pour que, par eux, chacun puisse raviver sa source, égaler la beauté des choses.

1

« Tu commenças ta vie
Tout au bord d'un ruisseau
Tu vécus de ces bruits
Qui courent dans les roseaux
Qui montent des chemins
Que filtrent les taillis... »

Extrait de *Les Ronds dans l'eau*,
chanson de Françoise Hardy.

Joachim, mon père, vit le jour en 1912, à Las Cuevas de los Medinas, petit village troglodyte non loin d'Almeria l'Andalouse. Dernier-né des quatre enfants d'une famille d'ouvriers agricoles, il eut la chance d'aller à l'école jusqu'à l'âge de quatorze ans au village voisin d'El Alquian. Bon élève, il aurait aimé poursuivre des études comme son maître l'y encourageait, mais mon grand-père ne voulut rien entendre. Ce fut un « non » sans appel et mon père ne se révolta pas. Non loin de là, le Cortijo del Pino, immense propriété, appartenait à un riche Madrilène qui ne venait qu'une fois l'an. Ma famille entière y était employée. On prit Joachim comme chevrier. Toute la journée, il parcourait les collines avec ses bêtes et, lorsque le soir venait, dans les rues des villages environnants, de porte en porte, il distribuait le lait. Plus tard, mon père me raconterait qu'à la longue les chèvres que l'on dit si indisciplinées connaissaient chacune la maison où elles se prêtaient volontiers à la traite.

Il en fut ainsi jusqu'à ses dix-sept ans. Puis le travail manqua. Joachim quitta l'Andalousie avec son frère José et son beau-frère Juan, et foula pour la première fois le sol français pour être embauché dans une sucrerie du Loiret, à Pithiviers. Ses trois mois terminés, il regagna sa famille avec un petit pécule et, l'année suivante, c'est à la construction de la voie de chemin de fer entre Millau et Marvejols qu'il fut employé avec Juan. Cependant, ces séjours trop brefs leur permettaient peu l'apprentissage de notre langue que l'on dit si difficile pour les étrangers. Enfants, nous riions beaucoup lorsque mon père nous racontait comment ce brave Juan imitait la poule quand il voulait acheter des œufs chez les paysans du cru.

Son troisième voyage en France le conduisit, avec une équipe de saisonniers tous originaires d'El Alquian, au domaine du mas Camps, aux environs de Millas, dans ce pays catalan qui deviendrait bientôt son pays d'adoption.

Sa mère avait soigneusement garni sa valise de quelques chemises et pantalons, d'une vareuse bleue, de gilets et d'un peu de linge de corps.

Dures conditions de vie de l'ouvrier agricole, saisonnier, espagnol de surcroît, identiques à celles que connurent un peu plus tard les travailleurs algériens. Logements décrépits avec un foyer pour cuire la tambouille et quelques paillasses à même le sol pour laisser reposer le corps endolori durant quelques courtes heures. L'eau de la pompe ou du lavoir pour boire, faire sa toilette et laver le linge. Pour les besoins naturels, la nature était là et les feuilles de vigne aussi !

Tirés de leur sommeil avant le lever du jour, rasés devant un petit miroir accroché au mur, après un café et un morceau de pain, l'outil sur l'épaule, les voilà partis pour une rude journée, qui, après le repas de midi, une cigarette et un bref repos pour détendre leurs muscles douloureux, les verra revenir fourbus, couverts de poussière, la chemise collée aux épaules par la sueur, les bras pleins du travail accompli.

De janvier à fin octobre, du lever du jour au crépuscule, c'est au travail de la vigne qu'ils étaient employés. Après les labours, avec le *bigòs*, il fallait sarcler autour des ceps envahis de chiendent et de petits liserons. Le manche de l'outil se lisse peu à peu et la main devient calleuse. Les échines courbées, au long des rangées interminables, se redressent par moments pour soulager des reins devenus insensibles, tétanisés par l'effort. De temps en temps seulement et pas très longtemps non plus – car le régisseur n'est jamais très loin et veille à la bonne cadence qui contentera le patron auquel il rend des comptes en fin de semaine. Honte à qui reste trop souvent et trop longtemps debout, la main appuyée sur le bout du manche : c'est un *gandul*, un fainéant, et il jette le discrédit sur son équipe. Sa réputation sera faite et le suivra où qu'il aille. À sa demande d'embauche, l'employeur alléguera qu'il n'a pas assez de travail à offrir ou que ses équipes sont au complet. Dans le pire des cas, ses compatriotes le laisseront au pays lors de leur prochain voyage.

La période du sulfatage les voyait, dans un ballet incessant, aller d'un pas plus rapide des rangées de ceps déjà parés de feuilles d'un vert nouveau, tendre et fragile, au bord du ruisseau où était préparée la bouillie bordelaise. À l'aide de la *cassa* (une sorte de grosse casserole au bout d'un manche), une comporte était remplie d'une certaine quantité d'eau à laquelle étaient ajoutées les doses de sulfate de cuivre et de chaux nécessaires. La machine à sulfater, un instant posée sur une planche au-dessus de la comporte, était remplie avec une *cassa* plus petite d'une dizaine de litres de ce troublant mélange d'un vénéneux bleu turquoise. Chacun reprenait alors sa rangée, dispersant cette pluie préventive contre le mildiou ravageur et qui les bleuissait de la tête aux pieds. Cette opération avait lieu, une, deux ou trois fois avant la récolte, chaque fois que la maladie menaçait.

Dès la floraison, pour protéger la vigne, le soufre poudreux venait panacher le feuillage de jaune. Cette poudre s'immisçait partout et les yeux larmoyaient du matin au soir. Les vêtements encore bleus de sulfate prenaient alors une teinte verdâtre. Les visages pâlis, méconnaissables, semblaient avoir soudainement vieilli de plusieurs années et les traînées de sueur les rendaient encore plus étranges.

Ainsi, jusqu'au soir, jusqu'au signal du régisseur qui les libérait, les hommes allaient, riant et chantant, pour oublier leur fatigue et leur misère lointaine.

Le dimanche, méconnaissables dans leurs vêtements propres, ils allaient au village, Néfiach ou Millas, faire les provisions de la semaine et boire quelques verres au café. Pour certains, ces sorties étaient l'occasion d'essayer de trouver une fiancée, mais il arrivait souvent que, sur leur passage, les mères intiment à leurs filles de regagner le giron familial. « C'est des Espagnols, rentre tout de suite, ou sinon... ! » Les soirs de bal, en revanche, leur chance devenait plus certaine. Avec la complicité de la nuit, dans les recoins sombres et, curieusement, près de l'église, comme pour y chercher une bénédiction, nos expatriés finissaient par trouver une amoureuse éperdue ou une experte inconditionnelle du tempérament andalou. La barrière de la langue abolie, les corps parlaient d'eux-mêmes. Les désirs longtemps contenus sont peu amis de la prudence et certains, avant de partir, ont semé la vie et ne l'ont jamais su. Combien de filles, mariées dans l'année, ont scellé leur secret le jour de leur mariage avec celui qu'on leur a choisi pour éviter l'opprobre ? D'autres, trop jeunes pour être mères, auront connu les « faiseuses d'anges » et leur aiguille meurtrière. Celles qui auront assumé leur maternité seront filles-mères et subiront la vindicte publique dans toute la contrée. *Bordegàs* ou *bordegasse*, c'est ainsi que l'on nommera leur enfant. Bâtard ou bâtarde, il le restera pour des années.

Sur le retour, la campagne endormie résonnait de chants plus égrillards qu'à l'accoutumée. Il ne fallait cependant pas oublier de guider la démarche mal assurée de ceux qui, n'ayant pas trouvé de cavalière, avaient passé la soirée près du bar, mettant d'ailleurs en péril leurs économies. Quelques jeunes, au sang peut-être plus chaud, éclopés pour avoir réagi fièrement aux insultes des autochtones, échafaudaient déjà une expédition punitive. Les plus sages les ramenaient à la raison en évoquant les gendarmes qui pouvaient du jour au lendemain ruiner leur titre de séjour. La fin des vendanges sonnait le départ des saisonniers, et les mas devenaient soudain déserts, silencieux.

En 1933, Joachim ne vint pas en France car il devait satisfaire à ses obligations militaires dans le régiment d'artillerie à cheval aux écuries de Caravanchel, près de Madrid. De son premier emploi de palefrenier, il garda l'amour des chevaux et, grâce à cela, je ne le vis jamais malmener ou éreinter un cheval. Bien au contraire, et, même lorsque le travail pressait ou que le mauvais temps s'annonçait, il laissait reposer l'animal, lui parlait d'une voix rassurante en lui donnant quelques tapes affectueuses sur le cou ou sur la croupe. Au cours de la deuxième année, c'est d'un seul cheval qu'il s'occupa, celui de la femme du colonel dont il devint l'ordonnance. Est-ce à ce moment-là qu'il apprit à donner des tapes affectueuses ? Mon père ne s'en est jamais vanté. La colonelle l'aimait bien et, quand je revois le grand portrait qui trôna longtemps dans la chambre de mes parents, je la comprends aisément. Dans sa tenue de drap kaki, la poitrine barrée d'un baudrier, droit sans être au garde-à-vous, la main droite sur la boucle du ceinturon, il a le regard un peu lointain. Avec ses bonnes joues, son sourire à peine esquissé, sans barbe ni moustache, je lui trouve une fière allure.

Comme le service militaire touchait à sa fin, sa bonne conduite et son instruction lui valurent une invitation à poursuivre une carrière dans l'armée. Il refusa. Bien lui en prit car, un an plus tard et pour de trop longues années, hélas, l'histoire de l'Espagne connut des heures sombres sous la dictature d'un certain caudillo. On sait que les premières victimes de la répression nationaliste furent les militaires restés fidèles à la République.

Ainsi, son devoir républicain accompli, c'est avec

une carte de séjour en cours de validité que mon père reprit le chemin de la France avec son compatriote Mañas. Il était attendu au mas Fabre, que possédait aussi le propriétaire du mas Camps. Cette année-là, les choses se compliquèrent au poste-frontière de la Junquera où la police espagnole lui interdit le passage sans raison apparente. Il apprit par la suite que peu de saisonniers étaient acceptés en raison du chômage qui sévissait alors chez nous. Était-ce la vraie raison ou la volonté d'un policier trop zélé ? Mañas se chargea du baluchon de mon père et traversa seul la frontière. La nuit même, Joachim décida de passer clandestinement par la montagne pour éviter la garde civile. Lorsqu'il en parlait, il semblait revivre chaque fois la frayeur de cette terrible nuit d'orage où il se guida à la lueur des éclairs entre les chênes verts et les genêts épineux. Malencontreusement, il faillit se jeter dans la gueule du loup lorsque ses pas le conduisirent près d'un poste de guet. Les chiens de garde aboyèrent mais la pluie tombait si fort que les gardes civils entrebâillèrent la porte de leur cabane et la refermèrent aussitôt, croyant au passage d'une bête. Dans la matinée, après une nuit sans sommeil et trempé jusqu'aux os, échoué à Maureillas, près de Céret, il essaya de prendre le car pour Perpignan. Hélas, celui-ci venait de partir et c'est donc avec le fourgon de transport des messageries qu'il arriva tout près du mas.

Le logement qu'il trouva là était convenable. Une cuisine avec un évier et un foyer, de vraies chambres avec de vrais lits et des matelas plus confortables que les premières paillasses. Dès le lendemain, le travail commença. C'était là que vivaient mes futurs grands-parents. Mon grand-père ne tarda pas à voir en Joachim un solide gaillard, respectueux et poli, ne rechignant jamais à la tâche et ne se plaignant jamais. Certes, Joachim parlait peu, mais ce n'était pas pour lui déplaire car lui aussi était économe en paroles. C'est sans doute à eux deux que je dois cette double et belle hérédité !

Andréa, ma mère, avait vu le jour en 1918 à Saint-Cyprien, dans le Roussillon, pays natal de sa mère Anna et terre d'accueil de son père Joseph, venu de Murcie en Espagne. Elle aussi aimait l'école, qu'elle put fréquenter de sept à quatorze ans. Mais la joie de présenter ce fameux certificat d'études qui lui faisait tant envie lui fut refusée car elle était trop souvent absente pour aider ses parents. Elle se retrouva à travailler la terre comme le firent plus tard son frère Roger et sa sœur Francine. Quant aux travaux ménagers, elle y était rodée depuis son plus jeune âge.

Andréa trouva Joachim l'Andalou beau et intelligent. Elle aimait sa modestie et sa façon de parler. Il n'avait rien de commun avec ceux qui travaillaient au mas ou qu'elle apercevait en ville lorsqu'elle se rendait à Perpignan, dans le quartier de la Réal, chez les sœurs de Saint-Vincent-de-Paul, pour y apprendre à coudre, repriser et repasser. L'attirance était réciproque et mon père tomba sous le charme de cette jeune et belle Catalane qui parlait sa langue. On pouvait les voir aller au travail ensemble, revenir souriants et se séparer seulement devant le grand portail de la métairie. Le samedi, ils prenaient le même car pour aller faire les courses hebdomadaires, échappant ainsi à toute surveillance. Les amies de ma mère, bien qu'à peine plus âgées qu'elle, allaient déjà au bal en ville mais ma grand-mère, catégorique, refusait de laisser sortir sa fille.

Joachim acheta donc un phonographe et ses amis quelques disques. Les dimanches, au « pailler » transformé en salle de bal, les saisonniers, les bonnes et les lavandières des environs vinrent valser à en avoir le vertige et danser des paso doble endiablés ou des tangos langoureux.

La demande en mariage ne tarda pas mais se heurta à l'opposition formelle de ma grand-mère. Qu'à cela ne tienne, la décision fut vite prise : Andréa et Joachim partiraient en Andalousie si Anna persistait dans son refus. Joseph, lui, comprit très vite que sa fille, même mineure, suivrait son fiancé, d'autant que lui-même avait connu une situation identique avec sa première épouse.

L'expiration de la carte de séjour de mon père prévue pour la fin de l'année devint une échéance redoutable pour tous. Mon grand-père s'en ouvrit à M. Victor, le patron, qui le conduisit en ville au poste de police. « Le seul moyen pour que la carte de cet homme soit renouvelée, c'est qu'il se marie avec une Française. » Ces paroles scellèrent le destin de mon père – et le mien aussi ! Pour Joseph, soulagé, la chose était entendue car mon père lui convenait bien et ferait un bon mari pour sa *nine*, sa fille, mais il en allait autrement pour Anna, qui trouvait qu'à dix-sept ans Andréa était encore trop jeune pour se marier. De plus, cette fille qui leur serait enlevée était déjà une vaillante ouvrière agricole, non déclarée, comme c'était fréquent à cette époque, qui contribuait à faire vivre la maisonnée. Comme une adulte, elle faisait sa journée au mas, sarclait la vigne, vendangeait, ramassait les sarments et, le reste du temps, s'occupait de sa plus jeune sœur.

Novembre 1935, la mariée était en bleu marine. Longue robe de crêpe à manches gigot ourlées de dentelle. Plastron brodé rehaussé d'une composition de fleurs blanches crochetées. Cheveux courts bouclés sous un chapeau de feutre incliné. Gants brodés d'un galon blanc. Chaussures noires ornées d'une boucle argentée incrustée de brillants. Costume sombre droit, nœud papillon et gants noirs pour Joachim. Souriants, ils semblent sereins et réfléchis. Ce moment est à eux, la photo en témoigne. Loin des platitudes habituelles qui leur ont été sermonnées par le maire ou le curé, ils regardent vers leur avenir.

Leur maison était prête à les accueillir. Mon père avait meublé la chambre avec ses économies, mes grands-parents avaient acheté la table, les chaises, le buffet pour la cuisine et un peu de vaisselle. Les cadeaux offerts par le voisinage vinrent compléter l'équipement : ustensiles de cuisine, linge de maison, sans oublier l'indispensable lampe à pétrole. Ma grand-mère alla même jusqu'à préparer pour le jeune couple la nourriture de toute une semaine.

Janvier 1936. À peine deux mois plus tard. La seconde République est secouée en Espagne et les ressortissants espagnols sont rappelés au pays. Le consulat, avec lequel Joachim est en règle, lui fait parvenir une convocation. Il doit rejoindre la gare de Perpignan où un convoi le prendra au passage. À son arrivée, le train est déjà parti. De retour au consulat, on lui annonce qu'il sera rappelé pour le prochain départ. Il ne reçut jamais cet appel, pour le plus grand bonheur de tous.

Le premier-né, mon frère Roger, arriva deux ans plus tard. Certes, il prit son temps mais il vint au monde la nuit où l'on fêtait Noël : son deuxième prénom était donc tout trouvé. Le troisième, tout aussi biblique, fut Joseph.

Après les terribles inondations de 1940 qui ravagèrent le Roussillon, le mas Fabre fut vendu et le nouveau propriétaire n'offrit pas de bonnes conditions d'emploi aux ouvriers. Mes grands-parents se placèrent dans une métairie voisine et, sur la proposition du fils de leur ancien patron qui possédait le domaine du mas Camps, mes parents partirent aussi. Une petite maison avec l'eau à la pompe, un emploi de caviste, un grand jardin pour les cultures vivrières, quelques arbres fruitiers et la possibilité d'élever volailles, lapins et cochon : que demander de plus pour ce jeune couple qui avait déjà si durement trimé ?

De juin à décembre 1945, ma sœur Josette ne fit qu'un bref passage sur cette terre. Une congestion pulmonaire l'emporta en quelques jours. Les docteurs semblaient avoir disparu. L'un était parti à la chasse, l'autre avait des démêlés avec les autorités en raison de ses liens avec les occupants. C'est un vieux médecin d'origine juive miraculeusement épargné par l'holocauste qui vint trop tard, en fin de matinée, et ne laissa que peu d'espoir. Après une dernière tétée à midi, Josette mourut subitement vers dix-sept heures trente.

D'elle je n'ai connu qu'une mèche soyeuse de cheveux blonds emprisonnés dans une pochette de papier Cellophane, la photo d'un bébé au maillot dans les bras de ma mère et l'épitaphe « Un ange au ciel » gravée sur un cœur émaillé : trésor posthume douloureusement gardé par ma mère. Cette petite âme est partie trop tôt et à divers moments de la vie elle m'a cruellement manqué sans que je puisse m'expliquer pourquoi. J'ai souvent essayé d'imaginer ce qu'elle serait devenue. Aurions-nous été proches, complices étant donné notre faible écart d'âge ?

La mort d'un adulte est violente mais celle d'un enfant l'est encore plus. La douleur de mes parents et de mon frère Roger fut immense. Je devais naître dix mois plus tard, le 22 octobre 1946, par un soir brumeux d'automne, alors que les canons s'étaient tus dans une Europe violentée. Le gros nourrisson de cinq kilos que j'étais paraissait promis à une santé florissante. Mais à l'âge de six mois, comme ma sœur, je fus à mon tour frappé d'une congestion pulmonaire qui laissa le médecin, enfin sorti de ses interrogatoires, bien perplexe. Il ordonna des cataplasmes à la farine de moutarde mais le mal semblait grignoter chaque jour ma petite vie. Je restai ainsi toute une semaine sans vouloir me nourrir. Ma grand-mère vint me veiller jour et nuit. Une voisine indiqua des cataplasmes au pétrole qui me brûlèrent la poitrine. Mais que n'essaierait-on pas pour empêcher la vie de s'en aller ? Ainsi, un ouvrier qui taillait la vigne avec mon père lui conseilla de faire venir une guérisseuse de Néfiach. Désespéré, mon père enfourcha son vélo et partit sur-le-champ chercher cette brave femme. Mme Barbazan finissait sa soupe et, devant cet homme qui la suppliait de venir au chevet de son fils mourant faire quelque chose pour le sauver, elle le rassura en lui disant qu'elle n'avait pas besoin de se déplacer et qu'elle ferait le nécessaire de chez elle. Mon père la pria encore, lui promettant de la ramener aussitôt. Elle finit par accepter.

Elle vint à pied, portant lentement ses quatre-vingts ans, et arriva comme la nuit tombait. Impérativement, elle demanda qu'on la laissât seule avec le petit. Que fit-elle ? Quelles furent ses prières ou ses pures incantations ? Me confia-t-elle à l'archange Mikaël, à la Vierge Marie ? Au bout d'une demi-heure, en quittant la chambre, elle dit à ma mère : « Va lui donner le sein, il est sauvé ! » En effet, je me mis à téter comme un fou et m'endormis tel un bienheureux aussitôt après. Mon père, entre-temps, avait filé aux écuries du domaine. Il revint avec Coquet, le petit cheval, attelé à une jardinière et raccompagna cette femme que je remercie aujourd'hui encore d'avoir été ce merveilleux canal d'une énergie de guérison dont il importe peu que l'on sache d'où elle vient. Le plus surpris comme d'habitude fut le médecin qui se présenta au matin, persuadé d'avoir à remplir le fatidique certificat de décès. Ma mère, qui comme beaucoup de croyantes avait supplié la Vierge Marie de sauver son bébé, fit alors la promesse d'aller lui rendre grâces à Lourdes et de m'y conduire. Elle y alla maintes fois, beaucoup plus tard, après le décès de mon père, mais sans moi. Les promesses comme les souhaits sont souvent, dès qu'elles sont formulées, projetées vers un avenir incertain. Mais le destin s'occupe de tout, pourvu qu'on ait foi en lui. Il y a deux ans seulement, au cours d'un séjour à Barbazan-Debat, chez nos amis la bonne Augustine et son fils Liberto, nous pûmes, en voisins, accomplir ensemble cette promesse. L'émotion qui m'étreignit ce jour-là reste inoubliable. Assis sur un banc, face à cette grotte que l'on dit miraculeuse, nous restâmes silencieux, chacun dans ses pensées. Où vagabondaient les miennes pour que soudain je me sente aussi léger, comme libéré de je ne sais quelle entrave, et si heureux que les larmes vinrent embuer mes yeux ? Liberto posa simplement sa main sur mon épaule.

Je n'avais pas quatre ans lorsque Francis vint au monde, un soir de juin 1950. Comme nous tous, il occupa dans la chambre des parents un petit lit rose que mon père n'avait probablement pas eu le courage de peindre en bleu après le départ si brutal de notre sœur. Ce petit dernier me rendit, comme on le dit ici, *enaigat*, jaloux pourrait-on dire, mais cela ne traduit pas tout. Certains enfants, à l'arrivée d'un petit frère ou d'une petite sœur, manifestent de l'agressivité vis-à-vis de ce bébé qui selon eux vient ravir entièrement l'affection de leurs parents et particulièrement de leur mère. D'autres, au contraire, se sentant oubliés, perdus, sombrent dans une mélancolie bien plus pernicieuse qu'on ne le pense car elle peut durer longtemps. Le monde s'écroule sans cet amour dont on se sent dépossédé. Je fus de ceux-là. Et puis, dans nos milieux modestes, on ne se préoccupait pas beaucoup de ce qu'il était bon ou moins bon de dire à un enfant. Pourtant, quelques mots comme : « Tu sais, ce n'est qu'un bébé qui vient d'arriver, mais toi, tu es plus grand et on t'aime toujours autant », auraient sans doute suffi à me rassurer et à garder la confiance envers mes parents. Ce petit frère ne prenait pas toute la place dans la famille, seulement la sienne. Mais comment le comprendre quand on a tout juste quatre ans ? Je n'avais goût à rien et même la bonne cuisine méditerranéenne de ma mère ne passait pas. Tous les prétextes étaient bons pour m'enfuir. Le plus souvent, je filais au fond du pré, derrière la maison. Dans le creux du fossé tapissé d'herbe, je m'isolais du monde. Je m'inventais une famille sans petit frère et l'idée me venait que j'avais peut-être été adopté, emprunté ou même enlevé à d'autres parents auxquels je manquais cruellement.

Pour atténuer ce chagrin, mon oncle Roger m'offrit un magnifique cheval à roulettes : un percheron à la belle robe gris pommelé harnaché de sangles rouges perlées de grelots. C'était un merveilleux cadeau et certainement le plus beau que j'aie eu dans mon enfance. Pourtant, alors que n'importe quel enfant eût sauté de joie et trépigné à l'idée de chevaucher cette belle monture, je détournai le regard et me débattis comme un forcené lorsque mon père voulut m'asseoir sur la selle. Je ne touchai plus jamais à ce cheval qui devint plus tard le jouet favori de mon petit frère.

Ma nuque s'était creusée de façon inquiétante : je portais la marque des *enaigats*. Le docteur prescrivit de l'huile de foie de morue. Certains comprendront bien avec quelle répulsion j'ingurgitais chaque matin ce remède exécrable. Certes, je retrouvai une bonne mine mais mon cœur saignait toujours et c'est bien d'un médecin de l'âme dont j'avais besoin. Encore une fois, la sagesse des gens simples opéra et on me conduisit chez Marie Candora, la *curandera*, la guérisseuse de Millas qui soignait l'*enaigament*.

Cette femme, comme celle qui avait intercédé pour ma guérison peu après ma naissance, possédait un don que sa propre mère lui avait légué, car c'est de mère en fille et de père en fils que se transmettent les recettes de tisanes et d'onguents, les tours de main et quelques connaissances d'anatomie empiriques toujours accompagnées de prières en catalan, en latin ou les deux en même temps. Comme beaucoup de guérisseurs et de rebouteux, elle ne demandait pas d'argent, mais chacun s'arrangeait pour la dédommager en offrant une volaille, un peu de cochonnaille ou tout simplement en rendant service. Mme Candora, elle, par ses prières et sans cérémonial, avait le pouvoir d'éloigner le mal et particulièrement celui dont je souffrais. Au bout de quelques jours, mon creux à la nuque s'estompa et finit par se combler. J'étais guéri de ce petit frère qui devint alors le compagnon de jeux à qui j'apprenais à éviter le danger, mais parfois aussi à faire des bêtises.

Nos jeunes années ont couru là, entre Aspres et Riberal, dans cette belle plaine du Roussillon, sous un ciel bleu si balayé de tramontane que les arbres montrent le sud. À quelques kilomètres de Millas, sur le chemin départemental menant à Ille-sur-Têt, on pouvait voir alors une petite maison bâtie tout au bord de la route. On l'appelait l'« usine » car, grâce aux soins de mon père, le courant électrique alternatif y était fabriqué et distribué à tout le domaine du mas Camps. L'eau, issue d'un large canal longeant la route, s'engouffrait dans un grand réservoir couvert, puis se précipitait dans le sous-sol de la maison par une conduite souterraine jusqu'aux turbines reliées à leur alternateur par de longues courroies de cuir épais. Mon père, qui ne connaissait rien aux mystères du courant électrique, savait cependant effectuer les réglages nécessaires au bon fonctionnement de cette petite centrale. Je profitais souvent de son absence pour m'y faufiler. Certes, je ne m'aventurais pas au milieu des machines, mais j'aimais rester là, comme hypnotisé, à écouter le grondement de l'eau dans les turbines, à suivre la ronde sempiternelle des courroies et le tremblement des aiguilles oscillant sur le cadran des manomètres. Parfois un grésillement et une étincelle bleue me tiraient de cet envoûtement et me ramenaient à la réalité. Je me sauvais à toutes jambes, oubliant, le plus souvent, de fermer la porte, ce qui me valut plus d'une fois quelques interrogatoires serrés au cours du repas.

Par un perron de trois marches, on entrait de plain-pied dans la cuisine au sol cimenté. La grande cheminée, au mur intérieur tapissé de briques rouges, occupait le fond de la pièce. Le foyer était un peu surélevé. Au-dessous, un tiroir permettait, en hiver, de mettre nos pantoufles au chaud. Le tour de la hotte était orné de petits rideaux à motifs rouges sur fond écru. Sur le rebord s'alignait une série de pots en faïence (farine, café, sel, épices), deux fers à repasser, trois bougeoirs et une belle lampe à pétrole au réservoir bleu turquoise. L'évier en pierre et la pompe à bras qu'il fallait souvent amorcer occupaient un coin de la pièce. Au-dessus, un *finestró* permettait de voir très loin sur la route. Dans les moments de grandes bêtises, mon petit frère et moi, juchés sur une chaise, surveillions l'arrivée de nos parents par cet œil-de-bœuf. Dans un autre angle, une trappe permettait d'atteindre la « salle des machines » sans sortir de la maison. Parmi les trois pièces restantes : la chambre de nos parents donnant aussi sur la route, la nôtre, au nord, fraîche en été mais glaciale en hiver, et la dernière qui servait de réserve et que l'on appelait *el cambrot.* Les pommes de terre y étaient remisées ainsi que les conserves préparées pendant l'été. Du plafond pendaient jambons, saucissons, boudins, sans oublier la morue séchée. Cette pièce sentait bon le thym, le romarin, le fenouil et le laurier en bouquets accrochés au mur. Les fagots de sarments et quelques ceps de vigne y étaient gardés au sec pour allumer le feu en hiver.

Dans la maison, pas de sanitaires ! La nature environnante nous accueillait pour nos besoins et, au fond, nous lui rendions ce qu'elle nous avait si généreusement donné. Pour la nuit, le pot de chambre était là, non pas celui de faïence à l'œil indiscret, mais tout simplement un pot en émail, plus résistant aux chocs des levers brutaux ou des réveils difficiles. Tous les matins, ma mère allait vider celui que l'on appelait « Tomás », un grand seau à couvercle qui avait le même usage la nuit qu'en cas de maladie. Comme nous aurions simplement tiré la chasse. Autres temps, autres mœurs ! En hiver, nous faisions notre toilette devant l'évier. À l'eau glacée de la pompe, il fallait ajouter celle qui chauffait sur le feu depuis le lever du jour. Tous les dimanches matin, nous prenions la « douche ». Nus et frissonnants malgré le feu tout proche, nous nous aspergions de casseroles d'eau tiède, puis le gros savon de Marseille faisait son œuvre. Vite, vite, on insistait davantage sur le visage, les oreilles et le cou qui seraient inspectés à coup sûr ; rincés, essuyés et habillés, on se sentait tout neufs, c'est-à-dire heureux. Je n'en étais probablement pas conscient alors, mais je sais aujourd'hui combien laver son corps est un acte important. C'est aussi laver son esprit, le rendre tranquille et dispos, comme régénéré, prêt à affronter tous les obstacles, toutes les agressions.

En été, c'était plus simple, plus ludique et interminable. Même savon, mais aussi shampooing Dop senteur lavande, serviette et linge propre sous le bras, c'est dans le ruisseau que nous faisions nos ablutions. Et avec quel entrain ! Un shampooing énergique, un plongeon. Un savonnage, un plongeon. À peine séchés, une glissade sur la passerelle encore gluante et un nouveau plongeon ! « C'est bientôt fini ? » Inconstance des mères qui à la saison froide font durer la toilette ! Encore un moment à nous éclabousser parmi les iris sauvages, les pervenches, les saponaires et les orties qui ne pardonnent pas d'être approchées.

Tout près de la maison, le platane étendait son ombre protectrice en été et son tapis de feuilles mortes à l'automne. Derrière, les sureaux offraient leurs ombelles parfumées dont on dit qu'en infusion elles soignent les affections des yeux et, plus tard, ces grappes de baies rouge sombre qui donnent une confiture à la saveur si particulière.

Près du lavoir, un cerisier au tronc satiné, aux rameaux alourdis de fruits mûrs, nous régalait tous les ans. À califourchon sur les branches, entre ciel et terre, nous nous gavions à n'en plus pouvoir du nectar de ces grosses billes rouges. Le ventre tendu et la bouche maquillée de rouge vineux, repus, nous amorcions prudemment la descente.

Au fond du jardin, un figuier à la peau d'éléphant croulait chaque année sous de grosses figues-fleurs à la peau verte et à la pulpe à peine rose, légèrement sucrée, qui laissaient ensuite place à de petites figues violettes s'ouvrant comme des lèvres et découvrant leur chair sirupeuse d'un rouge cramoisi.

De l'autre côté du chemin, derrière une haie de cyprès, un grand baraquement fait de planches, de grillage et de tôle ondulée, édifié par mon père, abritait poules, canards et lapins. Le cochon, lui, logeait dans une soue près de la maison : triste privilège ! Ces pauvres bêtes ne se doutaient pas au cours de leur brève vie qu'elles étaient là pour améliorer notre ordinaire. Au moins étaient-elles nourries sainement et traitées humainement, ce qui, souvent, n'est plus le cas aujourd'hui. Le moment venu de commettre ces crimes culinaires, nos parents, la mort dans l'âme, s'arrangeaient pour le faire en notre absence.

Lorsque le canard démantibulé nageait dans une sauce à la catalane fleurant bon le thym et le laurier parmi les olives, les tomates et les poivrons, je ne pouvais m'empêcher de penser aux nombreuses fois où je l'avais conduit, une baguette à la main pour le guider, avant la tombée de la nuit, des abords du ruisseau jusqu'au poulailler.

Le lapin écartelé englué dans une sauce tomate ne serait plus cette peluche vivante que je caressais pendant qu'il mangeait les bons pissenlits et le plantain que je rapportais du pré voisin, la roquette cueillie dans les vignes, le fenouil odorant et les chardons printaniers.

Quelle poule manquerait définitivement à l'appel puisque le couteau et la fourchette s'acharnaient à présent à la décortiquer, plantureuse, luisante, dodue, régal de nos papilles ? Le cochon ne nous faisait heureusement pas le même effet tellement son corps replet et comme arrivé à maturité avait subi de transformations après son assassinat. Son absence était d'ailleurs vite comblée par l'arrivée d'un porcelet.

La nature environnante, tellement riche, était mon terrain de jeu favori. Je pouvais passer des heures dans le pré tout proche à essayer de capturer un grillon trahi par son chant d'amour qui oriente les déplacements erratiques des femelles. Approcher pas à pas pendant qu'il égrène son « cri-cri », s'arrêter dès qu'il cesse, inquiet, puis, arrivé dans son territoire, attendre qu'il recommence à striduler, frottant ses élytres l'un contre l'autre. C'est là, tout près, qu'il faut s'accroupir, se coucher dans l'herbe, attendre encore un peu. Le silence le rassure, il sort sur le seuil de son terrier et, énamouré, archet contre chanterelle, reprend sa complainte. La main prudente s'approche. Trop tard, il a filé dans son abri. Qu'à cela ne tienne : un brin d'herbe pour le chatouiller au fond de sa demeure et il ressort, aussitôt pris. Le temps d'observer ses pattes postérieures si puissantes, ses élytres courts, ses antennes affolées et ses mandibules peu engageantes, il est relâché et s'engouffre dans son refuge.

Capturer une cigale tenait souvent du hasard. Il n'était pas nécessaire de se lever tôt. Bien au contraire, c'était au moment le plus chaud de la journée qu'il valait mieux tenter sa chance. Il fallait ruser. Surtout ne pas avancer la main face à cette infatigable musicienne, joueuse de crécelle, agrafée sur l'écorce car, avec ses milliers d'yeux qui sont sa seule défense, elle nous voyait venir de loin. Caché derrière la branche sur laquelle elle chantait, il fallait avancer prudemment la main à demi fermée pour la rabattre au jugé, d'un seul coup. Un mauvais calcul de trajectoire et la main tombait à côté. Métronome détraqué, la cigale vrombissait et fusait en lâchant derrière elle un jet de liquide rageur.

Les gros taons, peut-être à cause de leur propension à nous larder de douloureuses piqûres, étaient incontestablement nos souffre-douleur. Après une capture souvent aléatoire, le jeu cruel que m'apprit mon frère aîné consistait à planter au bout de l'abdomen de ce pauvre insecte un brin de paille de quelques centimètres puis à lui rendre sa liberté pour le voir reprendre son vol courageux et salvateur, terriblement alourdi de cette entrave.

Sur le canal qui longeait la route, mon frère Francis et moi étions tour à tour pêcheurs et marins d'eau douce. Nos prises, souvent maigres, étaient à la mesure de notre matériel rudimentaire : une épingle à nourrice chipée à notre mère, une ficelle, et un roseau pris dans la haie. Par bonheur nous avions une provision inépuisable de vers de terre car les poissons, devant ce piège grossier, nous narguaient sans arrêt.

Le grand baquet en fer-blanc que ma mère utilisait pour faire tremper la lessive nous servait de barque. Chacun à son tour, essayant de maintenir un équilibre précaire avec nos mains en guise de rames, nous essayions de retarder le moment où l'embarcation chavirerait. Tapi dans le fond, mon frère poussait des cris aigus où se mêlaient la frayeur et le ravissement. À l'approche du déversoir, nous ne pouvions que provoquer le naufrage pour ne pas faire le grand saut dans la citerne. Sous un soleil de plomb, tête nue, nous nous ébattions dans l'eau fraîche, riant et criant, ivres d'une joie simple.

« *Pellerots ! pellerots ! Pells de llebres, pells de llapins ! Ferro vell*[1] *!* » psalmodiait El Cargol qui, tel Ben-Hur, arrivait à fond de train sur sa trotteuse attelée à un petit cheval. La pauvre bête, éreintée, fouettée sans discontinuer, allait à fond de train et on s'attendait toujours à la voir rendre l'âme sur le chemin. El Cargol le Gitan était *pellorotaire*. Tous les jeudis, d'un mas à

1. Vieux chiffons ! Vieux chiffons ! Peaux de lièvres, peaux de lapins ! Vieilles ferrailles !

l'autre, de Millas et jusqu'à Ille-sur-Têt, il ramassait les vieux chiffons, les peaux de lièvres et de lapins, et la ferraille aussi. Nous sortions vite de la maison pour le regarder passer. Mon petit frère en avait peur et se cachait derrière moi. Je ne peux m'empêcher de penser aujourd'hui que les dépouilles des pauvres lapins auxquels je donnais à manger se retrouvèrent peut-être, adroitement assemblées à d'autres, sur quelque trottoir parisien. Sur la place du marché d'Ille l'attendait, dans un coin réservé, un bric-à-brac où les gens déposaient leurs vieilleries. Lui triait et prenait ce qui l'intéressait pour son négoce car il était aussi brocanteur, rétameur et rempailleur de chaises à ses heures.

C'est sur ce foirail qu'il faillit prendre la raclée de sa vie. À un brave maraîcher qui se plaignait de douleurs mordantes au bas des reins il promit un remède miracle :

« Tu verras, si tu me le paies, je te porterai "*el remei del bigoti*[1]" et tu m'en diras des nouvelles.

– Je te donnerai ce que tu voudras mais apporte-le-moi ! »

Le fameux remède n'était autre que le liniment du Dr Sloan, un révulsif que l'on trouvait dans toutes les pharmacies et que l'on trouve peut-être encore dans quelque vieille officine. Sur l'étiquette, le bon docteur y arbore de superbes bacchantes. Le filou apporta la potion miraculeuse dans une bouteille sans étiquette, comme fraîchement sortie d'un secret alambic et, l'argent prestement empoché, il donna à cet homme trop crédule ce dangereux conseil : « N'aie pas peur d'en mettre et frictionne-toi bien fort. »

1. Le remède du moustachu.

Le jeudi suivant, persuadé que son patient aurait épuisé la première dose et que la publicité lui amènerait de nouveaux clients, il se munit de plusieurs flacons. Le malade, qui en réalité souffrait alors de brûlures cuisantes, se tenait, les mains dans le dos, impassible, au milieu d'un groupe de paysans tout près du bric-à-brac. Cargol, se réjouissant de voir tous ces acheteurs potentiels qui l'attendaient comme un messie, lança : « *Com hea anat aquest remei ?*[1] »

Il n'eut pas le temps de proposer un nouveau flacon car les mains dans le dos cachaient un fouet qui s'abattit sur lui comme la misère sur les pauvres, jusqu'à ce que le groupe l'arrache à son bourreau. Il vendit peut-être son liniment ailleurs, mais pas à Ille, où on ne le revit pas de sitôt.

De temps à autre passait aussi La Cargola, sa mère. Toute vêtue de noir, un fichu sur la tête, le visage ridé comme une bonne pomme de reinette, pieds nus été comme hiver, un panier d'osier sous le bras, on aurait pu la croire sorcière. D'un air suppliant elle proposait du fil, des aiguilles à coudre, du coton à repriser, quelques boutons de chemise vendus par six sur de petites cartes, des épingles à nourrice et de l'élastique blanc ou noir. Ma mère la connaissait bien et pourtant, à force d'insistance, La Cargola finissait par lui vendre une bricole. Un mètre d'élastique mesuré par cette mercière ambulante entre son nez et son bras droit ne dépassait jamais quatre-vingt-dix centimètres car elle avait l'art d'un prestidigitateur pour tirer sur l'élastique. On le lui pardonnait volontiers en lui offrant le café au coin du feu. Son départ était toujours ponctué

1. Alors, ce remède t'a fait du bien ?

d'un : « Ça te portera bonheur, ma fille. » Mais gare à celle qui n'achetait rien, c'est tout le malheur du monde qui lui était promis.

Un peu avant la fête des Rameaux, nous avions la visite de Jules, l'ermite, qui descendait de Notre-Dame de Força-Réal, petite chapelle perchée comme l'aire d'un aigle sur une colline dominant le village et toute la plaine du Roussillon jusqu'à la mer. Vêtu simplement et chaussé d'espadrilles, il portait sur le dos une *capelleta*, un reliquaire qui s'ouvrait comme un livre, laissant découvrir la Vierge des Sept Douleurs, petite statuette entourée de fleurs artificielles, réplique exacte de celle qui trônait dans une niche tout au bout du chemin qu'empruntaient jadis les vrais pèlerins. Comme une leçon bien apprise, il chantait plus qu'il ne récitait une histoire sur cette Vierge. Quelques pièces de monnaie, un verre de vin, un peu de nourriture et parfois quelques vêtements, et Jules reprenait son chemin.

Saïd arrivait d'Algérie et venait s'embaucher au mas lorsque je le vis pour la première fois. Il devait avoir une quarantaine d'années. Je me souviens encore de son regard profond et de ce sourire plein de bonté découvrant des dents éclatantes sous une fine moustache brune. Coiffé d'une chéchia rouge cramoisi tirant sur le pourpre, il venait d'un bon pas sur le chemin, balançant les bras, les mains tendues comme celles d'un soldat en marche. La faim le tenaillait sûrement car il s'arrêta devant mon frère Roger qui allait prendre son goûter. Les regards se croisèrent, la tartine changea généreusement de main et fut vite engloutie. Mes parents rentraient du jardin et virent la scène. Saïd n'en finissait pas de remercier, les deux mains jointes sur son front, et mon père l'invita à souper avec nous. Ce fut là le début d'une belle amitié. À chacun de ses voyages, il rapportait des dattes et des figues de son pays, et un cadeau pour ma mère. Qu'advint-il de lui que nous ne revîmes plus dès que la guerre fit rage là-bas ?

2

Je n'avais pas encore six ans lorsqu'en octobre j'entrai au cours préparatoire à l'école communale de Millas. Ma mère m'accompagna ce jour-là. Elle sur son vélo maintes fois réparé, moi sur le mien, un petit modèle rouge acheté pour la circonstance et probablement payé à crédit. Nous fîmes les trois kilomètres qui séparaient la maison du village et là, sous le préau de l'école, elle me laissa ranger ma bicyclette, puis disparut. Je sais maintenant pourquoi les mères quittent vite l'école lorsqu'elles y conduisent leurs bambins pour la première fois.

Comme tous les enfants des mas dispersés plus ou moins loin autour du village, je n'avais pas fréquenté l'école maternelle et je fus effrayé par cette multitude d'enfants qui se pressaient déjà dans la cour de récréation. Je ne connaissais que ceux qui, comme moi, venaient de l'extérieur, mais eux déjà retrouvaient leurs camarades de l'année précédente. Seul, dans ma blouse noire boutonnée à la russe, je me tenais contre un immense platane, comme pour me protéger et puiser de l'énergie en lui, apeuré par cette foule mouvante et criarde. J'avais beau chercher, je n'en voyais aucun autre aussi perdu que moi. C'est vrai, j'étais petit pour mon âge, mais les autres me paraissaient si grands !

Je fus tiré de ma solitude par le coup de sifflet strident de M. Dabosi, le directeur, et l'appel commença. « Georges Lopez, viens ici ! » Je venais de faire connaissance avec l'ordre social. J'étais Georges ou Jojo pour la famille, et, ici, je devenais Georges Lopez. Les mains dans les poches, en traînant un peu les pieds, je rejoignis les rangs du cours préparatoire. Mme Mestre, imposante dans son tablier noir, nous fit entrer dans la classe, immense fort heureusement, car nous étions presque quarante.

J'embrassai d'un coup d'œil ce lieu où ma vie d'enfant entrait dans le savoir et la vie communautaire. Un tableau noir sur un chevalet, le bureau imposant de la maîtresse sur une estrade, les pupitres avec leurs encriers de porcelaine blanche, deux grandes armoires mystérieuses et l'inévitable poêle Godin meublaient l'endroit. Aux murs, de grandes images bucoliques, un alphabet, un tableau de nombres et les quatre saisons qui me permirent de rêver souvent atténuaient quelque peu l'austérité de cette classe où régnaient les odeurs d'encre violette et de craie dont beaucoup se souviennent encore.

Deux par deux, les filles d'un côté, les garçons de l'autre, les petits devant, les plus grands derrière, chacun avait déjà trouvé une place et moi j'étais encore là, dans l'embrasure de la porte, paniqué, pleurant à chaudes larmes en constatant qu'il n'y avait pas de place pour moi. En me poussant par les épaules sans ménagement, la maîtresse m'installa entre les deux plus grands au fond de la classe. Durant une année, je connus l'inconfort d'être assis à trois sur un banc.

Premières fournitures, premier cahier. Ah ! ces deux traits beaucoup trop rectilignes qu'il fallait suivre sans jamais déborder ! Et cette plume gauloise qui racle le papier et qui, trop chargée, provoque un désastre aussitôt suivi d'une gifle retentissante. Main sèche, violente, joue brûlante. Ainsi viennent la peur de perdre, le désespoir et la honte. Combien de maîtres, sûrs de bien faire, ont ainsi rebuté des élèves qui voulaient cependant réussir.

Je fis plus ample connaissance avec les nombres, mais ce fut un désastre. J'avais commencé leur apprentissage à la maison grâce à la patience et à l'indulgence de mon frère et de ma mère, mais là, tout fut différent. Mes espoirs d'être bon en calcul s'envolèrent avec la première addition écrite à la craie sur l'ardoise. Je ne fus pas assez rapide et, contraint d'annoncer un résultat, j'écrivis une énormité. La maîtresse fondit sur moi et je me retrouvai rouge, sanglotant et barbouillé de craie. « Va te laver la figure à la pompe ! » Toute la classe riait. En traversant la cour déserte, je pensai que la honte du monde était sur moi et, dès ce jour, je détestai les mathématiques. Je n'y pris vraiment goût que lorsque je les enseignai moi-même, attentif alors à ne jamais culpabiliser un élève qui se trompe et obtient un mauvais résultat.

La lecture, en revanche, me passionnait. Je savais déjà lire en entrant à l'école car j'avais appris sur le vieux livre de lecture de mon frère Roger. Dans un premier temps, j'avais regardé les images, puis les mots et leurs lettres. J'étais curieux, j'avais envie de lire pour savoir. Mon frère m'apprenait à son retour du cours complémentaire et ma mère me faisait répéter tout en vaquant à ses occupations ménagères. J'appris aussi à déchiffrer les mots sur le paquet de café « Biec », sur le kilo de sucre « Saint-Louis », sur la tablette de chocolat « Cantaloup Catala » sans oublier l'almanach des Postes. La *Méthode Boscher* intitulée aussi *La Journée des tout-petits* peut paraître aujourd'hui bien désuète à certains, mais elle a permis à des générations d'apprendre à lire ! Il y a quelques années à peine, en choisissant une nouvelle méthode de lecture pour mes petits du cours préparatoire, je tombai sur une réédition de ce livre. Surpris et émerveillé, dans cette grande librairie de Clermont-Ferrand, je m'adossai un moment pour tourner ces belles pages illustrées d'images relatant des scènes de la vie quotidienne. « Émile soigne les lapins » me rappelait toutes les fois où je l'avais fait moi-même, et pas toujours de bonne grâce. Avec « Le coq est le roi de la basse-cour », je me souvenais honteusement des coups de pied donnés au nôtre car je croyais qu'il voulait faire du mal aux poules. « Le cheval tire la charrue » m'évoquait Bijou, brave percheron à la robe grise et au doux regard, si fort qu'il obligeait mon père à allonger le pas pour le suivre dans son courageux élan. « La soupe aux choux » faisait s'exhaler les effluves de l'*ollada* que notre mère préparait le dimanche tout en nous faisant réviser nos leçons. Parfums mêlés de grosses pommes de terre blanches, de chou vert émincé, de carottes sucrées, de poireau et de céleri aux piquantes saveurs venus rejoindre dans le *tupí* le *garró* débité en rouelles cuisant dans l'eau aromatisée de thym et de laurier.

Page quarante, on découvre « Le vigneron *soigne* sa

vigne ». Au vu des belles grappes arrivées à maturité et du porteur de hotte, on peut dire sans faire d'erreur que ce brave homme en tablier bleu a déjà apporté tous les soins nécessaires aux cépages et qu'il vaudrait mieux dire « Le vigneron *vendange* sa vigne », mais le phonème à étudier est le « gn », et le « v » a été retenu pour « L'avion va vite ». On devrait pourtant savoir que rien n'échappe aux enfants et à leur magnifique logique, et je me souviens encore de la remarque d'un garçon que l'on croyait mauvais élève et qui, naturellement choqué, lança à la cantonade : « *Ho és pas, cuida pas la vinya, fa les veremes*[1] *!* » La maîtresse, ni tendre ni magnanime, c'était bien connu, aurait pu discuter le contredit mais elle n'en fit rien et sanctionna la langue catalane d'une gifle retentissante avant d'envoyer Cissou, encore étonné, chez le directeur. C'était la règle, mais priver un élève de la leçon de lecture en était-elle une ?

Combien j'ai pu rêver et voyager avec vos illustrations, monsieur F. Garnier ! Sous un parasol sang et or je me suis baigné sur la grève, moi qui ne connaissais que le ruisseau. Les cheveux au vent, les yeux plissés et humides, je faisais toujours à toute vitesse la même promenade dans une automobile rouge, décapotable. Comme le petit garçon en culottes courtes de mon livre, près du phare et du sémaphore qui guident le marin, j'écoutais le phonographe, au bord de l'océan. Avec les paludiers, je parcourais les marais salants et j'enviais le manteau neuf de Paul en visite chez ses cousins.

---

1. « Ce n'est pas vrai, il ne soigne pas la vigne, il vendange déjà ! »

Pintades, poules et poussins, soles, serins et sabots, pivoines, prunes et pinsons nous apprenaient à compter à la fin de chaque page car la « La journée des tout-petits » est aussi un livre de calcul.

Parmi les contes et poésies qui terminent ce livre unique, j'aimais particulièrement « La ronde » de Paul Fort, message pour une fraternité toujours si mise à mal.

Cette méthode syllabique qui date de 1907, simple et rigoureuse, avec laquelle j'appris à lire correctement, semble aujourd'hui en intéresser plus d'un car on en vend encore entre quatre-vingt mille et cent mille exemplaires par an. Certains instituteurs la conseillent même vivement aux parents désespérés de voir leur enfant en échec devant la lecture et l'utilisent eux-mêmes pour apprendre à lire à leurs propres bambins. Les cordonniers ont le droit d'être bien chaussés et d'utiliser une méthode syllabique ! L'Éducation nationale, qui préconise à l'inverse d'aller du mot à la syllabe, déconseille de l'utiliser et se dit plus volontiers partisane de la méthode dite globale, beaucoup plus élitiste à mon sens. Pourquoi, comme cela vient d'arriver récemment, un inspecteur de cette bonne vieille institution, pour le moins vindicatif, une « voix de son maître », s'acharne-t-il à mal noter une institutrice qui obtient les meilleurs résultats avec cette méthode syllabique ? Qui mérite vraiment la mauvaise note ?

L'entrée au cours élémentaire fut déterminante pour ma scolarité et ma vie future. Dans la classe de Mme Adroguer, je découvris l'attention, la patience, la compréhension et même l'affection. La rigueur était toujours là et c'était très bien ainsi, car l'enfant en a besoin pour se construire et grandir. J'aimais ma maîtresse et je la vénère encore aujourd'hui pour tout ce qu'elle m'a si généreusement enseigné, au-delà des matières scolaires. Il m'arrivait, le soir, de lui écrire des poèmes. Je dévalisais le jardin de ses belles roses odorantes, rouges, jaunes ou blanches pour lui en apporter d'énormes bouquets. J'étais fier de les voir trôner sur son bureau ou sur une sellette.

Elle avait des yeux rieurs et vifs, d'un bleu profond, des cheveux blonds et bouclés, un port de tête altier et un sourire magnifique. Souvent vêtue d'un chemisier blanc et d'un tailleur, elle était élégante avec simplicité. D'une démarche vive, elle allait et venait parmi nous, passait rapïdement auprès des plus doués, s'attardait pour conseiller ceux en difficulté, grondait gentiment les plus turbulents, reprenait sa leçon et ne s'asseyait à son bureau que pour nous appeler, l'un après l'autre, afin de jeter un coup d'œil à nos exercices.

J'ai le sentiment d'avoir tout appris durant les quatre années que je passai avec elle avant d'entrer en sixième. Cette femme était une bonne maîtresse, juste et pleine d'humanité. Avec le recul, je crois qu'elle avait le charisme et la sagesse que tout instituteur rêve d'avoir. Il y avait dans la classe les enfants du notaire, du médecin, du pharmacien, ceux des gendarmes, du comptable et des instituteurs mêlés aux fils de commerçants, d'artisans et d'ouvriers. Elle savait régler un différend entre deux élèves ou entre deux familles ; je ne me souviens pas qu'elle ait préféré tel ou tel d'entre nous. Mme Adroguer appliquait cependant les directives ministérielles qui, comme chacun le sait, sont faites pour être adaptées et non suivies à la lettre. Les filles occupaient donc deux rangées, les garçons deux autres. La dernière – et ce n'était pas là une consigne – était réservée aux Gitans, nombreux déjà dans le village. Ce n'était pas de la ségrégation de la part de la maîtresse qui bien au contraire pratiquait l'intégration, mais les Gitans sont, comme certains chevaux pur-sang, indomptables. Refusant le système, ils venaient à l'école dans un seul but alimentaire, jusqu'à ce que leurs familles perçoivent les allocations familiales tant attendues. Après, ils brillaient par leur absence et faussaient amplement les statistiques sur le registre d'appel. Il arrivait de temps à autre que leur rangée soit occupée par seulement un ou deux d'entre eux. Peut-être leurs parents les avaient-ils punis en les envoyant à l'école ?

Les nantis de la classe s'en méfiaient, les dédaignaient, les méprisaient même. Moi, je les aimais bien. Peut-être par solidarité car nous aussi, les fils d'Espagnols, subissions la xénophobie et, certains jours, la sortie de l'école était pour nous une fuite. Sans tourner la tête, je pédalais de toutes mes forces sur mon petit vélo pour échapper aux jets de pierres et aux coups de roseau. Les plus grands restaient en arrière pour me protéger. À bout de souffle, je ne m'arrêtais que lorsque mes camarades me rejoignaient. J'écoutais le récit de leur victoire mais je ne me réjouissais pas trop à l'idée qu'un jour ou l'autre je me trouverais seul contre tous. J'entends encore crier ce mot : « *Espanyolás !* », insulte majeure chargée de mépris qui m'a poursuivi dans ma scolarité primaire, en dépit des leçons de morale qu'on nous dispensait. Nous avions le tort de porter un nom étranger et d'habiter un mas ; les Gitans, celui d'être sales, de sentir mauvais, de voler les poules et tout ce qui les intéressait. J'en fis les frais le jour où ils prirent mon vélo à la sortie de l'école. Je fus contraint de rentrer à pied à la maison, la peur au ventre à l'idée d'affronter mon père. On trouva vite les auteurs du larcin. Dans ces cas-là, les gendarmes se rendaient directement dans le quartier gitan, au bord de la rivière. Le vélo fut découvert déjà désossé. On obligea la famille à payer la réparation.

Je crois aujourd'hui que la récompense de ce peuple déraciné et dispersé aux quatre coins du monde, c'est d'être resté libre. Il vit encore simplement et a surtout gardé le sens de la fête. Les rappeurs d'aujourd'hui n'ont rien inventé : une guitare et des *palmas* pour le rythme, des paroles improvisées pour dire une joie, un amour ou une plainte, et voilà un chant qui transporte, galvanise et élève l'âme. Leur danse, moment intime s'il en est, s'approche de la transe. De mon enfance à ce jour, j'ai été ému par le flamenco, comme mon père l'était, dès les premiers accents. Je me souviens de l'avoir observé à la dérobée. Avec pudeur, il cachait ses yeux noyés de larmes et je savais alors qu'il pensait à son Andalousie perdue.

Revoyait-il son enfance ? Pensait-il à ses parents qui le laissèrent partir travailler en France, lui, le plus jeune de leurs enfants, pour avoir une bouche de moins à nourrir ? Regrettait-il sa *novia* qu'il laissa là-bas, les collines de Carboneras parcourues tant de fois avec les chèvres et aussi la plage de Roquetas ? Parce qu'il me l'a dit maintes fois, je sais qu'il regrettait son école trop tôt désertée et de laquelle il garda cette écriture de ministre dont il tirait tellement d'orgueil mais qu'il n'utilisa que fort rarement.

Appliquée et rigoureuse, cette écriture parlait bien

de celui qui aimait l'harmonie et la droiture. De lui, j'appris aussi l'amour du travail bien fait. Il était perfectionniste. Les sillons qu'il traçait n'étaient jamais sinueux. Quand je travaillais avec lui, il m'arrivait de le maudire lorsque, sans rien dire, il refaisait derrière moi la tâche que je venais d'accomplir. Chaque fois, je me disais que je serais fier le jour où, enfin satisfait, il me dirait seulement : « C'est très bien ! » Il était avare de compliments et n'aimait pas en recevoir non plus. Il me disait seulement : « La terre est basse ; si tu ne veux pas la travailler il faut étudier pour t'en sortir. » J'admirais son courage qui allait jusqu'à l'abnégation. Il était dur à la tâche et ne ménageait ni ses forces ni le temps passé à l'ouvrage. Seules les intempéries le tenaient cloué à la maison. Il tournait en rond comme un animal en cage en pensant au travail interrompu ou à la récolte qui serait saccagée. Dans ces moments-là, il devenait irritable et nous étions attentifs à ne pas le brusquer pour éviter que sa colère éclate. La terre qu'il travaillait n'était même pas la sienne. Son patron l'aimait beaucoup pour son dévouement, mais je crois qu'il profitait largement de sa disponibilité. Joachim ne savait pas dire « non ». J'ai bien connu cela, moi aussi.

Il était naturellement bien bâti, mince et élancé, harmonieusement musclé par le travail de la terre. Je suis toujours resté admiratif devant ses mains puissantes, noueuses et calleuses, redoutables. Il avait la belle prestance et le port de tête altier des Andalous. Son regard clair, plein de mansuétude, pouvait cependant devenir très dur et inquiétant. C'était sa façon à lui de réprouver sans prononcer une parole, sans méchanceté. Dans l'exercice de mon métier, sans préméditation, j'ai utilisé cette méthode bien moins traumatisante pour faire comprendre à un enfant qu'il est en train de mal agir. Cela vaut mieux qu'une parole amère ou violente et bien plus encore qu'une colère, signe majeur d'impuissance s'il en est un.

« Sage et discipliné ». Cette appréciation trôna longtemps sur mes cahiers de compositions devenus plus tard cahiers mensuels, cahiers de contrôle et enfin cahiers d'évaluation. Cependant, je n'étais pas une lumière, comme on disait alors. J'étais plutôt un élève moyen. Moi, j'avais l'impression de faire de mon mieux, tiraillé entre les exigences de ma maîtresse à qui je voulais faire plaisir et qui me le rendait bien en me félicitant – chacun sait qu'à l'époque, pourtant, nos instituteurs étaient assez avares en compliments – et celles de mes parents qui voulaient à tout prix que je devienne « quelqu'un ».

Je m'intéressais timidement au calcul qui m'avait tant rebuté. Je possédais bien les sacro-saintes tables de multiplication et je savais faire les quatre opérations, surtout quand elles me permettaient de gérer mes maigres économies que je dépensais comme beaucoup de mes camarades à la boulangerie du village. Rouleaux de réglisse, biberines, Mistral Gagnant et Coco Boer. Les problèmes, eux, m'en posaient beaucoup d'autres ! Mon camarade René m'aidait en me soufflant les bonnes réponses lorsque j'étais en difficulté, et c'était souvent le cas. J'aimais cependant toutes les autres matières et particulièrement l'orthographe. Le défi du « zéro faute » m'obsédait à chaque dictée, craignant de me faire piéger par une exception à la règle. « Les mots commençant par "ap" prennent deux "p" sauf : apaiser, apercevoir, apéritif, apiculteur, apitoyer, apeurer, aplanir, aplatir, apogée, apothéose, apostrophe et apoplexie. » Au moment de l'écrire, j'avais toujours une hésitation pour le verbe « apitoyer ».

Sans doute grâce à mon père, la belle écriture m'a toujours ravi et a toujours forcé mon respect. C'est, pour moi, un lac de mansuétude qui me porte dans la compréhension progressive d'une lettre, d'un texte. J'ai toujours tenu pour vrai qu'un message est mieux transmis quand l'écriture est harmonieuse, quand elle coule comme un ruisseau tranquille et laisse le temps de s'attarder sur les mots, sur les phrases pour les respirer, pour s'en imprégner jusqu'à ce point qu'on ne voudrait jamais final. Nos maîtres écrivaient bien pour que nous écrivions bien à notre tour. En nous donnant l'exemple, ils étaient en droit d'exiger une écriture soignée. Aujourd'hui, nombre d'enseignants s'en soucient peu et ont eux-mêmes une écriture déplorable.

J'étais particulièrement à mon aise lorsque l'exercice de rédaction était annoncé. Le sujet importait peu. J'avais des choses à dire. Description, compte rendu, récit, portrait et dialogue : tout était prétexte à me lancer dans le plaisir d'écrire. Je puisais largement dans mon quotidien, et je me projetais aussi dans l'avenir. Je me surprenais même à être ému en relisant mes textes.

Il est cependant des émotions difficiles à raconter. Ainsi je ne pus jamais relater la *matança*, l'assassinat du cochon, et toute l'agitation qui régnait dans la maison en ce jour d'hiver funeste. Le plus souvent, ce sacrifice ne nous était pas annoncé mais le grand chaudron, *el parol,* et le *trull*, grande auge de bois, une fois installés sous le grand platane, ne laissaient rien présager de bon. Pauvre bête tirée de son sommeil dès l'aube glaciale. Aujourd'hui encore, ses cris déchirants résonnent à mes oreilles, et j'ai toujours en mémoire l'odeur fade de la couenne ébouillantée. Pauvre *nyuta* à qui on ne m'avait pas permis de donner à manger la veille. Jeûne inhabituel pour une mort certaine !

Je préférais bien davantage évoquer les classes promenades qui nous conduisaient le plus souvent en direction de l'olivette, dans ce coin de terroir où commencent les Aspres si chères à Adrienne Cazeilles [1], cette aspre qui devait mourir brûlée vive le 28 juillet 1976. Oasis au milieu des vignes, cette oliveraie était un vrai labyrinthe. Nous pouvions nous égailler parmi les beaux arbres, centenaires pour la plupart, tordus, noués, cassés, mal ressoudés, pareils à des mendiants échevelés. Beaucoup périrent au cours du terrible hiver de 1956 mais d'autres pourtant éprouvés essayèrent avec peine de ressusciter, les racines tourmentées, le tronc et les branchages contorsionnés, relevant la tête vers le ciel, comme en prière. Les maîtresses nous surveillaient de loin, occupées à discuter, bien installées au pied d'un olivier, à l'abri de la tramontane en hiver ou à l'ombre des grands genêts parfumés au printemps.

Des groupes se formaient pour jouer « aux gendarmes et aux voleurs ». Plus téméraires que les autres, quelques filles auraient bien voulu intégrer les rangs de la maréchaussée ou ceux des détrousseurs, mais le machisme commence très tôt et leurs candidatures

1. Adrienne Cazeilles, *Quand on avait tant de racines*, Perpignan, Le Trabucaire, 2003.

étaient systématiquement refusées. Quand tous les voleurs étaient empêchés de nuire, le jeu s'inversait. Les gendarmes jetaient l'uniforme aux orties et les voleurs rentraient dans le droit chemin.

Dans ce lieu fleuri de chèvrefeuille au parfum entêtant, de pâles et délicates églantines et de violettes aussi odorantes que timides, les plus calmes jouaient « au roi et à la reine ». On sait bien que les rois font la guerre et pas toujours pour les beaux yeux de leur reine, mais dans ce jeu il n'y avait aucune violence. On disait, au pire, que Sa Majesté était partie en croisade. La scène se passait toujours au jardin du palais. Je ne fus jamais roi, mais souvent dans mes rêves je fus le Prince au bois dormant, de blanc vêtu, allongé sur un lit à baldaquin, recevant la princesse qui revêtait les traits d'Edmée, l'une des meilleures élèves de la classe, objet de ma timide passion.

De grands yeux doux et vifs, presque noirs, un sourire qui découvrait de belles dents blanches bien apparentes que ses lèvres s'acharnaient à recouvrir et deux fossettes bien visibles lui donnaient un perpétuel air enjoué. Des cheveux d'un noir profond qui bougeaient à peine tant ils étaient frisés encadraient son beau visage au teint mat. De nos jours, j'aurais pu lors d'une activité commune, ou dans la cour de récréation, m'approcher d'elle et malgré ma timidité oser, au moins, lui dire que je la trouvais belle. Mais, à cette époque, nos pupitres restaient dans un ordre immuable des premiers jours d'octobre aux premiers de juillet, et les filles de notre classe allaient jouer dans la cour entourée de hauts murs qui leur était réservée. Pendant les leçons, en évitant d'attirer l'attention de la maîtresse, je m'accordais de temps à autre un regard furtif vers celle qui faisait battre mon cœur d'un amour unilatéral et sans lendemain. Le moment des devoirs pendant lesquels notre bonne institutrice corrigeait des cahiers était propice à l'envoi de petits mots griffonnés à la hâte et certains, dans la précipitation, écrivaient si mal que la réponse était souvent : « J'ai rien compris ! » Moi, je m'appliquais et pourtant mes petits mots si platoniques dont je surveillais le trajet pour être sûr qu'ils seraient bien réceptionnés par ma destinataire restaient douloureusement sans réponse. Je ne confiai mon tourment à personne et surtout pas à ma mère qui m'eût découragé et blessé avec un grand rire assassin immédiatement suivi de considérations sur la position sociale plus élevée de ses parents comparée à la nôtre, tellement modeste. Edmée resta donc inaccessible, mais je ne mourus pas d'amour, même lorsque l'automne vint me tourmenter de son humidité.

Nous rentrions heureux de ces classes promenades qui n'étaient que promenades récompenses. Combien de fois l'avons-nous entendu ! « Si tout le monde travaille bien, nous sortirons samedi après-midi. » C'était à l'époque des trente heures !

De ces escapades je rapportais toujours une plante, une fleur, une feuille morte, un caillou mystérieux et unique par les veines qui l'ornaient, un bout de bois étrangement humain ou bien un insecte desséché que j'aurais voulu voir ressusciter dans mes mains.

Sur le chemin du retour, nous entonnions les chansons apprises en classe et, de « Gentil coquelicot » à « Colchiques dans les prés » en passant par le sempiternel « Il était un petit navire », nous épuisions notre répertoire en évitant soigneusement « La Marseillaise ». Il arrivait parfois que du fond de la colonne qui s'étirait sur la route nous parviennent les accents d'une chanson grivoise habituellement chantée en catalan et donc doublement interdite à l'école. Emportés par le désir de transgresser la règle, les derniers en oubliaient la prudence. Ceux qui, en tête, côtoyaient les maîtresses, effrayés à l'idée d'une punition collective, s'empressaient de chuchoter un « taisez-vous » suivi du « faites passer » de circonstance. Je crois surtout que nos institutrices faisaient semblant de ne pas entendre, tout bonnement parce que nous n'étions pas dans l'enceinte de l'école. Par contre, nous étions bien prévenus : en cas de visite inopinée de l'inspecteur, ne prononcer aucun mot en catalan.

Ces visites d'inspection, on se demande pourquoi, nous procuraient une certaine peur. Peut-être la maîtresse elle-même nous transmettait-elle sa propre angoisse ? En fait, ce personnage était pour nous un intrus, celui qui s'invite quand bon lui semble. Droit comme un « i », d'allure plutôt sévère dans son costume sombre, il semblait nous regarder individuellement derrière ses petites lunettes. Au fond, à le voir déambuler parmi nous, de rangée en rangée, montant et descendant, s'arrêtant de temps à autre pour feuilleter un cahier, nous avions l'impression qu'il était venu pour nous. Aussi, penchés sur nos pages, silencieux, nous faisions chanter nos plumes Sergent-major. Pas question d'interpeller un voisin ou de se retourner. Seul un regard lancé à la dérobée au plus proche camarade, les yeux écarquillés comme pour dire : « Attention ! »

Morale : « L'amour du travail bien fait ». Écriture : les pleins et les déliés de la lettre « F ». Lecture : « Au jardin du Luxembourg ». Calcul : l'addition et la multiplication des nombres à virgule. Les leçons et les exercices se succédaient dans un silence royal. Venaient ensuite la récitation et le chant. Mme Adroguer choisissait les élèves qui diraient les textes appris à ce jour. Je me revois encore tout près de l'estrade récitant « Demain, dès l'aube, à l'heure où blanchit la campagne, / Je partirai. Vois-tu, je sais que tu m'attends. / J'irai par la forêt, j'irai par la montagne / Je ne puis demeurer loin de toi plus longtemps. » J'aimais ces vers de Victor Hugo. Je me les répétais souvent entre la maison et l'école et chaque fois ma pensée s'évadait vers Edmée, bien vivante, elle, en détachant bien : « Je sais que tu m'attends. » Ce jour-là, la présence de l'inspecteur aurait dû m'intimider, me paralyser même. Il n'en fut rien car je dis le texte les yeux rivés sur l'objet de ma passion. La force des sentiments nous donne souvent beaucoup d'assurance. Heureux d'avoir pu m'exprimer autrement que par des petits mots glissés en cachette et toujours restés sans réponse, je m'arrêtai dans un souffle. J'entendis un « C'est très bien » venant du fond de la classe et notre trouble-fête me devint soudain beaucoup plus sympathique. Nous finissions de chanter « À la claire fontaine » quand le coup de sifflet strident du directeur nous délivra. Je constatai avec inquiétude que l'inspecteur ne sortait pas. Bien au contraire, il se mit à discuter avec la maîtresse. Sa mine toujours aussi sévère me fit penser qu'il la sermonnait. Avant de franchir le seuil, j'entendis seulement : « Vous recevrez mon rapport. » À qui voulait-il rapporter ? Cet homme si sérieux était-il capable de cafarder ? Les choses s'embrouillaient alors dans ma tête mais je sais aujourd'hui de quoi il parlait. En arrivant à la maison, le soir, je m'écriai : « On a eu l'inspecteur et il va faire un rapport ! » J'aurais mieux fait de me taire car mes parents, qui comme moi ne savaient rien de ce fameux rapport, firent tomber mon excitation en me parlant de choses qui fâchent : « Tu as bien répondu, au moins ? N'oublie pas qu'il y a la sixième ! » Je les rassurai en racontant mon exploit en récitation, mais chacun le sait bien, hélas : le calcul et le français, quoi de plus important !

C'est vrai qu'en cette année 1956 je déployai tous mes moyens pour réussir. La menace, maintes fois brandie, en cas de mauvais résultats, d'être envoyé en classe de fin d'études où l'on passait le fameux certificat puis, après quelques cours dits d'« agriculture », d'aller travailler la terre comme ouvrier agricole me donna des ailes. Finies, l'insouciance et les rêveries. Mes bons résultats me permirent d'entrer en classe de sixième sans examen. Mon frère Roger qui, lui, avait dû le passer quelques années plus tôt trouva que ce n'était pas juste. Mes parents furent convoqués à l'école car la maîtresse estimait que mes résultats me permettaient d'entrer au lycée Arago de Perpignan pour y apprendre dans la section dite classique le latin, le grec et l'anglais. Cette proposition supposait, bien sûr, l'internat et pour mes parents des frais trop importants, malgré une hypothétique bourse d'études. La décision fut vite prise et on ne me demanda pas mon avis. Je ferais « moderne » et j'apprendrais l'espagnol au cours complémentaire d'Ille-sur-Têt, comme Roger.

Je ne me suis pas souvent révolté devant des décisions prises à mon encontre et je pense aujourd'hui que j'ai eu raison ; je crois que j'ai suivi un itinéraire tracé d'avance et dicté par une petite voix que j'ai appris à écouter. Cela m'a souvent empêché d'être amer devant un échec et trop sûr de moi face à une réussite. Je suis resté humble sans jamais être soumis.

Lorsque Mme Adroguer s'absentait, ce qui n'arrivait pas souvent, nous étions répartis dans les autres classes. J'étais toujours volontaire pour aller dans celle de la directrice de l'autre école, Mme Wajsfelner.

Auvergnate d'origine, elle passait pour être très sévère selon les élèves de sa classe de fin d'études exclusivement composée de filles. Il régnait dans ce lieu une agitation silencieuse. Ces grandes filles travaillaient individuellement ou en groupes. Chacune semblait suivre son propre rythme pour les apprentissages. À d'autres moments, la maîtresse les rassemblait en table ronde : c'était la réunion de coopérative. L'une après l'autre, elles donnaient leur avis sur une proposition énoncée par la secrétaire. La présidente donnait tour à tour la parole. La trésorière rendait les comptes. On discutait de la prochaine visite à faire chez le serrurier du village ou chez le maréchal-ferrant, des achats nécessaires pour les travaux manuels, de la préparation du spectacle de fin d'année et du tant attendu voyage de fin d'année chez les correspondants de Bretagne ou d'Alsace. Mme Wajsfelner avait l'œil partout et n'intervenait que lorsque c'était nécessaire. Elle conseillait, aidait celles qui avaient du mal à comprendre une consigne ou à terminer une tâche. Cette classe ressemblait à une ruche où chaque élève, en se construisant de manière individuelle, travaillait aussi à l'œuvre collective. Nous nous sentions un peu étrangers dans cette classe, mais jamais trouble-fête car nous pouvions y évoluer librement, utiliser les fichiers autocorrectifs, lire les BT (Bibliothèques de travail) ou encore consulter le fichier documentaire. Vous l'aurez deviné, cette enseignante était « freinétique », comme certains le disent un peu péjorativement. Ces techniques Freinet me marquèrent pourtant et me donnèrent l'envie d'y revenir. Au début de ma carrière je m'en suis inspiré beaucoup à la grande satisfaction de mes élèves et aussi de Marie Wajsfelner, devenue alors ma conseillère pédagogique privée, et surtout mon amie.

La veille de Noël, autour de vingt heures, les gens s'engouffraient dans les cafés pour la rifle, le jeu de loto de fin d'année. Peu à peu, les tables se couvraient de cartons bleus, jaunes, verts et rouges et on commençait à distribuer aux joueurs des grains de maïs ou des haricots blancs destinés à marquer les numéros. Avec le cérémonial habituel, le crieur ôtait son béret, ajustait ses lunettes et s'installait à sa table, sur une estrade. Bien ostensiblement, il posait sur le grand carton destiné à recevoir les numéros les petits cylindres de bois numérotés d'un à quatre-vingt-dix, afin de vérifier qu'il n'en manquait aucun. Un à un, il les jetait ensuite dans un chaudron de cuivre et les brassait longuement pour éviter aux nombres de la même dizaine de se grouper, ce qui à coup sûr aurait fait hurler la compagnie. « Le premier est sorti. On joue, à la quine, pour un filet garni ! » Cette annonce tonitruante calmait d'un coup la salle bruyante et chacun se préparait à marquer le plus rapidement possible les cinq numéros qui feraient gagner, invariablement, une volaille, un saucisson, une boîte de pâté de porc ou de canard, une bourriche d'huîtres, une bouteille de vin d'Alsace. Enfin, de quoi faire un réveillon pantagruélique pour une famille modeste.

La fièvre du jeu montait de minute en minute et se transformait vite en impatience chez les joueurs qui attendaient depuis longtemps le bon numéro qui ne voulait pas sortir et qui leur ferait décrocher le lot tant convoité. Des « *Tira-lo*[1] *!* » fusaient, impératifs et suppliants, essayant presque d'envoûter le crieur pour que sa main innocente s'arrête sur le numéro et leur fasse hurler un « *Là !* » qui mettrait fin à la partie et surtout au stress généré par l'attente prolongée.

Le temps s'étirait lentement au rythme des quines et des cartons pleins. À l'entracte, l'agitation et le brouhaha reprenaient. Des flambeurs achetaient des cartons supplémentaires. Embauchés pour la circonstance, les garçons de café, leur plateau presque au-dessus de leur tête, avaient du mal à se frayer un chemin entre les tables. Les vitres s'embuaient, trahissant la froidure du dehors. La fumée âcre des Gauloises et des Gitanes s'agglomérait en un nuage laiteux, trouble, et dansait comme un reptile. Il régnait une chaleur lourde où se mêlaient les effluves d'eau de Cologne, les odeurs corporelles, l'amertume des bières, les aigreurs de vin mal digéré et les vents pestilentiels de ceux qui, profitant du brouhaha, se soulageaient de gaz encombrants. Quelques femmes rafraîchissaient leur visage avec leurs cartons en guise d'éventail. Les enfants en profitaient pour se rendre visite en passant sous les tables, d'un bout à l'autre de cette salle bondée.

La foule s'indignait quand un joueur, un récidiviste, gagnait pour la deuxième ou troisième fois et conspuait le crieur avec un « *Remena !* », Remue !, quand il ne brassait pas assez souvent les petits cylindres dans le

1. « Tire-le ! »

chaudron. Des énigmes parfois grivoises et même paillardes pimentaient l'annonce des numéros. Devant un parterre de joueurs habitués, il aurait été inutile d'annoncer les vrais nombres mais, pour les éventuels nouveaux et aussi pour les enfants, on finissait presque toujours par clarifier les choses. Avec « Il est tout seul ! », on marquait le 1, et avec « Comme papa », le 2 ; « En Champagne ! », le 3. Le 4 s'annonçait avec « L'homme fort ! ». « La queue est en haut ! » indiquait fièrement le 6. « Elle est en bas ! », le 9. Et puis encore : « Thérèse ! » Et la salle répondait en chœur : « Ma sœur ! » Inutile alors de traduire. J'aurais cependant aimé que l'on m'explique « *Cap i cul !* », que l'on pourrait traduire par « tête et queue », lorsque je marquai ce 69 qui faisait pouffer de rire toute l'assistance.

La soirée se terminait toujours par une partie à « carton plein » : l'heureux gagnant repartait avec une dizaine de jambons ou un cochon, que le charcutier du village avait probablement fourni et qui attendait sûrement, depuis midi, dans l'arrière-cour du café. Connaissez-vous le comble du charcutier ? C'est de gagner à la rifle le cochon qu'il a vendu le matin même ! Au grand désespoir de tous les perdants, cela arrivait assez souvent.

Après ce rite païen, l'église à son tour s'emplissait des fidèles venus assister à la messe de minuit. Près de l'autel embrasé de cierges, un chœur de bigotes, accompagné à l'harmonium, chantait déjà « La marche des rois ». Le bedeau allait et venait, veillant à ce que tout soit en place pour la célébration de la Nativité. Les femmes et les enfants occupaient les bancs de part et d'autre de la nef. Les hommes, moins nombreux, se regroupaient dans le fond de l'église ou montaient à la tribune. Pour une fois dans l'année, le prêtre avait le plaisir de voir son église pleine à craquer. On parlait à voix basse. Certains se saluaient d'un signe de tête ou d'un sourire.

Cette nuit magique me procurait une émotion particulière, troublante, mêlée de joie et de respect. Aujourd'hui encore, je la ressens chaque fois que je pénètre dans un lieu saint, quel que soit le culte que l'on y célèbre.

Avant de quitter l'église, nous restions un moment devant la crèche installée dans l'une des chapelles. Les santons étaient presque de taille humaine, si réalistes que j'avais l'impression qu'ils allaient soudain s'animer, parler. Les quelques centimes que je serrais dans ma poche et que je réservais probablement à l'achat de petites friandises, chez la boulangère, passaient l'un après l'autre dans la fente d'une grande boîte à musique surmontée d'un ange qui remerciait de la tête après avoir chanté « Il est né le divin enfant ».

Dans la nuit froide, ballottés par les coups de tramontane, ma mère, transportant mon petit frère emmitouflé jusqu'aux oreilles sur le porte-bagages et moi sur sa roue avant, regagnions notre maisonnette. Mon père en nous attendant s'était endormi à la table, la tête sur ses bras. En guise de réveillon, nous savourions un morceau de *tortell*, un gâteau en couronne parfumé aux grains d'anis, et quelques tourons, sorte de nougat aux amandes, aux noisettes ou aux pignons. Le temps de nous réchauffer une dernière fois devant la cheminée, et de déposer, bien alignés sur les tomettes rouges de l'âtre, nos sabots qui recevraient avant notre réveil une orange, quelques figues sèches et peut-être quelques carrés de chocolat noir, nous sautions entre les draps tiédis par le brasero que Joachim avait posé sur le lit pour notre retour. Malgré l'heure avancée de la nuit, lové sur cette plage de chaleur, je tardais à m'endormir en fredonnant ce chant de Noël catalan que tous les fidèles pleins de ferveur et d'allégresse avaient entonné avant de quitter l'église : « *Salten i ballen els pastorets, dones/Salten i ballen la nit de Nadal*[1]. »

Les jours d'hiver, nous les *masovers*, habitants des mas, les Espagnols, étions les premiers arrivés à l'école. La grande porte du préau n'étant pas encore ouverte, nous pénétrions dans la cour par un portillon. Nos pas et nos voix résonnaient dans la classe déserte. Préposés à l'allumage du poêle, nous nous sentions privilégiés d'être là avant les autres et de rendre service à la maîtresse. L'un d'entre nous vidait le tiroir à cendres, un autre préparait le feu avec quelques feuilles de journal, du petit bois et une ou deux bûches, un autre enfin avait l'honneur de craquer la première allumette. Pendant que le feu prenait, nous descendions à la cave, armés de la pelle et du seau à charbon. Le poêle Godin ronflait déjà à notre retour et les deux pelletées de boulets que nous lui donnions lui faisaient refouler une fumée laiteuse qui, en s'échappant par les tuyaux disjoints, venait dessiner ses arabesques dans les rayons du premier soleil. Une douce chaleur commençait à baigner la classe.

Il ne nous restait plus qu'à remplir précautionneusement les encriers de porcelaine blanche et distribuer les cahiers en les posant bien au coin droit de chaque

1. « Ils sautent et dansent les pastoureaux, mesdames/ Ils sautent et dansent, la nuit de Noël. »

pupitre. Fiers de notre mission accomplie, nous déballions nos affaires. La maîtresse arrivait, rectifiait le tirage du poêle et commençait son travail. Tout en haut du tableau, avec la craie rose, elle écrivait la date, suivie de la traditionnelle et quotidienne phrase de morale à la craie bleue. C'était par exemple : « Comment prouver notre amour à nos parents ? » avec un premier thème de réflexion : « Le fils affectueux ». Le lendemain, elle nous proposerait de reparler de cet amour avec « Le fils obéissant », puis viendrait le tour du « fils respectueux » et enfin celui du « fils reconnaissant ». Nous avions l'impression que la classe débutait avant l'heure alors que nous commencions, nous aussi, à écrire sur nos cahiers.

Février était souvent le mois de la visite médicale tant redoutée de certains, et je dois reconnaître que je faisais partie de ceux-là. Dans l'autobus qui nous conduisait au dispensaire de Thuir à dix kilomètres de Millas, je frissonnais derrière la vitre embuée. Le soleil commençait à colorer de rose la campagne encore endormie, figée par cet hiver qui tardait à tirer sa révérence. Ruisseaux luisants, gelés, et pures dentelles blanches accrochées aux arbres comme des robes vaporeuses de sucre candi.

Sur la banquette arrière, en habitués, les grands plaisantaient et riaient bruyamment en décrivant par le menu le déroulement de cette fameuse visite médicale. À les entendre, j'appréhendais de plus en plus les investigations que le docteur ou la doctoresse allaient pratiquer sur mon petit corps. J'avais beau être habitué à courir à demi nu autour de la maison en été, l'idée de me déshabiller devant quelqu'un, fût-il médecin, m'effrayait beaucoup. Je n'étais pas encore adepte du naturisme ! La maîtresse nous avait abandonnés pour accompagner les filles qui étaient entrées les premières et je ne me sentais pas rassuré par son collègue et mari.

Trente-huit kilos, cent cinq centimètres environ, œil droit, œil gauche, vaccinations dont on ignorait à l'époque les dangers, et puis uriner dans un verre. L'envie tarde à venir et après on ne s'arrêterait plus ! C'est vrai que quelques gouttes suffisent pour faire virer les réactifs sur la bandelette colorée, mais ce verre si grand que l'on pourrait y mettre un bouquet de fleurs devient soudain trop petit. Moment tant redouté que celui où l'on pénètre dans le cabinet du médecin et qui me faisait préférer subitement la blouse grise du directeur à celle trop blanche de celui qui, en faisant le serment d'Hippocrate, n'avait pas dû jurer de ne pas faire peur aux enfants ! La pièce est sûrement chauffée et cependant je grelotte. Mystère du stéthoscope, prolongation des oreilles du médecin. Comme c'est froid au début ! « Respire, souffle, tousse. » Examen du dos pour détecter une éventuelle scoliose. Examen des réflexes avec cette curieuse impression de sentir que nos membres ont choisi d'obéir au petit marteau caoutchouté plutôt qu'à nous-mêmes et semblent vouloir se détacher du corps. Comme ce serait bien si le slip était collé à la taille ! Mais non ! Aussitôt abaissé, aussitôt remonté. Ma pudeur n'aura pas été longtemps mise à l'épreuve : c'est fini. « Tu peux te rhabiller. » Me le dire deux fois serait peine perdue : en un rien de temps je suis vêtu de pied en cap et je quitte prestement la pièce, laissant la place à un plus courageux ou à un plus paniqué que moi. De retour à l'école, la maîtresse nous remettra le « Pli confidentiel », ce carnet de notes médicales où nos parents pourront voir, eux qui ne s'en aperçoivent pas toujours, que nous avons encore grandi.

Lorsque, au retour de l'école, nous approchions du mas Batllo, nous commencions à pédaler de plus en plus fort par crainte d'une sortie intempestive de Joseph, le régisseur, qui de temps en temps, surgissant de la haie bordant la route ou de l'écurie, nous menaçait d'une fourche ou d'un râteau brandis à bout de bras. Le brusque écart que nous faisions à ce moment-là nous conduisit directement, un jour que je portais mon camarade Pierre sur le porte-bagages, dans un bouquet de roseaux près du ruisseau. Heureusement, il n'y avait pas beaucoup d'eau mais, la peur au ventre, nous nous relevâmes en quatrième vitesse, courant sans prendre le temps de remonter sur le vélo. Mon pantalon déchiré était maculé de sang et cependant je n'avais rien senti sur le moment. Mais le roseau est tranchant comme un rasoir et je porte encore les cicatrices de ces plaies qui mirent longtemps à se refermer. Bien plus tard, j'appris que ce n'est pas à moi que ce Joseph en voulait mais bien à Pierre qu'il avait surpris plusieurs fois en train de chaparder des nèfles dans son petit jardin.

Dans une petite maison bourgeoise entourée d'un parc, attenante au corps de ferme, vivaient Mlle Batllo et sa gouvernante Monique. Celle que tout le monde appelait Mademoiselle Suzanne demeurait là, un peu à l'écart, peut-être à cause de son retard mental. Monique l'avait élevée et malgré son grand âge elle continuait avec une belle abnégation la mission qui lui avait été confiée.

Elle devait, comme pour un bébé, la laver, l'habiller, la nourrir, la promener et la border au coucher.

Échappant sans préméditation à la vigilance de la brave Monique, elle quittait l'enceinte du parc et partait sur la route, marchant au milieu, bras croisés, jambes écartées, en traînant les pieds de droite à gauche. Avec son visage diaphane encadré de cheveux gris, bouclés comme ceux d'une enfant, son sourire qui ne découvrait jamais ses dents et ses yeux bleus toujours noyés, elle semblait s'être égarée dans ce monde. Souvent habillée de gris ou de bleu marine, elle ressemblait à une élève de pensionnat qui aurait oublié de grandir. « Ça c'est bien sûr, ça c'est bien sûr », c'était sa façon de participer aux conversations et, tout au long du jour, elle s'exprimait avec des « je veux bien » et des « je ne veux pas ». De temps en temps, ma mère rendait visite aux deux femmes. Lorsque je l'accompagnai pour la première fois, je restai interdit devant ce que je n'avais encore jamais vu, pas même dans un livre. La véranda par laquelle on entrait était un vrai jardin intérieur. L'escalier en colimaçon ouvrait sur la salle à manger haute de plafond. Au centre d'une grande table rustique aux pieds léonins, couverte d'un immense napperon de dentelle, trônait une statue de marbre blanc, réplique en miniature de celle découverte à Milo. Sur les murs, des tableaux aux cadres dorés représentaient des scènes de chasse. Près de la cheminée, une comtoise au cadran émaillé envoûtait le silence de son tic-tac.

Dans le salon meublé d'une grande bibliothèque et de profonds fauteuils de cuir fauve, je tombai en arrêt devant un piano noir. Deux chandeliers de cuivre jaune encadraient le pupitre. J'étais sans voix. Bien sûr, j'aurais aimé soulever le couvercle mais la plus élémentaire politesse me l'interdisait. Sans dire un mot, Mademoiselle l'ouvrit pour moi. Mes doigts se posèrent au hasard sur les touches d'ivoire que je frappai timidement l'une après l'autre, d'une main, puis de l'autre. J'étais ravi, heureux, et je continuai à « jouer » seul dans le salon pendant l'heure du café. Sur la courte distance qui nous séparait de la maison je dus dire dix fois à ma mère : « Je veux apprendre le piano » et elle dut me répondre dix fois : « On verra. » L'espoir m'était donc permis.

Les soirs de printemps, lorsque je rentrais de l'école après l'étude du soir, je traînais toujours un peu. Les jours s'allongeaient. Les hirondelles revenues fendaient l'air de leurs faucilles noires. Je prenais le temps de cueillir les boutons d'or éclatants au bord des ruisseaux et les premières violettes frêles, timides, au parfum si discret. Lorsque, après une averse, la route brillait sous un soleil rasant, la roue de mon vélo ouvrait dans les flaques deux « ailes de papillon ». Métamorphose transparente, cristalline, éphémère.

Les derniers jours de classe s'étiraient sous la canicule de juillet. Les livres rendus, les cartables soudainement aplatis et inutiles restaient à la maison. Dans la cour les pupitres prenaient l'air et aussi l'eau de Javel. Avec ardeur, nous frottions les taches d'encre violette afin de redonner au bois un air de jeunesse avant la nouvelle rentrée. Les chewing-gums collés depuis des mois dans les recoins les plus inaccessibles résistaient. Armée d'un canif, la maîtresse les décollait mais elle restait impuissante devant les initiales gravées à la pointe des compas au fil des heures d'ennui de ceux que le travail scolaire intéressait peu, mais qui révélaient ainsi un certain talent artistique. On retrouvait souvent sur ce bois de chêne les mêmes cœurs que sur les majestueux platanes de la cour où l'amour s'amplifiait au fil des ans et bien après que ces passions éphémères s'étaient dissoutes dans le temps.

Nettoyée, rangée, la classe replongeait dans le silence en attendant l'octobre suivant. Derniers jours du temps heureux de l'école communale. Derniers jours passés à jouer sous l'ombre protectrice des grands arbres, entre la fontaine et le sautoir. Avant-goût des grandes vacances.

Le jeu le plus courant à cette époque de l'année était lié à la cueillette des abricots. C'était le « Biribi chinois ». Après avoir savouré ces fruits orangés, venus de Chine, sensuelles mandorles à la peau duveteuse piquetée de rouge carmin, à la chair si attirante, parfumée, presque farineuse, nous gardions les durs noyaux de bois brun qui se livrent si facilement. Au bout de longues minutes passées à user les deux ventres de cette forme oblongue contre un mur, certains fabriquaient un sifflet. D'autres en faisaient un jeu où l'adresse et le commerce étaient indissociables. Le noyau servait à la fois de projectile et de monnaie d'échange. Pour ouvrir boutique, il fallait une bonne provision de noyaux, un bon capital, en quelque sorte. Assis à l'ombre des lilas, les « marchands », jambes écartées, plantaient, devant eux, un bâtonnet de bois dans un petit monticule de terre. À un pas de là, sa chute rapportait cinq noyaux ; à cinq pas, dix noyaux, et à dix, le commerçant perdait sa cagnotte tandis que le gagnant installait immédiatement son négoce à la même place et se mettait à psalmodier : « Biribi chinois, qui gagne ne perd pas, qui perd se ruine ! » On voyait de « gros riches », les poches pleines à craquer de noyaux à ne plus savoir qu'en faire et voulant gagner encore, et des démunis regarder les autres faire fortune. Ainsi va la vie en ce bas monde, du début jusqu'à sa fin.

Chaque jour voyait diminuer le nombre d'élèves dans la cour. Les grands qui avaient passé les épreuves du certificat d'études ne venaient plus, les enfants d'agriculteurs s'attelaient déjà à la cueillette des fruits avec leurs parents ; quant aux Gitans, ils s'étaient éclipsés depuis longtemps. Plus de cris, plus d'agitation, plus de bagarres. Nos déplacements devenaient de plus en plus erratiques et indolents. Nous entrions dans la torpeur de l'été.

Je savais qu'il n'y aurait plus de rentrée pour moi dans cette école. Les meilleures choses n'ont qu'un temps, dit-on. Je savais ce que je laissais et je n'avais aucune idée de ce qui m'attendait. La maîtresse en nous disant au revoir nous fit les recommandations d'usage : « Soyez bien sages, écoutez bien les leçons, soyez polis avec vos professeurs et avec tout le monde, pensez à votre avenir ! » Ses beaux yeux bleus se noyèrent de larmes en nous embrassant l'un après l'autre. Après la classe, nous lui rendîmes visite chez elle pour lui apporter un cadeau : c'était la coutume lorsque les élèves quittaient l'école avant l'entrée en sixième. Nos mères s'étaient consultées pour lui offrir un couvre-lit en satin, à grands ramages roses et blancs. Mme Adroguer était très émue comme chaque fois sans doute. En franchissant le seuil de sa maison, j'eus le sentiment d'entrer en un lieu secret. Comment imaginer une maîtresse où un maître ailleurs que dans sa classe ? De plus, comme c'est souvent le cas, elle ne résidait pas dans l'un des logements de fonction de l'école mais au village, dans une belle et grande maison toute neuve, entourée d'un joli jardin. J'étais encore plus intimidé qu'à l'ordinaire et je me tenais un peu en arrière, regardant autour de moi tout ce qui peuplait ce beau salon feutré, toutes ces choses que je n'avais jamais vues et qui pour moi étaient d'un luxe inimaginable : les fauteuils de cuir fauve dans lesquels je n'aurais jamais osé m'asseoir, les tapis d'Orient à la géométrie parfaite, douce et colorée, les aquarelles au mur et les bibelots posés sur des étagères de verre, de grands arums dans un vase de porcelaine blanche sur un guéridon, et la bibliothèque remplie de livres tous plus beaux les uns que les autres. Victor Hugo, Guy de Maupassant, Lamartine, Colette, George Sand, Baudelaire, Prévert. De ces auteurs je ne connaissais que des extraits ayant fait le sujet de dictées, de récitations ou de lectures. En cette fin d'après-midi, le soleil couchant entrait par une grande baie vitrée et dessinait au sol un sentier de lumière. Je me mis à rêver à une certaine idée du bonheur.

Sur le chemin du retour, bousculé par le chagrin et la peur des lendemains, je ne flânai pas, et à peine arrivé chez moi je partis en direction de mon refuge favori sur la berge du ruisseau de Perpignan, ainsi nommé car d'Ille-sur-Têt il rejoint le chef-lieu des Pyrénées-Orientales, distribuant l'eau à l'ensemble de ces terres qu'on appelle le *regatiu,* terres d'arrosage, grasses et fertiles, où l'on trouve tout à la fois vignes, vergers et cultures maraîchères.

J'aimais et j'aimerai toujours ce ruisseau ami, gardien de mes émois, de mes doutes et de mes pensées secrètes. Voisin fidèle et compagnon de mon enfance, je lui suis redevable de mes premières émotions esthétiques au gré de son cours, se gonflant d'eau boueuse pour jouer l'insoumis, ou bien lamentablement étiré, décharné par l'accablant prélèvement du soleil. C'est toujours vers lui que je me tournais naturellement, pour lui confier mes états d'âme, mes pensées confuses, mes peines et mes tourments, lorsque l'été fécond venait me troubler en accrochant des boules dorées, vertes ou rouges dans les branches des grands feuillus, ou quand l'automne jaunissant sous les nuages lourds commençait sa complainte aigrelette et venait réveiller en moi une mélancolie à la sombre origine.

À travers le clapotis de l'eau sur les cailloux moussus de la berge ou sur les remous changeants de l'onde, j'essayais de comprendre. Mon confident voulait me dire. Il m'expliquait gravement l'ordre des choses et moi, avide de savoir, j'écoutais humblement. J'appris ainsi à percevoir dans ce havre de paix les signes que nous adresse la nature généreuse pour nous donner l'éveil, nous rassurer et nous remettre sur la voie. Une feuille morte emportée par le flot soudain retenue par une aspérité de la berge, des petits poissons courageux qui bravent le courant, les roulades d'un rossignol, musicien et guérisseur invisible, et le vent tumultueux qui soudain se calme.

L'âme apaisée, je suis toujours rentré heureux de ces rendez-vous, transporté par une énergie magnifique.

Ce soir-là, le ruisseau à l'étiage coulait une eau tranquille, paresseuse, transparente. Dans le fond, de grandes algues ondoyaient comme des chevelures et découvraient de temps à autre des barbeaux indolents et peureux. Les libellules semblaient se presser de regagner un abri pour la nuit et les hirondelles rasaient l'eau pour happer encore quelques moustiques insouciants, trahis par un rayon de soleil dans leur folle sarabande. À l'horizon embrasé, le massif du Canigou bleuissait déjà. L'école était finie mais le rêve commençait : je décidai que je serais instituteur et rien d'autre ! En gagnant la maison à travers vignes et pêchers, je me voyais déjà faisant la classe à des dizaines d'élèves sages, polis et attentifs.

Dans un local agréable, bien rangé et bien éclairé par d'immenses globes blancs, je déambulais dans ma blouse grise parmi les pupitres cirés, un livre à la main, dictant lentement un texte ou faisant posément la lecture. Je donnais des leçons d'écriture en montrant de ma longue baguette le contour d'immenses majuscules tracées sur le tableau noir. J'expliquais avec délectation la géographie de l'Hexagone et de ses lointaines colonies. Je racontais l'histoire sans trop m'attarder sur les horribles guerres civiles ou religieuses. Depuis les états de la matière, les métamorphoses de la grenouille, la germination de la graine de haricot et de petits pois jusqu'à la balance de Roberval, mes élèves savaient tout de la magie des sciences. Dans la cour de mon école, les mains croisées derrière le dos, je contemplais, ravi, l'ensemble parfait avec lequel grands et petits effectuaient les mouvements de la gymnastique rythmique. Tous les samedis après-midi, nous partions découvrir les mystères de la nature et en rapportions des trésors : du petit houx qui garderait longtemps ses boules rouges, de l'argile pour les modelages et des pommes de pin parasol qui s'ouvriraient comme des fleurs sur la fonte rougie du poêle pour libérer leurs pignons au goût doux-amer. Au retour, nous chantions à tue-tête jusqu'au portail de l'école. Les élèves partis, je restais dans le calme de la classe pour corriger les cahiers en ne donnant que de bonnes notes à des enfants qui le méritaient bien et qui, ainsi, ne courberaient pas le dos vers la terre.

Je rentrai juste au moment de nous mettre à table et, encore un peu dans mon rêve, au lieu de répondre à la dangereuse question : « Où étais-tu passé ? », je m'écriai : « Je veux faire maître d'école. » Mon petit frère interpellé par ce dernier mot dont il était menacé de temps en temps me jeta un coup d'œil plutôt inquiet puis commença à manger. Mes parents, eux, se regardèrent et je les trouvai ravis de ce qu'ils venaient d'entendre. Il me sembla même qu'à cet instant toute la fatigue de leur rude journée s'envolait d'un coup. « Alors tu peux te préparer à travailler encore plus ! » Il fallait s'y attendre mais, ce soir-là, mon enthousiasme ne fut pas amoindri par ce qui, il fallait bien le reconnaître, était un sage conseil. En prenant le frais sur le seuil, mes parents discutèrent de l'événement. Ils évoquèrent les dépenses qu'il faudrait engager pour moi si je rentrais un jour à l'École normale comme mon frère Roger. Certes, la bourse d'études les aiderait un peu, mais il faudrait tout de même assumer les frais du trousseau. De ma chambre, je les entendais parler, désormais préoccupés par l'avenir de leur rejeton. L'air frais de la nuit entrait par la fenêtre ouverte et le clair de lune dessinait, sur le mur de la chambre, l'ombre chinoise d'un sureau, abri d'un fidèle rossignol qui chantait toute la nuit pour protéger son territoire. Je m'endormis, heureux, bercé par les roulades du courageux passereau et le chant des grillons.

3

Les grandes vacances commençaient et la perspective de partir quelques semaines rejoindre mes cousins me fit accepter de bon gré la cueillette des tomates et des haricots verts. J'attendais chaque jour la venue de l'oncle Henri, de la tante Francine et de mes cousins. Mon petit frère, lui, n'était pas aussi pressé de partir. Il devait se sentir plus en sécurité avec nos parents car, pendant que ma mère rangeait soigneusement les vêtements et le linge de corps dans une valise, il les retirait au fur et à mesure pour les replacer dans l'armoire.

Moi, j'étais heureux d'aller vers les vacances, vers ce mas Amiel où j'étais venu pour la première fois à l'âge de quatre ans, au moment où Francine et Henri, jeunes mariés et encore sans enfant, venaient de s'installer. Lui était caviste et travaillait dur toute la journée et parfois même la nuit. Pour combler sa solitude, ma tante m'empruntait à mes parents et ainsi, de mois en mois, je fus leur « premier enfant ». Cela, j'en suis sûr, créa entre nous une affection particulière et indéfectible. L'arrivée d'André, leur premier-né, mit fin à ces adoptions périodiques, mais je revins au mas des vacances lorsque mes grands-parents s'installèrent à leur tour dans cet immense domaine perdu au milieu d'un océan de vignes au pied de Quéribus.

Assis sur des caisses, à l'arrière de la camionnette qui bringuebalait, nous pensions déjà aux courses folles dans la garrigue, à la baignade et à nos jeux plus ou moins dangereux. Les cahots de la route nous jetaient de temps en temps les uns contre les autres. Le visage face au vent, accrochés aux ridelles, nous chantions à tue-tête les chansons les plus grivoises que nous connaissions, mais on peut parier que dans notre jeune âge le sens exact des paroles nous échappait probablement en partie.

« Jeanneton prend sa faucille / Larirette, larirette / Jeanneton prend sa faucille / Et s'en va couper des joncs... »

Les garçons chantaient sérieusement comme pour mieux affirmer une certaine virilité, surtout lorsqu'ils annonçaient la rencontre de cette fille naïve avec « quatre jeunes et beaux garçons ». Les filles, les mains jointes sur leur bouche, riaient déjà pour le baiser sur le menton que donnait le premier de ces lurons. Devant les méfaits du deuxième, elles emprisonnaient leur robe dans leurs mains à cause de ce jupon qu'elles-mêmes ne portaient pas et se serraient les unes contre les autres à cause de ce maudit gazon sur lequel le troisième faisait échouer la malheureuse Jeanneton. Et, même si la chanson ne dit pas ce que fit le quatrième larron, mes cousines se bouchaient les oreilles et aussitôt nous montrant du doigt criaient : « Les hommes sont des cochons ! » C'était la morale de cette histoire. Nous finissions, triomphateurs, en accélérant pour avoir le dernier mot : « La morale de cette morale /

Larirette, larirette / La morale de cette morale / C'est que les femmes aiment les cochons ! »

Heureusement, la chanson s'arrêtait là car nous ne connaissions pas la fin et, à coup sûr, nous nous serions fait traiter de couillons comme ces trois jeunes et beaux garçons qui ne connurent pas le bonheur d'être quatrième.

Notre petit répertoire y passait et pour nous rendre plus intéressants nous entonnions : « Je connaissais un moine / Un moine capucin / Qui confessait les nonnes / Au fond de son jardin... »

Le refrain parle de colle et de petits pois mais comment faire le lien avec ce qui ne faisait pas encore partie de notre expérience !

« Il dit à la plus bonne / Tu reviendras demain... »

Et là, on entend parler d'un cierge qui par on ne sait quel mystère conduit la pauvre nonne jusqu'à la maternité. Mystère de la conception qui voit naître à la fin de la chanson un petit capucin aux attributs virils tricolores, franchouillards.

Dès que nous amorcions la descente, après le col de la Bataille qui sépare la vallée de la Têt de celle de l'Agly, on apercevait déjà la chaîne des blanches Corbières et le château cathare de Quéribus. La vitesse et la succession des virages tous plus raides les uns que les autres mettaient fin à nos cris et à notre excitation. Blottis dans un coin, nous en venions aux confidences, aux secrets et aux complots. La garrigue sentait le genêt et bruissait du chant des cigales qui ne cesserait qu'à la nuit tombée. Le Canigou, encore encapuchonné d'hiver, bleuissait, auréolé de soleil couchant. Dès que nous empruntions le chemin des mas, je prenais conscience que j'avais quitté mes parents, les laissant à leur dur travail dans la touffeur de l'été, et que je ne les reverrais qu'à l'approche des vendanges et de la rentrée. Mais cette nouvelle escapade comblait mes presque onze ans et je ne pensais qu'aux jours prochains passés à courir en liberté dans les ravins mystérieux, les vignes à perte de vue et les pinèdes fleurant bon la résine.

À peine arrivé, je me précipitai vers la maison des grands-parents et je les trouvai devant le seuil, assis sur des chaises basses. Joseph, les deux mains appuyées sur sa canne, un mégot au coin des lèvres, et Anna, les bras croisés sur sa poitrine, devisaient à mi-voix. Ils m'attendaient et savaient que ma première visite serait pour eux. Leur visage s'éclaira. J'embrassai d'abord Anna, qui, peu habituée aux effusions, se défendait quand elles duraient trop, puis Joseph, qui aussitôt glissa la main dans la poche de sa veste et en ressortit une boîte que je connaissais bien, ronde, métallique, présumant par son décor de la douceur du trésor caché. Berlingots à l'anis, à la menthe, au citron, à l'orange et au cassis, zébrés de blanc, pointus comme des bonnets de lutins. Doux, forts, acidulés, fruités. Palais surpris, langue avide et dents trop pressées. Parier qu'on ira jusqu'au bout, jusqu'à ne sentir qu'un petit cristal près de fondre entre deux papilles. Pari perdu !

Je leur annonçai fièrement mon désir d'embrasser la carrière d'instituteur. Les yeux plissés, Joseph esquissa un beau sourire et hocha plusieurs fois la tête en signe d'approbation et de contentement. Anna, d'un ton sérieux et jouant volontairement l'oiseau de mauvais augure, me dit à son tour : « Tu peux te préparer à étudier beaucoup si tu veux être maître d'école ! »

Et avec un regard complice pour son mari elle ajouta : « C'est pas vrai ce que je dis, Cosé ? » Elle était la seule à appeler mon grand-père par son prénom espagnol, José, mais comme beaucoup de Français elle avait du mal à prononcer la *jota*.

Joseph n'était pas bien grand et le dur travail de la terre avait fini par courber son dos et arquer ses jambes. Creusé de rides et constellé de grains de beauté, avec ses yeux calmes, presque dormeurs, et cette bouche aux lèvres charnues coiffée d'une fine moustache toujours bien taillée, son visage reflétait la bonté, mais son nez presque aquilin qu'il transmit à ses quatre enfants annonçait cependant une certaine autorité. L'hiver, il allait souvent vêtu d'un pantalon et d'une veste de gros velours marron et, sous l'habituel *xalec*, un gilet en coutil et satin noir, toujours déboutonné, il portait le plus souvent une chemise écossaise en flanelle. Dès le retour des beaux jours, c'est dans une chemise de coton à rayures sans col, en veste et pantalon bleu délavé habilement rapiécés qu'on pouvait le voir. Il avait alors troqué son épaisse casquette de laine pour une autre plus légère de coton écru et ses pataugas pour des *vigatanes*, les traditionnelles espadrilles catalanes à semelle de corde que l'on maintient en croisant leurs longs lacets autour du mollet.

Anna était une solide Catalane dont ses filles elles-mêmes disaient qu'elle était forte comme un Turc. Plus grande que mon grand-père, elle était ossue, droite, souvent habillée d'un peignoir en satinette noire, sur lequel elle nouait un tablier gris agrémenté de fleurettes blanches. Je l'ai toujours vue porter des bas noirs de coton et des chaussures de toile noire à lacets. Dès le matin, elle serrait ses cheveux gris coiffés en chignon dans un grand mouchoir carré qu'elle nouait derrière son cou. Son visage plein aux traits quelque peu grossiers reflétait la générosité et, comme elle était peu bavarde, ses grands yeux parlaient pour elle. Son seul luxe était cette paire de boucles d'oreilles en or que son époux lui offrit un jour pour la remercier, encore une fois, de lui avoir donné trois beaux enfants. En ouvrant les volets, à l'heure où elle commençait à faire les chambres, jetant draps, couvertures, édredons, oreillers et traversins sur le rebord de la fenêtre pour les aérer, elle chantait de sa voix délicieusement grave l'unique chanson de son répertoire : « Fascination ».

Je t'ai rencontrée simplement
Et tu n'as rien fait
Pour chercher à me plaire.
Je t'aimais pourtant
D'un amour ardent...

Ma bonne grand-mère avait cruellement manqué d'affection dans son enfance et avait du mal à exprimer ses sentiments profonds. Orpheline à neuf ans, elle était passée sans transition de l'enfance à l'âge adulte sans « faire jeunesse ». Placée aussitôt comme bonne dans une famille bourgeoise de Perpignan, elle y resta jusqu'à ses vingt-huit ans. Ses patrons devinrent ses tuteurs et arrangèrent pour elle le mariage avec Joseph, qui, après le décès de sa première épouse morte en couches, quitta l'Espagne juste avant notre drôle de guerre, laissant aux bons soins de sa propre marâtre, là-bas, dans son village natal de Fuente Alamo, son premier enfant, Basilio. Peu après le mariage, les bons tuteurs conseillèrent à Joseph d'aller en Espagne chercher son fils.

On trouva à ce garçon de seize ans un emploi chez un garagiste où il devint vite chef d'atelier. Cet oncle que j'ai si peu connu avait une revanche à prendre sur la vie : il finit par devenir gérant, puis propriétaire de ce grand garage. Sa réussite sociale se concrétisa quand il épousa Suzanne, issue d'une riche famille toulousaine, tout en le détournant définitivement de sa famille.

Ainsi, lorsque nous étions enfants et même dans notre adolescence, nous devions disparaître, aller jouer ailleurs durant tout le temps des rares visites que Basile et Suzanne faisaient à mes grands-parents, et à eux seuls. Dès que la belle voiture apparaissait au bout du chemin, nous détalions comme des manants à l'arrivée de quelque seigneur.

Bon prince, Basile apportait royalement un paquet de tabac pour son père, un kilo de sucre et un paquet de café pour sa belle-mère. Il venait s'enquérir de la santé, parler un peu de la tramontane ou de la marinade, le vent marin, de la dernière vendange, mais pas des enfants et encore moins des petits-enfants.

« Vous avez bonne mine. Vous avez tout ce qu'il vous faut, au moins ? » La visite durait peu. Parfois nous nous cachions dans l'écurie attenante pour les observer à la dérobée. Mon oncle affichait un air bonasse. Suzanne, elle, gardait en permanence sa moue dédaigneuse. On sentait qu'elle s'obligeait à faire ces visites. Elle eût certainement préféré jouer au bridge avec ses amies plutôt que de venir s'ennuyer à la campagne. Je vivais mal ces visites et je me demandais pour quelle sombre raison nous étions traités comme des pestiférés. Il me fallut du temps avant d'apprendre que nous étions victimes d'un stupide événement familial. Au cours de la dernière guerre, en emportant le cochon que mes parents venaient d'engraisser pour eux, mon oncle et ma tante ne firent aucun geste pour les récompenser. Ma mère en fit gentiment le reproche à son frère. C'est alors que ma tante allégua qu'elle aussi pourrait réclamer tout le sucre donné à mon frère Roger lorsqu'elle l'avait gardé chez elle. Le sang de ma mère ne fit qu'un tour et elle lui mit immédiatement un kilo de sucre dans les mains. Il n'y resta pas longtemps et les morceaux vinrent se mêler aux pierres du chemin. En les ramassant, mon oncle glissa discrètement un billet de cinq cents francs dans la main de ma mère pour qu'elle achète un manteau à mon frère. La brouille était désormais consommée entre ma tante et mes parents. Lorsque ma sœur décéda, les « Perpignanais » ne vinrent pas aux obsèques.

C'est dans le cabanon d'un poulailler désaffecté depuis fort longtemps que j'ai exercé pour la première fois le plus beau métier du monde. Dès le lendemain de mon arrivée au mas, la tartine beurrée dégoulinant de confiture encore dans la main, ma cousine Michèle, tout excitée, cria : « Georges, fais-nous l'école ! » Je ne me fis pas prier. Tous se mirent à l'ouvrage et m'aidèrent à meubler cette pièce unique, trop exiguë pour mes sept élèves. Avec quatre caisses à fruits nous formâmes des pupitres à l'équilibre instable. Adossée au mur, sur une solive vermoulue qui avait dû servir de perchoir, une grande ardoise, habituellement utilisée dans la cave, servit de tableau noir. Quelques morceaux de craie récupérés dans le bleu de travail de mon oncle me permirent de tracer les lettres majuscules et de poser des opérations. Dans d'anciens livres d'école qui finissaient leurs vieux jours dans une remise, j'essayai de faire lire ma petite classe.

Hélène, la plus jeune, devait avoir trois ans ; Josette, la plus âgée, presque dix : j'étais son aîné de quelques mois. Pour tous c'était un jeu et aussi, sans doute, une façon d'exorciser les stress accumulés dans les périodes scolaires. Ils faisaient les bêtises et les blagues que nul instituteur ne leur aurait permises. Annie copiait effrontément, André riait à gorge déployée et faisait semblant d'écorcher son vocabulaire. Michèle souriait tout le temps et poussait Évelyne du coude. Jean-Louis disait volontairement des énormités et Josette faisait la précieuse en posant des questions saugrenues dont elle riait en attendant ma réponse. Bien sûr je réprimandais et je punissais même, mais ces masochistes aimaient beaucoup ça. Ce fut ma première classe unique !

« À taple ! » L'invitation avait un son de cloche et le bel accent de ma tante Francine qui, comme beaucoup de Catalans, remplacent *b* par *p* en français. Un meuble devenait un meuple et nous étions souvent insupportaples. Comme pour donner l'exemple, le « petit maître » lavait ses mains comme ses élèves et mettait un point d'honneur à ne pas se faire gronder pendant le repas. Mais, au cours de la sieste obligatoire, il redevenait le complice des fous rires, des batailles de polochons et des projets visant souvent à échapper à la vigilance des adultes.

C'est là, dans la maison de nos grands-parents, dans la pénombre et la fraîcheur des chambres aux volets clos, que se préméditaient les expéditions au jardin qui verraient disparaître avant le crépuscule les premières fraises grosses comme des toupies, carminées, luisantes, parfumées que notre grand-père soignait avec amour. Les pêches veloutées, à peine mûres, subiraient le même sort. Plus d'une empreinte de pas, plus d'une branche cassée, plus d'un noyau innocemment craché trahiraient notre passage et feraient enrager Joseph. Doux maraudage de l'enfance !

Anna était victime de nos blagues. « José, viens. Il y a encore des rats dans la réserve, je les entends ! » Ces « rats » se retenaient de pouffer de rire, cachés dans les placards ou sous un vieux lit. Joseph ne venait pas, croyant peu à la présence de ces rongeurs, et continuait sa sieste réparatrice en maugréant contre l'imagination fertile de sa femme. Le balai de paille allait et venait sous le lit, nous frôlant, nous heurtant parfois. Le jeu durait ainsi jusqu'à ce que l'un d'entre nous stoppe son arme pendant que les autres sortaient bruyamment, et entouraient Anna pour la chatouiller à qui mieux-mieux. Son chasse-rats repris, elle faisait mine de nous frapper pour que nous quittions la pièce. Elle se laissait prendre chaque fois.

Joseph aimait cuisiner pour les grands jours où il réunissait toute la famille. Pour la fête du 15 août, il préparait une paella. Il n'était pas question de le déranger pendant qu'il officiait et, dès qu'il posait l'immense poêle sur un feu modéré de sarments et de ceps de vigne, Anna s'éclipsait pour ne revenir qu'au moment de mettre la table. Un sac de jute à la main et un vieux couteau de cuisine dans la poche de son tablier, elle partait cueillir, dans les vignes toutes proches, de petits pissenlits que l'on appelle ici *mastagueres*.

Dans trois ou quatre cuillerées d'huile d'olive fruitée et sans trop d'acidité qu'il mettait à chauffer doucement, Joseph faisait dorer les morceaux de poulet, le travers de porc débité en petits cubes et des portions de saucisse, en remuant lentement avec une cuillère en bois. Il réservait le tout dans une grande jatte en terre cuite pendant qu'il faisait revenir, un peu plus rapidement, les blancs d'encornets coupés en rondelles, les petites seiches débarrassées de leur « bec » et les grosses langoustines enrobées dans un mélange d'ail et de persil pilé. Il rajoutait alors la viande réservée, deux ou trois grosses tomates bien mûres égrenées et grossièrement coupées, l'oignon haché, les poivrons rouges débités en quartiers et les petits pois écossés. Le tout était patiemment mêlé jusqu'à ce que les petits pois changent de couleur. Dans ce mélange, il versait alors en pluie le riz à gros grains ronds et remuait vivement jusqu'à ce qu'il ait absorbé tout le jus et se détache bien de la poêle. À ce moment-là, il saupoudrait de safran et versait l'eau bouillante en quantité égale à celle du riz. Pendant la reprise de l'ébullition, les moules grattées et nettoyées s'ouvraient dans une grande cocotte émaillée. La paella cuisait à feu doux durant quinze à vingt minutes au cours desquelles Joseph goûtait de temps en temps pour vérifier le degré de cuisson et rectifier l'assaisonnement. Avant que le riz ait absorbé tout le jus, dans leur écrin de nacre bleutée, les moules fichées pointe en bas venaient le garnir de leur note orangée. Afin que les grains de riz finissent de gonfler, cuits à cœur, imbibés des senteurs de cette symphonie culinaire, il laissait reposer en couvrant la paella d'un torchon.

Revenue de la vigne, Anna préparait la salade de *mastagueres* qu'elle assaisonnait d'une légère vinaigrette et d'un peu d'ail et d'anchois finement hachés. On passait vite à table. Le torchon relevé libérait des fumets enivrants. Joseph, radieux, regardait la tablée familiale se régaler de cette paella qu'il fallait finir pour ne pas lui faire injure.

Au dessert, Anna apportait le *pa d'ous*, un flan constitué d'un délicieux mélange d'œufs battus et de lait cuit au bain-marie dans un moule caramélisé qu'elle mettait toujours un point d'honneur à réussir. Ce fabuleux dessert avait cuit la veille sur le feu avec des braises ajoutées sur le couvercle pour bien maintenir la chaleur. En piquant de temps en temps le mélange avec une aiguille à tricoter, ma grand-mère avait surveillé la cuisson. Ce flan est à point quand plus aucune goutte ne perle au bout de l'aiguille ; on le met alors aussitôt à refroidir.

Ces deux-là étaient très unis et se passaient difficilement l'un de l'autre. Économe par nécessité, Joseph avait de tout temps serré les cordons de la bourse qu'il gérait seul et Anna avait eu beaucoup de mal à distraire quelques francs pour des achats qu'il disait futiles. Néanmoins, elle arrivait à ses fins, en comptant bien comme je le lui ai souvent entendu dire, et elle arrivait ainsi à renouveler le linge de maison, la vaisselle et les ustensiles de cuisine.

Le jour des commissions, dès six heures du matin une véritable expédition se préparait. De la petite chambre que j'occupais chez mes grands-parents, j'entendais Joseph préparer le cheval et la charrette. Le pas lourd de César le brave percheron reculant entre les brancards de la jardinière résonnait dans l'écurie contiguë. « *Ho !* », « *Là !* », « *Arri !* », l'animal avait sûrement compris que ce jour-là il n'irait pas labourer la vigne car on ne lui mettait pas le lourd collier où s'attachaient de grosses chaînes grâce auxquelles il tirait la pesante charrue. À peine sorti dans la cour, il s'ébrouait dans l'air frais du matin, faisant cliqueter les anneaux reliant les sangles du harnais. Joseph chargeait les bonbonnes empaillées destinées à ramener l'eau de Javel, les paniers d'osier et les grands cabas en paille tressée. Encore étourdi par ce réveil aux aurores, j'avalais le café au lait où trempaient quelques morceaux de pain.

Les rênes flottant sur sa croupe, le pas assuré et tranquille, César prenait le chemin du domaine de Las Fredas puis celui du mas de La Devèze où Marcelle, la mère d'Henri, réputée pour son art d'accommoder le lièvre en civet, montait à son tour. Le soleil se levait à peine. Dès que nous amorcions la descente vers la nationale, Joseph commençait à tourner lentement la manivelle actionnant le frein pour préserver l'allure de César.

Nous mettions pied à terre sur la place Arago puis mon grand-père conduisait l'attelage dans la cour d'un propriétaire viticulteur qui lui permettait de dételer et d'abreuver la brave bête. C'était l'immuable coutume, il fallait d'abord « visiter les morts ». Tout en haut du village, dans le petit cimetière pentu, clôturé de hauts murs, devant les tombes entourées de grilles blanches et ouvragées, on se recueillait un moment pour rendre hommage aux défunts. Arracher les mauvaises herbes, redresser les couronnes malmenées par les derniers coups de tramontane, arroser les rosiers qui entre deux visites de Toussaint continuaient à dire « Je ne t'oublie pas ! »… Les disparus pouvaient continuer à reposer en paix au milieu des cyprès, fidèles protecteurs centenaires. À cette heure de la matinée, le cimetière était peu fréquenté et, pendant que les adultes veillaient au bon ordre des choses, peu conscients d'un quelconque irrespect, nous organisions des parties de cache-cache parmi les tombes et les caveaux jusqu'à ce que ma tante batte le rappel. Il était temps de redescendre pour commencer les achats.

Je ne pouvais plus entrer chez le boucher car l'odeur fade de la viande et la vue des carcasses suspendues aux crochets m'avaient écœuré dès le premier jour. Derrière son étal, M. Guillot avait des allures de bourreau avec son tablier blanc qu'il maculait de sang chaque fois qu'il y essuyait ses mains. Le bruit du tranchoir et celui des os fracassés sur le billot m'étreignaient le cœur.

Je franchissais plus volontiers la porte de la boulangerie où flottait l'odeur exquise et chaude du pain à peine sorti du four. Les grosses miches ventrues s'alignaient comme de sages soldats dans de grands paniers d'osier. Je contemplais avec envie les croissants et les pains au chocolat auxquels nous ne goûtions jamais. « Allez, Anna, prenez ces deux biscotins de Saint-Paul pour le petit. » M. Lamaze tenait l'épicerie où se mêlaient l'arôme subtil du café, le parfum huilé du savon de Marseille, l'odeur piquante du fromage de Roquefort et celle plus aigre des fromages de chèvre. Les rayons croulaient sous les rangées de conserves de légumes, les piles de boîtes de thon et de sardines à l'huile ou à la tomate, les paquets de gros sel La Baleine et de sucre Saint-Louis. « Tu as bien travaillé à l'école cette année, Jojo ? » Je répondais d'un timide et à peine audible : « Oui. » Alors, en douce, l'épicier plongeait sa main dans un grand bocal de verre et glissait dans ma poche quatre ou cinq bonbons à l'anis.

Joseph entrait à la pharmacie pour se procurer sa boîte de berlingots, des pastilles de Vichy, des sels lithinés avec lesquels il fabriquait une boisson gazeuse aux vertus digestives et l'indispensable bicarbonate qui facilitait aussi le travail de l'estomac après les repas trop copieux et qu'on ajoutait à l'eau de trempage des haricots blancs et des pois chiches pour les attendrir.

En fonction de l'argent qui lui restait, Anna terminait ses courses à la mercerie L'Idéal. Quelques aiguilles, du fil fort, noir ou blanc, du coton à repriser bleu marine et quelques boutons de chemise que ma mère, la seule à savoir coudre et repriser, utiliserait à sa prochaine visite.

Vers onze heures et demie, nous redescendions tous vers le quartier de La Grave, au fond du village où César, reposé et déjà attelé, attendait. Bravement, il nous remontait vers le mas. Le soleil était presque au zénith. À l'arrière de la jardinière, les jambes ballantes, un mouchoir noué aux quatre coins en guise de casquette, je rêvais déjà à la prochaine escapade vers la rivière.

Mon oncle Henri n'avait pas son pareil pour pêcher la truite fario aux flancs pigmentés de rouge, mais ce n'est pas avec un lancer qu'il la taquinait. Il pêchait « à la palpante », technique criminelle et néanmoins grisante. Ses deux mains lui suffisaient pour la surprendre, à contre-courant, sous les pierres ou près de la rive. Le poisson se débattait au bout de ses doigts, puis s'immobilisait après quelques ultimes soubresauts. C'est lui, ce non-conformiste, ce paysan sybarite, qui m'initia à ce braconnage qu'au début je pris seulement comme un jeu. Mon corps n'a pas oublié cette désagréable impression d'avoir perdu jambes et bras engourdis par l'eau glacée lorsqu'il nous emmenait pratiquer cette pêche illicite dans les rivières du haut pays de l'Aude. Ainsi, pendant que nous nous ébattions près de la rivière Maury, il s'éclipsait vers l'amont, dans des coins qu'il connaissait bien. En l'attendant, nous nagions dans les trous d'eau les plus profonds en essayant de garder les yeux ouverts et, entre deux plongeons, nous improvisions des concours de ricochets ou des combats au cours desquels nous croisions le fer avec des typhas en guise d'épées. Au moindre choc, ces armes à la pointe déjà mûre crevaient, libérant leur masse cotonneuse. À son retour, un sourire à peine contenu aux lèvres, les mains derrière le dos comme le faisaient alors les maîtres d'école, mon oncle nous lançait un « On y va ? » et aussitôt exhibait ses prises au bout d'un rameau de saule. Pieds nus comme des *Gitanets*, le slip encore mouillé roulé sur la taille, nous repartions vers le mas sans prendre le temps de nous sécher pour garder la fraîcheur sur notre peau cuite de soleil. Nos pieds, plus à l'aise sur les talus que sur les pierres du chemin, provoquaient des levées de papillons et de criquets.

Les jours s'égrenaient sous la chaleur brûlante du mois d'août. J'étais au mas depuis à peine quinze jours et il me semblait qu'un mois entier s'était déjà écoulé. Joseph soignait et surveillait jalousement melons, pastèques et fraises. Il n'était pas rare qu'il nous invitât au jardin, en fin de journée, pendant l'arrosage bénéfique d'après soleil. L'un d'entre nous allait cueillir la pastèque qu'il désignait et, pressant le fruit à deux mains, en nous demandant d'approcher notre oreille, il disait en écorchant délicieusement le français : « *Écoutez, como craqua.* » Ce craquement, en effet, est le signe d'une bonne maturité. Avec des gestes lents, un peu comme en représentation, il sortait la *navaja* de sa poche, l'ouvrait en faisant claquer la lame sur le cran d'arrêt, découpait deux rondelles à chacun des pôles de cette mappemonde luisante et commençait à trancher. La pulpe rouge sang constellée de graines noires apparaissait, fraîche et juteuse à souhait. La seule pression de nos lèvres faisait fondre ces demi-lunes tendres et sucrées, puis, progressivement, les dents s'activaient pour ne laisser que l'écorce dure qui se brisait comme du verre entre nos doigts.

La moindre averse sonnait l'alerte de la chasse aux escargots. Un sac de jute ou un panier à salade à la main, sans attendre la fin de la pluie, nous partions vers les ravins peuplés de roseaux et de joncs. Glissant sur l'humide, par centaines, les petits-gris partaient s'enivrer de thym, de fenouil et de romarin. On laissait les *closques molles*, les plus jeunes dont la coquille est encore molle, mener pour un temps encore leur vie de colimaçons. Trempés jusqu'aux os, nous retournions vers le mas déverser les gastéropodes dans de vieux garde-manger, où ils jeûneraient quelques semaines avant de flatter délicatement les palais et d'alourdir les estomacs des convives de la prochaine cargolade.

Septembre s'étirait, la cueillette du raisin s'annonçait déjà. Les jours raccourcissaient, la lumière en soirée était plus dorée et les nuits fraîchissaient. Les vignes autour du mas commençaient à flamboyer et le raisin avait foncé. Bientôt on couperait les belles grappes de grenache, de macabeu et de carignan qui seraient déposées au pied du cep et qui resteraient là quatre ou cinq jours pour augmenter le degré de ce vin aux reflets tuilés qui vieillit un an au soleil dans d'immenses dames-jeannes, avant de rejoindre les grands foudres de chêne où il se bonifiera durant cinq ans au moins. Dans la grande cave, on s'activait, remplissant d'eau les comportes pour gonfler le bois et les rendre étanches, lavant les hottes et préparant les pressoirs. Les *colles* venus d'Espagne peuplaient peu à peu les granges aménagées pour eux et toute cette agitation me rappelait que moi aussi, pour la première fois, dès que mes parents viendraient me chercher, je suivrais la *llaca*, la rangée, entre mon frère Roger et ma mère. Couper les grappes de raisin ne serait plus désormais un jeu vite remplacé par une course folle entre les ceps ou une partie de cache-cache avec le chien. Pour la première fois, je gagnerais mon salaire de coupeur jusqu'à l'heure de ma rentrée en sixième et cet argent allégerait les dépenses d'habillement et de scolarité.

Les vendanges commençaient habituellement près de Canohés, au petit domaine des Carlettes, que possédait aussi le patron du mas Camps. Il faisait encore nuit lorsque nous montâmes dans le grand camion qui emmenait là-bas la *colla*, l'équipe des vendangeurs. Trop tôt tiré de mes rêves, je somnolais entre Roger et ma mère qui tenait dans ses bras Francis déjà rendormi. À sept heures, nous entrions dans la vigne. Ma mère était *mossenya*, coupeuse en chef. Elle menait l'équipe en donnant la cadence et, pour cela, ne touchait que quelques francs de plus. Elle mettait toute sa fierté à aller de l'avant, sans repos, sans relever la tête. Au bout de l'interminable rangée, le régisseur nous surveillait comme un chef de bataille galvanise sa troupe et apostrophait les retardataires : « Trinité, tu t'endors ! » « Allez, *mossenya*, plus vite ! » Cadence infernale et jurons à peine contenus des coupeurs à l'égard de ce petit chef.

Dans ces vignes aux cépages d'aramon ou de carignan si prolifiques, lourds de grains juteux, j'avançais tant bien que mal entre mon frère et ma mère qui m'aidaient de temps à autre. À bout de forces, il m'arrivait d'envier Francis qui batifolait entre les rangées avec les petits de son âge. Je disparaissais quelquefois dans les ceps, pour n'oublier aucune grappe, aucun grappillon. Le seau en fer-blanc devenait de plus en plus lourd et, ne pouvant le soulever, je le traînais derrière moi jusqu'à ce que le videur vienne m'en débarrasser.

Quand les orages d'équinoxe, fréquents en septembre, s'abattaient brutalement dans les vignes détrempées, la terre collait aux chaussures et les seaux s'alourdissaient de boue. Entre les rangées, les chevaux qui tiraient les traîneaux chargés de comportes peinaient et ruisselaient d'une sueur âcre.

Le soleil était tout aussi importun quand, certains jours, la chaleur devenait torride. L'air même brûlait. La transpiration dégoulinait sur mes joues collantes du sang des raisins écrasés. Douleurs, courbatures et coupures aussi. La gorgée d'eau rafraîchissante tant attendue ne venait me réconforter qu'au bout du sillon.

Vers neuf heures, la pause du déjeuner nous laissait un peu de répit. Sur ses petites jambes, Francis nous apportait la panière laissée dans le camion et ma mère nous donnait une tranche de jambon ou quelques rondelles de boudin noir avec un bout de pain. Une demi-heure de calme pour reposer nos reins engourdis, et le travail reprenait au signal du régisseur.

À onze heures, à l'ombre des grands figuiers près du ruisseau, nous dînions le plus souvent d'une salade de tomates, d'oignons doux, de poivrons et d'un morceau de saucisse grillée dans un quignon de pain. Les hommes et quelques femmes qui n'avaient pas peur d'être mal vues buvaient le vin au *barral*, un tonnelet muni d'un embout de roseau taillé en biseau, ou à la *borratxa*, une gourde en cuir. Appuyés contre un tronc d'arbre ou allongés sur l'herbe, les vendangeurs laissaient leurs corps se détendre et s'assoupir. À l'arrivée du régisseur chacun se relevait à regret. Les femmes rajustaient leur foulard sur leur tête. Les hommes se recoiffaient de leur casquette ou de leur chapeau de paille. Chacun reprenait le travail avec courage, et des chants tantôt en catalan, tantôt en espagnol égayaient l'après-midi. Le camion nous ramenait après cinq heures du soir et, comme tous, j'avais hâte de laver mon corps poisseux et d'enfiler des vêtements propres. Après la soupe du soir, nos yeux avaient du mal à rester ouverts et nous ne nous faisions pas prier pour aller au lit. De ma chambre, j'entendais ma mère poursuivre dans la cuisine sa journée de travail. Elle lavait, essuyait et rangeait la vaisselle dans le placard, puis préparait le casse-croûte pour le lendemain. Afin de gagner du temps, elle repassait, cousait et reprisait en prévision de notre prochaine rentrée, et trouvait encore l'énergie de faire quelques rangs de tricot pour les chandails de l'hiver à venir. Enfin, loin des ardeurs de mon père endormi depuis longtemps, elle allait se coucher.

C'étaient mes premières vendanges, c'était mon

premier salaire pour quinze jours de travail. Je venais ainsi de gagner un peu d'argent de poche car l'essentiel de la somme qui me fut remise dans une enveloppe servirait à acheter les fournitures scolaires, la blouse, le cartable et compléterait si nécessaire le paiement des frais de demi-pension.

Octobre était déjà là. Roger repartait à l'École normale de Gap, Francis à l'école de Millas. Quant à moi je ferais encore le trajet jusqu'au village mais j'y abandonnerais mon vélo jusqu'au soir. Après de longs mois, la vie scolaire reprenait. J'appréhendais le retour à l'obéissance, à la rigueur des parents et aux contraintes du travail de la terre. Seule la perspective de poursuivre mes études au cours complémentaire pour devenir instituteur atténuait mon chagrin.

[illegible] pour qu'on [illegible] le venin [illegible] un petit signe [illegible] quand le [illegible] de la [illegible] dans [illegible] les formules seulement [illegible] plus tôt [illegible].

[illegible] Francine à l'école [illegible]. Quinze mois [illegible] encore [illegible] mais [illegible] pour [illegible]. Après de longs mois [illegible] l'appréhension [illegible] des parents et aux conférences [illegible] seule la [illegible] au cœur [illegible].

[illegible]

4

Octobre 1957. Le car de ramassage me conduisait vers le cours complémentaire d'Ille-sur-Têt. J'allais avoir onze ans. Calé au fond de mon siège, la tête contre la vitre, je me remémorais ce paradis perdu, mon école communale, ce cocon douillet où Mme Adroguer m'avait aidé à grandir au fil des automnes mouillés de brume au parfum de feuilles mortes, des jours d'hiver sous la neige, des averses printanières jusqu'aux chaleurs méridiennes de juillet.

L'inquiétude m'arracha à mes souvenirs. J'étais arrivé. D'autres cars déversaient leur flot d'élèves et quelques grands s'interpellaient, se serraient la main ou se donnaient de grandes tapes sur l'épaule. Les plus jeunes comme moi se laissaient porter vers la cour bitumée où je fus heureux de trouver quelques vieux platanes.

Le cartable serré sur la poitrine, dans ma blouse grise couleur de muraille sanglée à la taille, je me sentais aussi perdu qu'à ma première rentrée, la gorge nouée, timide, complexé. Je compris que je devais être encore le plus petit quand un professeur en passant mit aimablement la main sur mon épaule pour me dire en souriant : « Alors, Bébé Cadum, tu ne trouves pas ta classe ? C'est la dernière au fond de la cour. »

Une sirène retentit et je vis apparaître sur le perron d'un bâtiment de facture récente un personnage corpulent en cravate rouge, chemise blanche et costume bleu sombre. Son visage rond et plein, sa bouche lippue auraient pu lui donner un air débonnaire mais je remarquai, sous son front dégarni, un regard mobile et dur. M. Iché dirigeait son établissement d'une main de fer sans gant de velours. Ma joue fit intimement connaissance avec l'une de ses paluches le soir même de cette rentrée. Le car tardait à venir et nous passions le temps à jouer aux gendarmes et aux voleurs, comme à l'école primaire. Surveillant les derniers départs, M. Iché allait et venait dans la cour. Il pensa sûrement à une agression de ma part lorsque je rattrapai une fille de ma classe, car il me saisit dans mon élan par le col de ma blouse et, sans me donner le temps de me justifier, m'assena une beigne qui me fit perdre l'équilibre. J'en gardai la marque jusqu'au soir. Je lui en tins rigueur d'autant que, de retour chez moi, mon père m'attribua le solde. J'en voulus aussi à cette Yvette, peut-être trop effrayée, qui ne broncha pas pour m'éviter ce châtiment. Dès lors, j'évitai le « père Iché » dans la cour comme dans les couloirs et à plus forte raison aux abords de son bureau.

Notre classe de sixième A, tout au fond de la cour, était assez sombre. Par d'étroites fenêtres, le soleil matinal n'entrait que durant quelques heures et, en hiver, les quatre luminaires qui pendaient du plafond restaient allumés en permanence. À l'exception des cours de sciences que nous suivions dans la salle de physique et chimie et de l'éducation physique dispensée dans la cour ou sur le stade, nous passions là le plus clair de notre temps. Entre les interclasses et les récréations, nos professeurs de français, d'histoire et géographie, d'espagnol, de mathématiques et de musique défilaient selon un ordre immuable.

M. Trabis nous enseignait le français, l'histoire, la géographie, le dessin et aussi le travail manuel, ce parent pauvre de l'école aux vertus éducatives pourtant bien connues mais si peu mises en pratique, du moins à cette époque, et même encore à celle où je commençai à enseigner moi-même. Travail et réussite, discipline et sanctions étaient les maîtres mots de cet établissement et nos professeurs, que je préférerais appeler nos maîtres, les appliquaient à la lettre. De taille moyenne, bien bâti, M. Trabis incarnait la force tranquille avec des cheveux bruns, courts, taillés en brosse, un regard franc, le visage plein sur un cou puissant et une mâchoire carrée recouverte d'une barbe forte. Sous la blouse grise serrée à la taille par une ceinture, il portait souvent un pull vert ou marron tricoté à la main et une chemise à carreaux au col orné d'une cordelière. Il y a les enseignants sévères mais justes que l'on respecte et qui vous donnent envie d'apprendre et ceux, autoritaires à l'excès et offensants, que l'on craint et qui nous font détester l'école. À l'automne de ma vie, c'est des premiers que je me souviens avec bonheur. M. Trabis, que je retrouvai avec plaisir en quatrième, était de ceux-là. Et je souhaiterais que mes élèves se souviennent ainsi de moi.

La plupart de nos professeurs étaient d'anciens instituteurs et peut-être pour cela nous incitaient-ils, avec la rigueur nécessaire, à présenter correctement nos travaux. Chacun d'eux avait ses exigences que nous prenions pour des marottes. Sur la première ligne, la date en chiffres, en haut à droite, en séparant bien d'un tiret, le jour, le mois, l'année et le tout souligné de deux traits dont le premier devait débuter immédiatement sur le premier interligne. À l'opposé, dans la marge, le nom en capitales de deux interlignes suivi du prénom en écriture scripte. « Arithmétique », « géométrie » et, plus tard, « algèbre » devaient être couchés, toujours en majuscules d'imprimerie, sur la quatrième ligne et à huit carreaux de la marge rouge. Le premier des deux traits qui soulignaient la matière, objet de l'interrogation écrite, devait être deux fois plus épais que le deuxième. Immédiatement après venaient cinq lignes laissées en blanc et signalées dans la marge par le mot « observations ». Oui, souligné lui aussi ! C'est ainsi que le professeur de maths, M. Belluc, pointilleux s'il en est, exigeait que nous préparions nos feuilles avant de copier les énoncés auxquels aucune virgule, aucun point, tiret ou parenthèse ne devait manquer. Il va sans dire que la rédaction de la solution devait être du même acabit. Ma bonne écriture et le respect de ces règles me valurent parfois, lorsque la totalité de mes réponses atteignait zéro, d'obtenir un point pour la présentation. Maigre consolation, certes, mais préférable aux « moins un, moins deux ou moins trois » retirés si nous dérogions à ces règles capitales.

La grande paillasse de carreaux blancs avec ses éviers de chaque côté, les vitrines garnies de cornues, de tubes à essai sur leur support de bois, de ballons, de tubes de verre coudés ou en serpentin, de grands flacons prison emplis de formol où grenouilles, crapauds, couleuvres et vipères semblaient attendre d'être rendus à leur habitat naturel, donnaient à la salle de sciences un air de laboratoire.

C'était l'antre de Mme Benqué qui durant trois ans m'aida à approfondir mes connaissances scientifiques que l'école primaire avait laissées dans l'état larvaire prévu par les instructions officielles. Intransigeante, elle asseyait son autorité avec une voix naturellement criarde et punissait à tour de bras pour des peccadilles. Le bruit de ses talons aiguilles était un vrai supplice lorsqu'elle allait, dodelinant de la tête, d'un bout à l'autre de la classe, vêtue de sa blouse jaune qui ajoutait encore à la pâleur diaphane de son teint curieusement rehaussé de pommettes roses et saillantes. Une santé fragile et quelques grossesses nous l'enlevèrent souvent et le défilé des maîtresses auxiliaires sema la perturbation.

« Résultats insuffisants en maths ! » C'est ainsi que fut libellée l'appréciation de mon professeur dans mon premier bulletin trimestriel. Ma mère demanda aussitôt une entrevue avec M. Iché. À cette époque, j'étais toujours plein d'inquiétude en la voyant débarquer au cours complémentaire et j'imaginais par avance la réaction sans ménagement de mon père dès qu'elle lui rapporterait sa conversation avec le directeur. Selon son humeur et la gravité de mon comportement, cela pouvait aller du regard foudroyant plein de reproches à l'utilisation de son ceinturon. Le but de ces entrevues était, bien sûr, de m'aider à progresser, et même si j'en ai souffert, parfois jusque dans ma chair, je suis reconnaissant à ma mère d'avoir fait ces démarches, tout comme j'ai largement pardonné à mon père ses débordements qui anéantissaient pour un temps mon désir de réussir.

À l'issue de l'entretien, il apparut clairement que j'avais besoin de cours particuliers. C'était le seul moyen pour que je puisse retrouver un niveau convenable dans cette matière.

Tous les jeudis, et durant deux années environ, je me rendis à Saint-Féliu-d'Avall, à trois kilomètres de Millas, pour « prendre des leçons » comme on disait alors. M. Llense, instituteur retraité, m'expliquait patiemment et n'hésitait jamais à recommencer depuis le début lorsque je butais sur une difficulté. Progressivement, en m'accordant le temps nécessaire et en me rassurant, il m'aida à remonter cette pente si abrupte pour moi. Je me sentais digne d'intérêt et je prenais de l'assurance chaque fois que je réussissais, seul, un exercice. Je repartais toujours confiant, et pour rien au monde, qu'il pleuve ou qu'il vente, je n'aurais manqué ma leçon de maths du jeudi. Mes résultats s'améliorèrent mais ma mère voulut tout de même s'en assurer en revenant aux nouvelles à la fin du deuxième trimestre. Je savais que ces trente francs hebdomadaires représentaient un sacrifice pour mes parents et je crois qu'implicitement je fis tout mon possible pour leur donner satisfaction.

Peut-être à cause de nos origines communes, peut-être grâce à mes bonnes dispositions dans la langue de Cervantès et de Lorca, je fus toujours dans les bonnes grâces de Mlle Paro qui, loin de me favoriser, me pardonnait volontiers mes petites erreurs devant les difficultés de la grammaire ou les confusions dues aux perfidies du vocabulaire. Je comprenais, lisais et parlais couramment l'espagnol depuis l'âge de neuf ans. J'avais lu et relu *Primeros pinitos*, « Premiers petits pas », ce livre d'initiation que mon frère aîné avait abandonné dans l'armoire de notre chambre parmi les volumes de la Bibliothèque verte. Au risque de lasser mes parents ou les compatriotes de mon père qui venaient passer la veillée chez nous, je ne ratais pas une occasion de réciter, avec l'emphase des jeunes enfants soudainement heureux et fiers à la fois de se sentir importants, *El canario*, l'une des poésies imprimées dans les dernières pages.

« *A un canario que comía biscocho, alegre, saltando / Un niño estaba mirando / Y un poquito le pedía /...* [1] »

J'insistais fortement sur l'accent tonique du dernier mot, lorsque le canari répond à ce gamin envieux : *Estudia y te premiarán.* « Étudie et tu seras primé. » Je crois tout de même que mon père était fier de m'entendre parler dans sa langue, lui qui pourtant ne s'adressait à moi qu'en français ou à l'occasion en catalan.

À ce stade de l'apprentissage, je me sentais comme un poisson dans l'eau. L'*Espanyolás* méprisé était enfin reconnu. Je gagnais haut la main ce biscuit que je n'avais plus à envier à aucun canari. Je me sentais réhabilité.

La traditionnelle fête scolaire clôtura en beauté mon année de sixième. Devant les tribunes du stade, pleines à craquer de spectateurs venus de tous les villages environnants, elle débuta par le lendit auquel participaient tous les élèves du cours complémentaire et ceux de toutes les écoles du secteur. Nous allions effectuer, en musique et voix off, des mouvements de gymnastique rythmique répétés tout au long de l'année sous

1. « Un canari mangeait un biscuit / Joyeux, sautillant / Un petit garçon le regardait / Et lui en demandait un peu /... »

la conduite de M. Safon, notre professeur d'éducation physique. Après une entrée au pas de course sous les applaudissements et les murmures attendris de la foule, en short bleu et chaussures de tennis, en maillot de corps pour les garçons et chemisier blanc pour les filles, nous enchaînâmes, les unes après les autres, les séries de mouvements en essayant de ne prendre aucun retard. Vu des gradins, l'ensemble en eût certainement souffert.

Pendant que s'édifiaient les pyramides humaines des plus anciens, nous endossâmes un costume russe pour être prêts à danser un cercle circassien. La transformation nous rendait presque méconnaissables. Nos camarades de cinquième revêtirent quant à eux leur tenue de montagnards écossais. Leur kilt, coupé dans un tissu imitant le tartan, soulevait bien évidemment les plaisanteries de certains. On entendait : « J'espère que tu portes un slip au moins, car si la tramontane souffle on verra tout ! » ou encore : « Si t'as envie de pisser, tu peux toujours t'accroupir ! »

Notre prestation terminée, nous courûmes vers les stands de boissons et de glaces pour nous désaltérer avant de regagner les premiers gradins et d'assister en spectateurs au déroulement de la fête.

Derniers « pêchers en fleurs » de la saison, les grandes filles de troisième et de terminale entrèrent sur la pelouse pour le final. Dans la corolle rose pâle de leur robe d'étamine, les cheveux enserrés dans une couronne de fleurs délicatement tressées, elles dansèrent une sardane, tenant à bout de bras des arceaux symbolisant les branches fleuries d'un pêcher au printemps. Le public était ébloui et ému à la fois. Cette danse venait de toucher leur cœur de travailleurs catalans. Le Canigou protecteur appelait le soleil vers le couchant et le rose orangé continuait de baigner la fête.

Maintenant que nous étions plus grands, l'arrivée des vacances signifiait aussi un travail plus fréquent au jardin. Je ne pourrais partir chez mes grands-parents qu'une fois la cueillette des haricots terminée. Impossible d'y échapper. Après le petit déjeuner, et jusqu'à dix heures seulement à cause du soleil qui commençait alors à taper trop fort, il fallait remplir des paniers de haricots qui peu à peu allaient grossir des corbeilles garnies d'une toile de jute mouillée afin de garder ces légumes au frais jusqu'à leur départ chez l'expéditeur. C'est interminable, une rangée de haricots ! On avance avec un train de sénateur. Surtout ne pas regarder trop souvent le bout du sillon, sous peine de perdre courage. Mon panier lancé en avant à chaque pas dérangeait, çà et là, tout un petit peuple installé bien à l'abri dans la verdure : des scarabées bleu turquoise ou vert émeraude qui aussitôt prenaient leur envol silencieux, des coccinelles voraces et carnassières attablées sur les tiges enrobées de pucerons noirs et d'agressives mantes religieuses qui affolées voulaient croiser le fer, les deux pattes lancées en avant comme des faucilles.

À l'inverse de mon jeune frère Francis qui se faisait longuement prier et supportait peu d'être contraint de travailler, je ne rechignais jamais à aider mes parents. D'un naturel docile, je trouvais normal de le faire. En grandissant, je compris aussi que, en donnant de mon temps et de ma personne, je pouvais modestement participer aux dépenses, ne fût-ce qu'à celles que j'occasionnais avec mes études.

Quand les fins de mois devenaient difficiles, le climat à la maison s'assombrissait. Ma mère s'arrangeait bien pour arriver à joindre les deux bouts mais la paye de mon père, si modeste en regard du travail qu'il fournissait, n'était pas toujours à l'heure et, à peine arrivée, elle servait aussitôt à régler des dépenses déjà engagées. Sans s'occuper du budget du ménage, Joachim s'étonnait du manque d'argent et criait beaucoup. C'est à ce moment-là qu'éclatait souvent la dispute. Pour ne pas assister au triste spectacle je disparaissais parfois vers le lavoir où le bruit de la cascade atténuait les éclats de voix. Mais c'était souvent pendant le repas que les choses se gâtaient et je subissais, le nez dans mon assiette, la scène de ménage. Dans ces horribles instants, je me sentais tiraillé dans l'amour que je portais à mes parents, les excusant l'un et l'autre et les maudissant aussi pour en arriver à se jeter leurs rancœurs à la figure. Ma mère était la plus virulente. Elle ne supportait ni la soumission ni l'immobilisme de mon père. Qu'il continue à se contenter de gagner aussi peu dépassait son entendement. Et de lui citer les noms de ses compatriotes qui faisaient tout pour s'en sortir en acceptant de quitter leur patron pour prendre des terres à mi-fruits, c'est-à-dire en partageant les frais de fumure et de traitement des récoltes comme les bénéfices qu'elles produisent. Travailler pour travailler, autant le faire pour soi ! Joachim ne disait rien mais je l'imaginais en train de serrer les dents et les poings, réfrénant la violence qui montait en lui. Un mot de trop de celle dont pourtant il reconnaissait les qualités, surtout son aptitude à travailler la terre comme lui, sans jamais se plaindre, et il laisserait exulter sa colère contenue en levant la main. Malgré les larmes, ma mère ne baissait pas les yeux, au contraire. C'est finalement la première chaise se trouvant sur son passage que mon père lançait à travers la cuisine. Je me demande aujourd'hui ce qui, des larmes ou de la fixité du regard, arrêtait, chaque fois, ce geste atroce, cette main menaçante, terrible et si indigne. Pour en finir, sans terminer son repas, Joachim claquait la porte, enfourchait son vélo et repartait au travail quelle que soit l'heure. Andréa reprenait ses tâches ménagères. La tristesse m'étreignait le cœur. J'aurais tant aimé prendre sa défense mais braver mon père était impensable et surtout périlleux.

Ma mère s'obstina. À son avis, il fallait partir du mas si on voulait s'en sortir. Roger venait d'arriver pour les vacances d'été, à l'issue de sa quatrième année d'École normale. Il essaya à son tour de persuader mon père de ne pas s'entêter à vouloir continuer à travailler pour un salaire de misère.

En achetant la bouteille de gaz, Andréa confia son désarroi à la quincaillière du village. Elle et son époux venaient de perdre leur métayer et cherchaient quelqu'un pour reprendre leur modeste propriété familiale. L'horizon s'éclaircissait, mais il faudrait aussi se loger et la maison que mes parents avaient acquise dans le village avec leurs premières économies était louée pour un an encore. Devant cet empêchement, et pour faciliter la décision, la femme proposa gratuitement une petite maison héritée de ses parents et fermée depuis fort longtemps. Il n'en fallait pas plus pour que ma mère revienne harceler mon père qui, finalement, baissa la garde et accepta enfin une vie meilleure.

M. Camps, informé de sa volonté de le quitter, promit de l'augmenter et de lui céder un autre terrain qu'il pourrait exploiter à sa guise. Il refusa. Sa décision était prise : ils partiraient après les vendanges.

Le cerisier rougissait déjà ses feuilles, le platane tutélaire se colorait de jaune et d'orangé et les sureaux exhibaient leurs grappes violettes comme de petits parapluies retournés. La vendange avait laissé dans l'air la saveur sucrée des grappes écrasées. L'été glissait doucement vers l'automne. Plus aucun bruit ne venait de la basse-cour. La petite maison se vidait et perdait peu à peu son âme. Devant la porte, les meubles et les outils attendaient déjà d'être chargés sur la camionnette que mon père empruntait pour la dernière fois au patron. Au milieu de la cuisine, ma mère avait regroupé quelques cartons remplis de vaisselle emballée dans de vieux journaux, deux ou trois valises de vêtements et mon cartable plein à craquer de livres de classe, d'albums d'images collectionnées, semaine après semaine, dans les tablettes de chocolat et surtout d'anciens cahiers d'écolier précieusement conservés dans une boîte à chaussures.

Pendant que nous aidions ma mère à nettoyer chaque pièce, mon père partit faire un tour au jardin qu'il laissait en l'état. J'imagine qu'il alla s'y recueillir quelques instants et, comme le font tous les paysans, prendre avec tendresse une poignée de terre, la sentir et la regarder couler doucement entre ses doigts pour la remercier de nous avoir tant donné et d'avoir permis l'achat, quelques années auparavant, d'un lopin de terre tout près du mas.

Nous étions prêts à partir. Tout excités par ce départ pour le village, Francis et moi avions déjà enfourché nos vélos. Celui de ma mère attendait contre le mur et des sacoches arrière sortaient les miaulements de détresse de nos deux chats paniqués par ce départ qu'ils ne comprenaient pas. Ma mère fermait la porte et rabattait la moustiquaire pour la dernière fois quand le patron arrêta sa 2 CV pour nous dire au revoir. Il parla quelques instants avec mon père :

« Tu sais, Quim, si ça ne marche pas à Millas, tu pourras revenir quand tu voudras.

– Merci, monsieur Camps. Je m'en souviendrai. »

Une certaine tendresse dut étendre son voile sur eux, à ce moment-là, car leurs yeux s'embuèrent. Cet homme et mon père avaient sûrement tissé au fil des jours ce lien particulier entre maître et serviteur qui les rend dépendants l'un de l'autre. La 2 CV du patron s'ébranla vers le château et notre convoi s'en fut vers le village.

Nous emménageâmes dans la maison étroite et sombre de la rue Danton au début du mois d'octobre 1958. J'entrais en cinquième et je devenais millassois. Bien sûr, je regrettais le mas et la campagne, mais la vie citadine avait beaucoup d'avantages. Plus de pénibles trajets à faire par tous les temps. Je pourrais me lever plus tard et prendre le car de ramassage à deux pas de chez moi. Francis se rendrait à son école à pied. Ma mère ferait ses courses sur place et la plupart de mes camarades vivaient dans les quartiers voisins.

Jean Mas habitait à deux pas de là, rue de la Mairie, et c'est ensemble que, le matin, nous allions jusqu'au café de la Promenade attendre le car de ramassage. À peine plus âgé que moi, de jeudi en dimanche il me fit découvrir le village et ses alentours. Au fil des rues, il m'indiquait le nom des personnes que nous croisions et le quartier où vivait chacune d'elles. Je m'aperçus par la suite que ces noms étaient souvent des surnoms et que beaucoup, dans cette bourgade, auraient eu du mal à indiquer les noms de famille de leurs proches voisins. D'ailleurs, la plupart des patronymes ne sont rien d'autre que des surnoms qui ont survécu et se sont officialisés. Pour preuve, les *Fuster, Ferrer, Sastre, Negre, Roig, Prats, Mas*[1]... pour ne citer que quelques lignées catalanes dont l'origine du nom se lit à livre ouvert. Cet emploi des surnoms s'explique aussi par les homonymes engendrés par les familles qui s'agrandissent et dont les membres porteurs du même nom restent au village. À Millas, comme dans beaucoup d'autres bourgs, la variété de ces appellations humoristiques dépasse l'imagination. En fonction de leur apparence physique ou de leur caractère, de leurs activités ou de leur profession, de leurs manies ou de leurs mots fréquents, certains, par ce second baptême, avaient réussi leur intégration dans la communauté villageoise tels : *l'Espárrec*, l'Asperge, *El Tap*, le Bouchon, *El Cara brut*, Figure sale, *La Pebrina*, au tempérament de piment, *En Pare rateres*, le poseur des pièges, *El Fakir*, le rebouteux, et *La Caldera* dont le camion fumait comme une chaudière.

Je dirais de Jean qu'il avait une bonne tête. Avec ses yeux vifs, enjôleurs et son sourire qui en disait long, il pouvait aussi bien signifier à quelqu'un qu'il l'aimait bien et le comprenait ou qu'il le trouvait d'une stupidité affligeante. De petite taille, marchant souvent à vive allure en rejetant en arrière la mèche qui lui barrait le front, il n'avait pas son pareil pour engager une conversation avec le premier venu. Il connaissait

1. Menuisier, forgeron, tailleur, noir, rouge, pré, mas.

tout le monde. Déjà passionné par la mode, l'art, les stars du cinéma et de la chanson, il était capable d'en parler inlassablement. J'aimais son sens de la repartie et son humour. Il m'apprit un nombre incalculable de blagues et de contrepèteries. À côté de lui qui avait toutes les audaces, je faisais figure de grand timide.

C'est au bal de la Saint-Jean qui avait lieu sur la place de l'Union que ma réserve fut mise à l'épreuve pour la première fois. Sur la piste, les danseurs virevoltaient déjà et s'en donnaient à cœur joie. Sur un air de valse, certains tournoyaient en riant à gorge déployée. D'autres, très sûrs d'eux, sérieux, presque académiques, s'appliquaient comme dans un concours de danse de salon. Quelques femmes entraînées par leur bon cavalier se laissaient aller à l'ivresse, les yeux fermés, la tête rejetée en arrière. Autour d'eux, des chaises pliantes, les spectateurs faisaient cercle en plusieurs rangées.

L'envie de danser me démangeait et pourtant je restais en retrait. Jean avait déjà dansé et n'arrêtait pas de me harceler à coups de : « Vas-y, vas-y ! » Je lorgnais désespérément vers le groupe de filles qui attendaient sagement qu'on vienne les inviter. Christine regarda dans ma direction. Je fis d'abord semblant de ne pas la voir. Je la trouvais belle mais de là à faire le premier pas ! C'est elle qui le fit et j'appris, à la fin de la soirée, que Jean, par signes, lui avait fait comprendre que je souhaitais danser avec elle. Nous arrivâmes sur la piste au moment où la série de valses s'arrêtait et ce fut sur un slow que j'enlaçai ma cavalière. Je me sentais un peu gauche. Il me semblait que tous me regardaient.

Ma main transpirait dans celle de Christine. J'osai

enfin la regarder et dès cet instant ma timidité commença à se lézarder. Je m'enhardis même à resserrer un peu mon étreinte et nous eûmes du mal à nous séparer à la fin de la danse. À onze heures, j'étais encore sur la piste quand Jean vint me rappeler qu'il était temps de rentrer. À cette époque pourtant paisible, à douze ans, on ne rôdait pas dans les rues après minuit et, même taraudés par l'envie de transgresser la règle, nous tenions la promesse faite à nos parents. Le respect de la ponctualité conditionnait d'ailleurs les futures sorties.

Dès que la chaleur alourdissait juillet, son sac de sport à la main et la serviette de bain sur l'épaule, Jean passait me chercher et nous partions au bord de la rivière, au lieudit le Tuïre, ainsi nommé car la rivière vient lécher à cet endroit une petite plage de pierres et d'argile mêlées. La douceur peuplait ces après-midi passés à lézarder au soleil entre deux plongeons du batardeau. Jean me racontait *La Rivière sans retour* avec Marilyn Monroe ou fredonnait « Tu parles trop », la dernière chanson de Frankie Jordan.

Lors de la grande fête de la Tomate, qui avait lieu chaque année au mois d'août sur la promenade ombragée de verts platanes centenaires, j'assistai pour la première fois à la communion d'un peuple qui danse la sardane. Une sardane, c'est un cœur qui bat. Par le *contrapunt*, le *flabiol* appelle les danseurs et les cercles se forment avec trois, quatre, dix, vingt ou trente participants. Tous entrent dans cette ronde où danseurs et danseuses alternés se donnant la main s'animent quand la *cobla* se met à jouer. Les rondes parfaitement synchronisées se mettent en mouvement de gauche à droite, à pas légers, exécutés presque sur place. Les têtes sont droites, fières. Il y a du recueillement dans l'air. Le *flabiol* joué d'une seule main, le *tamborí* qui scande le rythme ternaire, les *cornetins*, le *fiscorn,* les *tibles* et la *tenora*, le hautbois, exaltent les danseurs lorsqu'ils jouent la « Santa espina ». Par leur danse, ils affirment leur identité : « *Som i serem gent catalana*[1]... »

Dès le début du mois d'août, je repartis chez Joseph et Anna. Je retrouvai ainsi les baignades dans la rivière et les courses folles dans la garrigue avec André.

Après les vendanges, nous pûmes entrer chez nous, dans la maison de la rue Arago. C'était une maison d'angle à trois niveaux : une entrée et une cuisine au rez-de-chaussée, au premier une immense chambre occupant tout l'étage qu'il fallait traverser pour accéder aux chambres du deuxième, et enfin un très grand grenier. La maison n'avait connu aucune réparation depuis que mes parents l'avaient acquise : c'est dire qu'il n'y avait ni W.-C. ni cabinet de toilette. Au risque de voir mon intimité quelque peu bafouée, je choisis d'occuper le premier étage et de créer dans cette maison un univers bien à moi, comme celui que l'on se construit à l'adolescence pour continuer à s'enraciner, grandir et s'approprier le monde.

Au terme d'une année, la propriétaire des terres que mon père travaillait révéla finalement son avarice et sa fourberie. Le « mi-fruits » se transforma en un « tiers-fruits ». Devant cette nouvelle duperie, le sang de ma

1. « Nous sommes et nous serons catalans. »

mère ne fit qu'un tour et pour la première fois mon père la suivit d'emblée dans sa démarche.

Sa bonne réputation ne tarda pas à lui valoir une nouvelle proposition. M. et Mme O. lui confièrent leur exploitation composée d'un vignoble assez étendu et de nombreux vergers d'abricotiers et de pêchers. Malgré le labeur harassant, mes parents éprouvèrent enfin la satisfaction de travailler pour eux et de mieux gagner leur vie. Un soir, de ma chambre, je les entendis même parler d'un lotissement, d'un terrain et j'imaginai que ma mère, dans sa quête d'une aisance et d'un confort qu'elle n'avait jamais eus, avait dû lancer le projet de faire construire une maison.

À l'école, les choses commencèrent à se compliquer pour moi dès mon entrée en classe de quatrième, en octobre 1959. Je retrouvai mes professeurs de sixième mais je les sentis soudain plus exigeants. Je suivais très difficilement en maths et je dus décourager M. Belluc. J'avais perdu le goût de rédiger de beaux textes et même la langue espagnole me laissait indifférent. Je capitulais facilement devant les difficultés. Mon esprit s'évadait souvent pendant les leçons et je me faisais rappeler à l'ordre. Après les cours, j'avais hâte de rentrer à la maison pour me réfugier pendant des heures dans la lecture. Je dévorai alors toute la série des *Rougon-Macquart* de Zola. Je vivais très mal la moindre remarque de mes parents et mon jeune frère m'insupportait. Je m'isolais de plus en plus.

Le premier bulletin trimestriel traduisit mon triste état. Les résultats n'étaient pas seulement catastrophiques en maths. Ma moyenne en français avait aussi sérieusement baissé. Les profs de sciences et d'histoire et géographie émettaient des réserves sur mes capacités à étudier les leçons. Insensiblement, je m'étais laissé glisser jusqu'à m'installer dans une apathie dont je n'étais pas conscient moi-même. Les profs, dans leurs appréciations, me jugeaient indolent. Mes parents traduisirent aussitôt ce mot par fainéant. Après un sermon nourri de menaces, j'échappai par miracle à la ceinture de mon père. Ma mère prit rendez-vous. Le professeur de maths ne me trouva pas d'excuses. Oiseau de mauvais augure, Mme Benqué, scandalisée par ma passivité, émit des réserves quant à un possible rétablissement de la situation. M. Trabis, heureusement, sans minimiser le danger de tels résultats, parla de ma petite taille, de mes yeux continuellement cernés et de mon manque d'entrain. Pour lui, il fallait consulter un pédiatre.

Dans son cabinet du boulevard Wilson, à Perpignan, le médecin m'examina sous toutes les coutures. Il eut ensuite un long entretien avec ma mère où il était question de retard de croissance, de puberté et de pilosité. Je frémis d'effroi en l'entendant dire : « Il faut l'opérer pour lui retirer les végétations. » Ces végétations adénoïdes, hypertrophie du tissu lymphoïde du rhinopharynx, qui obstruent les fosses nasales étaient selon lui la cause de mon retard. L'opération que je sentais inévitable et imminente ne m'emballait pas du tout, mais le désir de me débarrasser de ce qui m'empêchait de me développer me donna le courage, dès le mois de janvier, d'affronter le bistouri. L'anesthésie sous le masque me procura un affreux sentiment d'impuissance à résister à l'endormissement forcé. Au réveil, le goût âcre du sang dans ma bouche me donna la nausée.

Ma gêne respiratoire disparue, je connus de nouveau le plaisir de sentir l'air frais entrer par mes narines.

Néanmoins, je ne remontai pas la pente scolaire. J'avais toujours aussi peu de goût pour l'étude et même les vacances de Pâques au mas Amiel me parurent insipides. Je recommençai à battre la campagne sans but. J'oubliai même Jean, et notre belle complicité finit par en prendre un coup. Au bout de ma course éperdue, je finissais par me réfugier auprès de mon ruisseau, oubliant le temps, et je rentrais à la lueur de mon phare de bicyclette. À la fin de l'année scolaire, la décision rouge et soulignée de deux traits du directeur fut catégorique : « Redoublement ».

Combien de coups de ceinturon mon père me donna-t-il ce soir-là ? Le premier était déjà de trop mais les autres suivirent dans un crescendo qui semblait ne pas vouloir finir. Roulé en boule sur mon lit, je protégeais de mes bras mon visage et ma tête. Pas un cri ne sortit de ma bouche du premier au dernier claquement. Je ne me laissai aller à pleurer à chaudes larmes que lorsque mon père eut quitté la pièce. En l'entendant descendre l'escalier, je le maudis car il venait de me frapper non parce que j'avais échoué mais à cause de la honte qu'il éprouvait en voyant pour la première fois l'un de ses fils en échec.

Mon incapacité à fournir un effort se transformait ainsi en faute. Cet été-là, il ne fut pas question de vacances et les journées furent longues des premiers abricots à la dernière grappe de raisin.

Le redoublement de la classe de quatrième me fut bénéfique et cette année supplémentaire me permit de retrouver un bon niveau. Travailler avec les mêmes professeurs me sécurisa et me redonna confiance. Cependant, loin de me complaire dans la facilité et une certaine aisance, je mis un point d'honneur à donner le meilleur de moi-même.

Mon corps lui-même se mit enfin à pousser et je gagnai en peu de temps les centimètres qui m'avaient tant fait défaut. Cette poussée de croissance quelque peu bouleversante me débarrassa de mon complexe de « nain » et je commençai à m'intéresser de plus près aux filles, et plus particulièrement à Françoise.

Celle-ci ne portait pas, comme ses camarades de classe, une blouse bleue, droite, fermée jusqu'au col et très sage, mais plutôt une sorte de sarrau court et cintré, ajusté autour du buste, boutonné dans le dos, et des smocks très savants soulignant une poitrine qui semblait toujours la précéder, mutine, déjà plantureuse à quatorze ans. C'était une tentation permanente. Quelques taquins s'amusaient à défaire subrepticement les boutons de son vêtement pour l'obliger à se reboutonner, bras en arrière, et avoir le plaisir de regarder le tissu se tendre et remodeler davantage les seins. D'autres, provoquant une bousculade, l'entouraient et des mains baladeuses s'essayaient à une palpation furtive. Pour être arrivée la dernière, la main de Robert fut un jour surprise et dénoncée. C'est celle bien plus sèche de Mlle Paro, notre prof d'espagnol, qui s'abattit sur sa figure tout étonnée. Son sourire béat fut de trop et il reçut un complément. Il n'y avait plus rien à dire.

Mise à part la paire de gifles, j'enviai Robert qui, bien que de manière fugace, avait eu un aperçu de ce qui devait être un trésor de douceur et de fermeté.

Cette année-là, nous fîmes connaissance avec Manuel Perez Valiente, que nous appelions familièrement Manolo. Il était notre lecteur d'espagnol. En dehors de nos cours habituels, il nous faisait pratiquer sa langue maternelle. Parce qu'il n'était pas professeur et que, lâchement, nous ne lui reconnaissions pas d'autorité, il subissait notre chahut. Pourtant calme et serein, il finissait par se mettre en colère et menaçait souvent les trublions de leur donner *una patada al culo*, un coup de pied au cul. Manolo nous parlait avec passion de son Espagne, de l'Andalousie et de Séville, sa ville natale. Avec une émotion non feinte, il lisait de temps en temps des poésies de Garcia Lorca ou d'Antonio Machado. Je me souviens encore de quelques vers de ce dernier :

Vieux oliviers assoiffés
Sous le clair soleil du jour
Oliviers poussiéreux
De la campagne andalouse !

Au fil des jours, je me rendis compte qu'il ressemblait beaucoup au héros de Cervantès, à ce don Quichotte dont il nous racontait les tribulations. Hiératique, sec, la peau mate, le nez busqué et les cheveux longs, tirés en arrière et bouclant sur la nuque, dans cette veste de velours côtelé qu'il portait pratiquement tout au long de l'année, il avait bien l'allure de l'artiste qu'il était.

Pardon, Manolo, pour vous avoir fait tant enrager. Donnez-moi depuis l'autre monde cette *patada al culo* que je mérite bien, moi qui n'ai jamais supporté qu'un élève me manque de respect. Alors, en relisant les poèmes d'*Arena y viento*, qui témoignent d'une profonde douleur et traduisent l'insupportable angoisse, l'horreur et l'inimaginable des camps de réfugiés espagnols sur les plages catalanes, je vous rendrai hommage, Manuel Perez Valiente.

Dès le 1er octobre 1960, le cours complémentaire devint collège d'enseignement général. Un cycle d'observation venait d'être mis en place dans les trois classes de sixième et une sixième « classique » s'ouvrait. Les sections agricoles, celles que j'aurais tant craint d'intégrer, continuaient à fonctionner à partir de la cinquième.

Exposée plein sud, dans les bâtiments les plus neufs, notre classe de troisième était claire et spacieuse. Mme Trabis était notre professeur principal. En la revoyant récemment, j'eus l'impression que je venais à peine de la quitter tant elle était restée la même, grande, si digne derrière ses lunettes, coiffée comme autrefois. J'avais le souvenir certainement erroné d'une prof de français intransigeante, souriant peu et réprimandant beaucoup. Dans sa blouse jaune de laquelle dépassaient le plus souvent un chemisier immaculé au col festonné, orné d'un camée, et une jupe descendant jusqu'à mi-mollet et que nous trouvions trop près de ses chaussures à talons courts, elle avait l'habitude d'arpenter l'espace entre son bureau, qu'elle n'occupait pas souvent, et les premières tables auxquelles elle s'appuyait parfois. Mon voisin Bernard et moi avions cru, en nous asseyant aux premières loges, nous mettre à l'abri de son regard qui selon nous, par la force des choses, se portait au loin, vers ceux qui, dans le fond de la salle, s'intéressaient peu à la littérature.

Un jour de grande distraction, le fou rire nous gagna à force de regards complices et de signes dirigés vers une partie d'anatomie qui, en s'appuyant sur notre table, se modelait aussi pudiquement que sur une statue de Maillol. Mme Trabis, heureusement, ne nous questionna pas sur l'objet de notre hilarité. Comme nous étions incapables de répondre à son « Qu'est-ce que je viens de dire ? », elle nous flanqua une retenue pour le jour même et, magnanime, ne nous dirigea pas vers le bureau de M. Iché.

Cette femme avait à cœur de bien nous préparer pour réussir le BEPC, ce passeport pour la troisième terminale qui permettait de présenter le concours que j'attendais tant, celui de l'École normale, ou bien des concours administratifs : Trésor public, Poste, SNCF. Je lui dois probablement d'avoir décroché ce premier diplôme, car mes notes de français associées à celles d'espagnol relevèrent grandement mes résultats en maths.

La dernière semaine de ce mois de juin 1961 fut consacrée aux révisions. Les épreuves du brevet devaient avoir lieu début juillet. Pour la première fois j'allais passer un examen dont mon avenir dépendrait. La satisfaction de mes profs, à l'exception du prof de maths qui émettait beaucoup de réserves, aurait dû me donner confiance. Mais une propension à toujours douter de moi-même et une peur irraisonnée de l'échec, qui m'a toujours habité, me faisaient craindre le pire. Sans ce passeport, je n'embrasserais jamais la carrière d'instituteur dont je rêvais.

Une atroce migraine me réveillait au matin et, dans la journée, mon ventre douloureux me parlait de ma peur de perdre. C'était mon premier examen et la panique qui m'envahissait pouvait tout compromettre. J'avais besoin d'aide pour passer ce cap. Les comprimés ordonnés par le médecin provoquèrent l'effet contraire et je dus lutter contre une trop forte somnolence. Une voisine conseilla à ma mère de consulter un guérisseur radiesthésiste réputé de Perpignan qui pourrait, comme il l'avait fait pour son fils, m'aider à rester détendu et serein jusqu'à la fin de l'examen. Je préférais de loin cette solution qui, bien qu'auréolée de mystère, me paraissait plus naturelle et moins nocive que l'utilisation de molécules chimiques. Je me rendis chez lui en toute confiance.

La salle d'attente, un peu exiguë, pleine à craquer, ne désemplissait pas de la journée. Hommes, femmes et enfants attendaient sur le seuil, sur le trottoir et même dans la rue. Certains venaient de très loin en espérant un soulagement à leurs maux ou ceux d'un proche.

Son index gauche sur ma main et les girations de son pendule que lui seul pouvait interpréter indiquèrent à M. Durand que tout allait bien se passer pour moi. Il fallait annihiler les angoisses qui me perturbaient ; il s'y emploierait jusqu'au matin des épreuves grâce à une photo de moi que je lui laissai. Je sortis confiant.

Le lycée Arago de Perpignan, immense bâtiment de briques rouges, avait de quoi impressionner les jeunes candidats que nous étions. Ses trois corps déroulés le long des eaux de la Basse lui donnaient une allure puissante, presque militaire, heureusement adoucie par d'innombrables baies vitrées encadrées de blanc. Une liste alphabétique, un numéro d'ordre, un numéro de salle, et le numéro 22 sur la table où j'allais plancher durant toute une journée. Je pris pour un bon présage ce rappel du jour de ma naissance. Le candidat qui me précédait s'appelait Lopez, le suivant aussi. Ce dernier me fit observer que nous étions huit à porter le même patronyme dans la rangée et, dans un grand rire, il ajouta : « Un jour nous serons célèbres ! » Pour l'heure nous devions faire nos preuves. Je me rendis seulement compte à la fin de cette journée habitée par le silence que je m'étais senti à l'aise, sans anxiété ni angoisses d'aucune sorte. L'attente des résultats fut néanmoins un vrai supplice. Huit longues journées et autant de nuits à craindre la déception de mon père mutée en colère et peut-être en correction. Pour une fois, le quotidien régional donna une nouvelle intéressante dans ses colonnes : j'étais reçu ! Mon père me prit dans ses bras ; ce fut mon plus beau cadeau.

M. Iché venait de faire valoir ses droits à la retraite et ne serait donc plus mon prof de mathématiques. Soulagement ! Mais l'arrivée de son successeur, M. Reverdy, suscita en moi bien des inquiétudes. Une allure nonchalante et débonnaire aurait pu nous laisser croire qu'il était adepte d'une certaine forme de laxisme. Il n'en était rien. Ce type était une brute. Les faibles en maths n'avaient droit qu'à son mépris et les plus doués à une sorte de violence souvent physique quand par malheur ils ne comprenaient pas son cours. J'échappai donc à ses baffes mais Marcel, le meilleur dans cette matière comme dans beaucoup d'autres, en fit souvent les frais. Son front venait heurter le tableau en faisant un bruit effroyable. C'était la pédagogie de l'erreur de ce chef d'établissement pour qui « mathématiques » était du genre masculin et « français » du genre féminin. Pour lui, tous les élèves de cette classe étaient forcément de bons élèves puisque leur moyenne leur avait permis d'y entrer. De plus, il ne manquait jamais de nous rappeler que le but final de cette année était un concours et non un examen. Nous devions donc faire tous nos efforts et de manière constante car rien ne nous serait épargné. La rigueur serait donc permanente tout au long de l'année.

Après le repas à la cantine, trois fois par semaine, M. Marty venait donner bénévolement des cours d'initiation au catalan. Cet enseignement facultatif avait l'avantage de ne réunir que des élèves curieux de mieux connaître cette langue. Jusqu'alors, j'avais entendu parler autour de moi le roussillonnais dont le domaine linguistique en France correspond au département des Pyrénées-Orientales à l'exception du canton occitanophone des Fenouillèdes, et qui comprend sept zones géographiques : la Cerdagne, le Capcir, le Conflent, les Aspres, les Corbères, le Vallespir et le Roussillon. Cette année-là, j'appris à m'exprimer dans le catalan normalisé en 1913 par Pompeu Fabra et que l'on parle surtout en Catalogne du Sud.

Dès ce moment, je commençai à dialoguer avec mes parents et je m'enhardis même à les reprendre de temps en temps pour une mauvaise prononciation ou pour l'emploi de gallicismes. Amusés, ils prirent très bien la chose mais mon frère Roger, qui n'avait jamais suivi de tels cours et ne s'exprimait qu'en roussillonnais avec eux, me trouva précieux et se moqua de moi. Ce n'était pas la première fois et ce ne devait pas être la dernière.

Amic gripau / Ben ajupit en el palau de l'herba fina / Tanques els ulls petits I no dius res / Que vols de més ?

La brisa de la tarda t'enamora / I caminant pel moll com un pagés / Pots anar d'una vora a l'altra vora / Que vols de més ?[1]

J'avais choisi et préparé ce poème pour un hommage que la ville d'Ille voulait rendre à son poète Josep Sebastià Pons.

Ce samedi soir, dans les coulisses, Christiane et moi étions tremblants de peur et aucun de nous n'arrivait à rassurer l'autre. La salle s'emplissait et le bourdonnement des voix s'amplifiait. Après quelques mesures d'une sardane, des personnalités et aussi plusieurs de nos professeurs vinrent honorer le poète en déclamant leur texte. Pendant que ma camarade, raide comme un piquet, les mains dans le dos, récitait devant le micro, je répétais encore et toujours. La gorge nouée, je voyais ses doigts se croiser et se décroiser sans cesse dans son dos. Je fus, à n'en pas douter, touché par la grâce, ce soir-là, car, calmement, je pris le temps de bien déclamer chaque vers. Je m'entendais et il me semblait qu'un autre avait pris ma place. Des gestes que je n'avais pas prémédités me vinrent pour accompagner la félicité de ce crapaud ami. Pendant que la salle applaudissait, je vis la satisfaction sur le visage de M. Marty et de notre poète assis au premier rang. Ce fut là mon unique et modeste passage sur les planches. Le lundi matin, M. Lloret, notre professeur de physique

1. « Ami crapaud / Bien niché dans l'herbe fine / Tu fermes tes petits yeux et tu ne dis rien / Que veux-tu de mieux ?

La brise du soir t'énamoure / Et cheminant sur le mouillé comme un paysan / Tu peux aller d'un bord à l'autre / Que veux-tu de mieux ? »

et chimie, qui avait assisté à l'hommage mais auprès duquel je n'étais pas en odeur de sainteté, s'empressa de comparer ma prestation avec mes résultats pourtant honorables dans les deux matières qu'il nous enseignait à grand renfort d'interrogations surprises. Selon lui, la poésie ne nourrissait pas son homme. J'imagine qu'il avait dû s'obliger à assister à la cérémonie. Bernard, qui écrivait des textes de chansons et jouait de la guitare, me poussa du coude comme pour me dire de ne pas prêter attention à de telles insanités.

Au moment de l'inscription au concours, en février, j'avais posé ma candidature pour les Hautes-Alpes, déficitaires en élèves-maîtres, ce qui n'était pas le cas des Pyrénées-Orientales. Je pensais ainsi avoir plus de chances de franchir la porte de l'Éducation nationale et de rejoindre mon frère Roger et ma belle-sœur Louise qui enseignaient déjà dans le Briançonnais. Après les épreuves écrites qui se déroulèrent au collège Sévigné de Perpignan, j'attendis, durant une dizaine de jours, le verdict qui devait venir de l'École normale de Gap. « Georges-pas-reçu. » Le télégramme de Louise arriva pendant que j'étais en classe. Je compris mon infortune en rentrant le soir. Ma mère préparait le repas et je vis qu'elle avait beaucoup pleuré. Elle ne m'adressa la parole que pour me dire en me montrant le télégramme : « Regarde ! » Je lus ces trois mots fatidiques puis je froissai rageusement le papier bleu. Enfermé dans ma chambre, volets clos, je m'abandonnai au désespoir et aux larmes. Je n'entrevoyais plus aucun autre avenir pour moi. Des cohortes d'enfants quittaient les classes à mon approche et désertaient même les cours de récréation. Plus aucun livre ne voulait s'ouvrir, plus aucun cahier ne se couvrait de belles lignes d'écriture. Poésies muselées et chansons muettes. Rêves brisés.

À l'annonce de la triste nouvelle, mon père avait quitté la maison pour repartir au champ et reprendre le travail à l'heure où d'autres commençaient à se reposer. Comme d'habitude, pour atténuer son chagrin, il avait dû sarcler comme un fou. À son retour, derrière ma porte fermée à double tour, il me demanda de descendre manger. Je ne sortis que le lendemain matin pour affronter mes professeurs et le mépris visible du directeur à l'égard de ceux qui avaient échoué et ternissaient ainsi l'image du cours complémentaire, qui avait fourni à l'État tant d'instituteurs, de postiers, d'agents des douanes et du Trésor public.

L'entrée au lycée était désormais la seule issue possible après mon échec car le redoublement n'était pas autorisé à l'issue de cette troisième spéciale.

5

Aussi volatiles et légères qu'un parfum, impalpables comme la douceur de l'air, soyeuses comme un beau roman, certaines sensations restent liées et accrochées dans le souvenir, définitivement associées à un lieu, à une saison, à une personne.

À l'automne 1963, mon arrivée au lycée est associée dans ma mémoire au sentiment de grandir, d'acquérir une certaine indépendance en échappant à la vigilance du couple parfois infernal parents-professeur. J'imagine bien que ce n'est pas sans quelques inquiétudes que mon père et ma mère me virent partir à la ville, lieu de toutes les tentations et de toutes les perditions. L'insécurité, la violence et le racket n'étaient pas aussi habituels que de nos jours, mais comment ne pas redouter ce laps de temps entre la sortie du lycée et le trajet en car qui me ramènerait au village ? Tout peut arriver, y compris un accident de la circulation, à qui n'a jamais traversé seul que des chemins et quelques nationales. J'avais promis de faire attention pour me débarrasser de ce qui me paraissait être un excès de recommandations et une insulte à mon libre arbitre.

La blouse grise trop voyante, trop scolaire n'avait pas eu le temps d'être reléguée dans le grenier avec les vieux vêtements. Ma mère, fille d'une époque où tout pouvait encore servir après une habile transformation, s'en ferait un tablier que les prochaines vendanges maculeraient de rouge vineux. Mon vieux cartable ne ferait pas le voyage, une serviette noire en Skaï négligemment passée sous le bras venait de le remplacer.

Cette rentrée au lycée me procurait une excitation nouvelle. Il faisait à peine jour lorsque le car me prit au passage, sur la nationale à l'entrée de Millas. Devant le café de la Promenade, des élèves montèrent. On s'interpellait, certains s'asseyaient en silence, se calaient sur le siège et appuyaient leur tête sur le dossier comme pour continuer une nuit trop courte. À Saint-Féliu-d'Avall, dernier arrêt avant Perpignan, je vis poindre la frimousse blonde de Jean-Pierre Loubet qui cherchait des yeux ceux qu'il pouvait connaître. Son visage s'éclaira et, armé d'un sourire, il s'installa près de moi. Le temps me parut désormais moins long car nous commençâmes à bavarder en nous posant mille questions à propos de ce bahut dont nous ne savions presque rien.

Par une sorte d'instinct grégaire nous espérions être dans la même classe. Avec ceux qui fréquentaient déjà le lycée, nous remontâmes l'avenue du Maréchal-Foch depuis le pont d'En-Vestit jusqu'au rond-point Saint-Martin. Là, les anciens entrèrent dans le café du Lycée déjà plein à craquer. À cette heure de la matinée, seuls quelques ouvriers habitués du p'tit blanc étaient accoudés au comptoir. Le reste de la salle était investi par les lycéens. Certains jouaient aux cartes, manière de se détendre avant une journée de cours. D'autres discutaient bruyamment devant une tasse de café. Jean-Pierre et moi restâmes sur le seuil à regarder un moment cette agitation estudiantine que nous n'aurions pu imaginer jusqu'alors, puis nous fîmes sans dire un mot les quelques mètres qui nous séparaient de l'entrée de cet établissement où nous allions vivre pendant trois ans au moins. Un surveillant en faction nous indiqua la direction de la cour centrale. Les élèves de seconde pouvaient en principe occuper la cour des terminales mais nous verrions qu'ils y étaient seulement tolérés. Plus communicatif que moi, mon camarade avait déjà fait connaissance avec un groupe qui discutait le match de rugby de la veille. L'USAP avait perdu mais c'était, encore une fois, la faute de l'arbitre !

Une sonnerie retentit et la masse grouillante des élèves se mit en mouvement pour venir se rassembler devant la grande galerie où le surveillant général commença l'appel des élèves de seconde. Peu à peu les rangs se formèrent devant celui dont le rôle est aussi détesté qu'il est ingrat.

Mme Debrats s'avança pour prendre en charge notre groupe de quarante élèves. La colonne bruyante s'ébranla derrière celle qui allait nous enseigner les sciences naturelles. Ses chaussures à hauts talons martelèrent les marches et le dallage jusqu'à la salle de travaux pratiques au premier étage.

Où commence l'amitié ? Celle qui me lia à Gérard durant ces années de lycée commença par un regard, au moment où je cherchais une place dans la salle de cours immense, haute de plafond, aux murs bleu ciel et aux immenses baies vitrées donnant sur le quai de la Basse. Un regard, un signe, quelques mots : « Mets-toi ici ! » Gérard était plutôt blond, le teint clair, des yeux bleus toujours en mouvement, toujours en train de « friser », révélant une nature joviale, taquine et un peu moqueuse. Il ne tenait pas en place et se fit sermonner dès les premières minutes. J'appris qu'il habitait Saint-Laurent-de-la-Salanque où son père dirigeait le collège. Son humour était si communicatif que mon sérieux n'y résista pas. Nous en oubliâmes que nous étions en cours et notre prof qui, je le comprends bien, ne tenait pas à se laisser submerger dès le premier jour, nous le rappela sèchement. Mais malgré cet avertissement, dans l'année comme dans celles qui suivirent, nos bêtises, nos rires étouffés et nos blagues nous firent remarquer, sans toutefois mettre en péril notre réputation de bons éléments.

En parlant de cinéma et de chansons, Gérard et moi découvrîmes que nous avions une passion commune pour Françoise Hardy, figure mythique de notre génération yéyé. Nous connaissions ses chansons par cœur, de « Tous les garçons et filles » en passant par « L'amitié », « Mon amie la rose » et « Dans le monde entier ». Ni lui ni moi n'avions une voix juste, mais qu'importe ! Il commençait à fredonner puis s'arrêtait pour que je continue. Nous connaissions si bien le répertoire de notre idole que jamais il ne nous arriva de ne pas connaître la suite d'une chanson. Des *Salut les copains* s'échangeaient furtivement dès l'arrivée en cours et le plus souvent je ne pouvais attendre l'interclasse pour feuilleter sur mes genoux la revue que je venais de troquer. Gérard faisait le guet : le moment le plus dangereux était bien celui où je découvrais une nouvelle photo de la divine, car mes yeux n'arrivaient pas à se détacher de cette image de papier glacé et de ce beau visage qui peuplait mes rêves idolâtres. En sortant de ces moments presque hypnotiques, je pensais déjà à la place que viendrait prendre telle ou telle photographie sur le grand collage que j'étais en train de réaliser et qui ornerait tout un pan de ma chambre, offrant ainsi à ma vue tous les visages, toutes les longues chevelures, toutes les silhouettes graciles de celle qui devint un idéal féminin que je ne trouvai jamais, hélas.

Le bruit courait dans les couloirs du bahut que l'on avait repéré un sosie de Françoise Hardy dans un autobus traversant la ville, et qu'avec un peu de bonheur on pouvait l'y apercevoir aux alentours de dix-sept heures. La capitale roussillonnaise n'est pas bien grande, mais il fallait être au bon endroit à la bonne heure. La rencontre se produisit pourtant, près de la place de Catalogne, là, au feu rouge. Perdu dans mes pensées, je regardais passer le flot des voitures et soudain, devant moi, dans le car de voyageurs, elle était là ! Gérard qui, lui, avait pris une autre route ne me croirait jamais ! Il y avait, certes, une ressemblance, mais de loin seulement. Ces longs cheveux trop bruns, ces yeux trop charbonneux et ces lèvres trop rouges n'étaient pas ceux de notre étoile. Néanmoins, je me mis à fredonner : « Beaucoup de mes amis sont venus d'un nuage / Avec soleil et pluie comme simples bagages / Ils ont fait la saison des amitiés sincères / La plus belle saison des quatre de la terre. » En écoutant Françoise Hardy dévoiler ses états d'âme, j'admirais ce talent d'écrire l'indicible des sentiments intimes, la hantise de la fuite du temps et son lot de regrets. Aujourd'hui encore, j'aime la sobriété, la grâce et l'intelligence de cette bien nommée « superstar et ermite », qui a su traverser les modes en suivant une route personnelle et en évitant le piège d'une trop grande célébrité. Je vibre toujours autant à ce timbre de voix si particulier qui rend le moindre mot confidentiel.

La première fois, nous, les « petits secondes », les nouveaux, habitués aux récréations et aux interclasses calmes, fûmes surpris par le *bram*. En catalan, c'est un cri assourdissant pareil au braiment de l'âne. Le *bram* partait de n'importe quel point de la cour, poussé en chœur par les élèves qui ainsi lâchaient la soupape. Quelques gosiers commençaient à émettre des « oooh, ooooh, oooooh ! » qui enflaient peu à peu et les surveillants couraient dans tous les sens pour découvrir à tout prix les coupables et étouffer le cri qui, semblant n'en plus finir, s'élevait entre les murs jusqu'à inquiéter les passants qui longeaient les quais devant le lycée. D'abord timide, je finis par me laisser aller à pousser ce hurlement. Je m'encanaillais. Plus tard, dans mes années auvergnates, je connus le *om* qui recentre et nous ramène à la sérénité mais je dois dire que le *bram* me fit aussi du bien.

Les premières et les terminales s'y entendaient en matière de brimades. De la « frite », coup sec administré sur la fesse avec le tranchant de la main, à la béquille, coup porté avec le genou à l'arrière de l'articulation entre cuisses et jambes, propres à déstabiliser celui qui ne s'y attend pas, en passant par la *galta*, joue en catalan, petite spécialité consistant à tordre la joue entre pouce et index. Les plus joufflus, c'est vrai, attiraient davantage les tortionnaires en herbe mais les joues creuses n'y échappaient pas non plus. Le passage chez le coiffeur, à une époque où les nuques étaient généreusement tondues, nous exposait à nous faire « étrenner » par une bonne claque dans le cou. Une claque en entraînait une autre et une autre et une autre encore. Que de nuques ont rougi jusqu'à ce que la sonnerie de début des cours vienne mettre fin au supplice ! En hiver, les écharpes nous protégeaient un peu mais, dès le printemps, il nous fallait voyager à découvert.

C'est vrai, nous étions tolérés dans la cour des plus anciens mais quand l'envie venait à l'un d'eux de hurler « Secoooooonde ! », nous étions contraints de nous réfugier le plus vite possible dans la cour qui nous était normalement attribuée. Malheur à ceux qui se laissaient capturer. Commence alors une autre épreuve qui met en présence deux malheureux pris dans les mailles du filet. On fait cercle autour d'eux pour les empêcher de fuir mais surtout pour cacher ce « combat de coqs » aux surveillants. Ordre est donné à l'un de gifler l'autre qui à son tour doit rendre la baffe. Au début, ni l'un ni l'autre n'osent frapper fort, mais le cercle s'agite, vocifère et excite de plus en plus les deux innocentes victimes : « Plus fort ! Plus fort ! » Peu à peu, le but recherché est atteint et c'est le pugilat. Alors qu'ils sont au sol, le cercle exulte : « Vas-y ! vas-y ! » Dans le meilleur des cas, les surveillants finissaient par intervenir et, le groupe dispersé, c'est chez le surveillant général qu'étaient conduits, rouges de honte et de colère, les vêtements maculés, parfois déchirés, ceux dont le seul tort était de ne pas avoir couru assez vite.

Pourtant plus calme à première vue, le jeu des osselets avait donné à certains l'idée de créer celui du « roi ceinturier ». On lançait un osselet et, selon la tranche sur laquelle il retombait, on se retrouvait roi ou ceinturier. Si l'osselet retombait sur le creux, il ne se passait rien. En revanche, si c'était sur la bosse, le malheureux lanceur était condamné à une sanction décidée par le roi et bien sûr administrée par le ceinturier qui frappait alors de bon cœur, parfois même violemment, avec une lanière de cuir sur la main et le poignet tendus.

La fréquentation de cette cour nous donnait aussi, hélas, le droit de fumer à l'heure du déjeuner et durant les pauses. Aujourd'hui, Arago est le premier lycée « sans tabac » du département et de la région. Le proviseur actuel a bien raison d'en tirer orgueil, car c'est dans les années que j'ai passées là-bas que j'ai contracté cette mauvaise habitude.

Malgré mes efforts, la bosse des maths ne me poussa pas davantage en classe de seconde et ce n'est pas M. Ras qui aurait pu susciter en moi l'envie de progresser. « Les maths, ça passe ou ça casse », dit-on. Pour moi, c'était déjà cassé et mes derniers espoirs s'effritèrent cette année-là.

Beaucoup se souviennent encore des lundis matin où une interrogation écrite nous était infligée lorsque le club de rugby catalan dont M. Ras était un fervent supporter avait perdu son match la veille. Dès le matin, au café, un coup d'œil au journal *L'Indépendant* avait tôt fait de nous renseigner. En cas de malheur, certains se hâtaient de réviser une dernière fois la leçon car, lors de ces matins funestes, notre prof satisfaisait ce que l'on pourrait appeler un vice. Pendant que nous planchions en maudissant le club et son match perdu, lui parcourait les commentaires du reporter sportif en essayant de surprendre par un trou habilement pratiqué dans le journal avec sa cigarette allumée ceux qui tentaient de copier leur voisin ou de transmettre la solution. Combien n'ont pas vu ce judas s'ouvrir imperceptiblement et, n'apercevant qu'un journal tenu à deux mains et quelques volutes de fumée s'élevant vers le plafond, ont entendu leur nom suivi d'un zéro retentissant, définitif. M. Ras était aussi sec que ses méthodes : cheveux très courts sur un visage anguleux aux pommettes saillantes, bouche sèche aux lèvres minces, regard mobile, inquisiteur et gestes brusques, cassants. Toujours en mouvement pendant son cours, sa blouse blanche déboutonnée semblait voler autour de lui. La craie frappait le tableau plus qu'elle n'écrivait. Ses traits de fraction rageurs ressemblaient à de grosses virgules laissées là par un cyclone. Ses démonstrations, à l'issue desquelles il fallait obligatoirement avoir compris, étaient supersoniques. Quelques-uns percevaient tout d'emblée, d'autres avaient du mal à suivre et ceux dont je faisais partie restaient souvent en rade ! Comment dire à cet homme « mathématique » que je n'avais pas compris ? Je restai souvent désemparé, imaginant déjà le résultat négatif que j'obtiendrais à la prochaine interrogation, à moins qu'une victoire du club au maillot sang et or ne vienne surseoir à un nouveau désastre.

Peu après mon entrée en première, à l'automne 1964, la République me rappela que je devrais la servir en me convoquant un jour devant le conseil de révision. Je venais d'avoir dix-huit ans. Je rejoignis les rangs désordonnés des conscrits, qui, selon la tradition, se préparaient à fêter dignement ce passage initiatique. Enfants du baby-boom, nous étions nombreux cette année-là. Beaucoup d'entre nous s'étaient dispersés dans divers établissements scolaires et certains étaient déjà dans la vie active. Ce fut l'occasion de se retrouver, de se remémorer le bon temps de l'école communale, et surtout de faire de nombreuses bêtises durant toute la semaine qui précéda notre comparution.

Réunis sur la place de l'Union, nous attendîmes que le village s'endorme pour commencer nos tours pendables. Sur notre passage, les jardinières de fleurs furent retirées des balcons ou des rebords de fenêtres et chargées sur une charrette malencontreusement oubliée dehors. Certains attachèrent la roue arrière des vélos au porte-bagages avec du fil de fer fin, pendant que d'autres bouchaient les caniveaux pour inonder les rues jusqu'au seuil des portes. Les plus hardis, à l'aide de parpaings empruntés sur un chantier, murèrent la porte d'entrée de celui qui le soir même, entendant son voisin le mettre en garde contre le passage des conscrits, s'était écrié en bombant le torse : « Qu'ils y viennent ! » Ils y vinrent en effet, sans bruit, et heureusement sans ciment !

Les grincheux, les acariâtres, les célibataires endurcis et les langues de vipère eurent notre préférence pour le jeu du *tustet*. Un gros caillou suspendu, comme un pendule, à l'extrémité d'une cordelette fut attaché à la poignée de la porte et relié par une longue ficelle à la main de celui qui, dissimulé au coin de la rue, allait l'utiliser comme un marteau.

D'ordinaire, au premier coup de butoir qui résonnait dans la nuit calme, rien ne se passait. Quand le caillou, levé plus haut, retombait pour la deuxième fois, il fallait attendre un peu, histoire de tester les occupants. Lorsqu'on avait affaire à de gros dormeurs, il fallait tirer régulièrement et de plus en plus fort sur la ficelle. À l'inquiétude, les volets s'ouvraient ; à l'étonnement de ne voir personne devant la porte, ils se refermaient. Quelques minutes laissaient à la bigote ou au fier-à-bras le temps de se remettre au lit, puis le *tustet* reprenait de plus belle. La bande pouffait de rire et chaque « classart » voulait prendre les commandes de la ficelle. Inlassablement, le caillou venait frapper et frapper encore. Les volets s'écartaient alors brutalement et des cris d'indignation jaillissaient dans la nuit : « Je vous apprendrai, moi, bande de saligauds ! » Visiblement, l'objet de notre harcèlement venait de comprendre que c'était bien des conscrits dont il s'agissait. La ficelle cassée d'un coup sec et le caillou abandonné telle une signature, nous détalions en riant aux éclats pour recommencer dans une autre rue. Bien au chaud dans son lit, une autre tête de Turc ne savait pas encore qu'elle serait réveillée en sursaut.

Tous les jours, mes parents me mettaient en garde contre nos possibles débordements et ils me rappelèrent la triste mésaventure survenue l'année précédente : un homme malade du cœur qui, excédé, voulut poursuivre des jeunes conscrits venus le taquiner tomba raide mort dans une flaque d'eau en pleine rue. Dans notre inconscience d'adolescents, nous ne faisions guère cas des recommandations et pourtant, cette année-là, j'aurais dû écouter leurs exhortations à la prudence.

La veille du conseil, au son des clairons qui déchiraient la nuit, nous arpentions encore les rues, à l'affût d'une bêtise de plus. Mais nous n'eûmes pas le loisir d'en faire ce soir-là. Les gendarmes, embusqués au coin d'une rue, nous harponnèrent *manu militari*. Certains parvinrent à se dégager et prirent la fuite. Je fis, hélas, partie de ceux qui furent conduits au poste et restèrent de longues heures à attendre que leur père vienne les chercher. J'appris plus tard que, pour nous effrayer, on leur avait demandé de ne pas se presser.

Nous étions loin de nous douter que certaines personnes profitaient de nos virées nocturnes pour commettre leurs méfaits, assouvissant ainsi leur désir de vengeance à l'égard de leurs ennemis. Ainsi, la veste intentionnellement accrochée à la porte d'un maire qui venait de perdre les élections nous avait coûté ces heures humiliantes. Sans me demander mon avis, mon père, en quittant la gendarmerie, en profita pour m'inscrire à la préparation militaire. J'étais encore mineur et je ne pus m'y opposer.

L'après-midi, dans la grande salle commune de la mairie, en slip et en rangs d'oignons, nous passâmes la visite médicale qui devait nous déclarer aptes ou non au service militaire. Quelques gradés nous posèrent ensuite des questions, bien prématurées à mon avis, pour tester notre patriotisme. Nous accrochâmes ensuite à notre tenue du dimanche l'insigne tricolore « Bon pour le service, bon pour les filles » que l'on vendait sur place.

Ainsi décorés, nous pouvions commencer, d'une famille à l'autre, la tournée du *cop de vi*. De maison en maison, accompagnés des filles de notre « classe », nous bûmes le verre de vin qui concrétisait le passage à la vie adulte. Pour quelques-uns d'entre nous, les festivités s'arrêtèrent là. Les autres suivirent quelques adultes habitués du Loup blanc, une célèbre maison close de Perpignan.

Dès le lundi, débarrassé de mes obligations militaires, je retrouvai avec plaisir le cours de français que nous dispensait François Napoléon. Beaucoup, sans insolence, l'avaient baptisé « Naps ». Sa grande classe m'inspira, pour ma part, bien du respect. Sobrement vêtu : chapeau, costume rayé bleu marine et pardessus en hiver, il semblait passer à côté du monde derrière ses épaisses lunettes. C'est pourtant du monde que notre professeur de lettres nous parlait. Il était passionné par les choses de la vie. Parmi tous mes professeurs, il représente à mes yeux celui qui incarne le mieux la culture et le plaisir de la transmettre simplement. J'appris avec lui comment l'étymologie nous parle des mots. Pour ceux qui aimaient sa compagnie, le cours se poursuivait dans les couloirs. Il nous parlait de ses amis écrivains et particulièrement de Charles Le Quintrec. J'ai souvent raconté à des amis cette anecdote qu'il nous livra un jour et qui fit s'esclaffer toute la classe, à l'exception peut-être de ceux qui dans le fond fumaient leur cigarette en jouant ouvertement au tarot, persuadés que notre prof ne voyait pas au-delà du troisième rang. Donc, François – permettez que je l'appelle ainsi – se présenta à un nouvel arrivant au cours d'une soirée littéraire et parisienne en énonçant comme c'était naturel : « Napoléon. » L'autre, croyant à une plaisanterie, renchérit : « Louis XIV ! » Je revois encore notre cher professeur dont le rire caractéristique lui secouait les épaules et le faisait respirer fort. Je crois que la définition de l'honnête homme lui sied à merveille. Discret, humble, poli et respectueux des autres, il faisait partie des rares professeurs – et peut-être était-il le seul – qui serraient la main du concierge en entrant au lycée.

Georges Septours, notre professeur d'espagnol, avait une allure de jeune premier. Tiré à quatre épingles, costume sombre, chemise à petits carreaux et cravate grise ou bleu nuit, trench sur le bras, serviette de cuir fauve à la main, il traversait la galerie de sa démarche sportive puis, d'un geste de la main, avec ce regard tranquille derrière de fines lunettes rondes et un sourire bon enfant éclairant son visage étonnamment jeune, il nous invitait à le suivre vers la salle de cours. J'avais beaucoup de plaisir à apprendre avec lui. L'enseignement qu'il nous dispensait, le travail qu'il nous demandait étaient si captivants que personne ne pensait à le chahuter. Sans nul doute, c'est lui qui me donna le goût d'enseigner l'espagnol. C'est vrai, j'étais particulièrement à l'aise dans cette matière, mais l'idée de faire des études dans cette langue ne m'avait pas effleuré jusqu'alors puisque je voulais être instituteur.

Je suis désormais et définitivement un « ancien instituteur ». Lorsque j'ai débuté mon sacerdoce, on disait encore « instituteur honoraire » de ceux qui, ayant cessé leurs fonctions, en gardent le titre et les prérogatives honorifiques. Mais, à l'heure où je cessais de fourbir mes armes pédagogiques pour regagner les rangs des « mis en retraite », j'ai reçu le « souviens-toi » de l'Amicale des anciens du lycée Arago, sous forme d'un avis de recherche. Une lettre fraternelle d'Élie et Jean, deux anciens camarades, et une photo d'il y a presque quarante ans. Quarante-quatre potaches de terminale autour de leur séduisante prof d'histoire et géographie. Mado semble à l'aise et sûre d'elle sur ce cliché, mais l'était-elle autant pendant les cours au milieu d'énergumènes qui ne rataient pas l'occasion de lancer une plaisanterie, une remarque grivoise le plus souvent dirigée vers les jolies jambes de celle qui sans le vouloir, c'est sûr, mettait le feu... aux poudres ?

Il y a ceux qu'on reconnaît d'emblée parce qu'ils étaient des figures, bûcheurs à l'excès et fidèles du par-cœur, ou trop dilettantes apprenant seulement la trame des cours. Les « pancus », pensionnaires pour la plupart malgré eux – une caste à part, des intouchables en quelque sorte qui formaient au sein du lycée un clan très soudé –, ont gardé sur la photo leur blouse grise qui ne restait pas neuve très longtemps, criblée de trous de cigarette, galonnée aux épaules par les essais de stylos et roulée en forme de ballon de rugby pour un match improvisé dans la cour de récréation.

Il y a ceux que l'on voyait souvent seuls, peu bavards et toujours suspendus aux paroles des professeurs, qui sortaient du lycée aussi discrètement qu'ils y étaient entrés, si discrètement que leur nom m'échappe aujourd'hui en regardant ce cliché.

Je n'ai pas reconnu tout le monde ou j'ai peut-être fait des erreurs. Une légende portant les noms et les adresses, parfois incomplètes, permet de vérifier. Une simple croix indique que la trace de notre ancien camarade n'a pas été retrouvée. Pour deux d'entre eux, une autre sorte de croix pour dire qu'ils nous ont quittés.

Discret, Amado ? Assurément non ! C'eût été pour lui se renier et se faire injure. Provocateur, à coup sûr ! Avec un langage imagé, parfois très cru, des tenues vestimentaires voyantes et une façon un peu féminine d'évoluer, il ne pouvait passer inaperçu. Il était lui-même et ne cachait pas son attirance pour les garçons à une époque où l'homosexualité était encore un sujet tabou. Le jour où il avoua à un autre élève de la classe qu'il le trouvait beau et attirant, beaucoup craignirent une réaction violente, au moins en paroles, de l'objet de son désir, mais il n'en fut rien. Amado fut gentiment éconduit. Il ne renouvela pas sa déclaration.

Jean-Paul Giné, autour duquel nous faisions cercle à l'interclasse de midi, dans un coin de la cour baignée de soleil en hiver et rafraîchie d'ombre à l'approche de l'été, restera pour beaucoup un pince-sans-rire à l'humour inégalable. Impossible d'oublier sa verve, son sens de la repartie et de la dérision. Dans cette *llengua rosa que rossega pels carrers*[1], cette langue catalane roussillonnaise qu'il revendiquait, il nous a bercés de contes et de chansons au point que nous étions étonnés de l'entendre parler le français dès que nous reprenions les cours. Aurait-il affirmé en moi le refus de l'enfermement, des carcans de tous ordres ? Je n'en serais pas étonné. On ne pouvait pas le côtoyer sans ressentir le militant libertaire, le contestataire avant l'heure qu'il n'a sûrement jamais cessé d'être.

Une affiche des Pupilles de l'enseignement public attira un jour mon attention à l'entrée de la salle

1. Cette langue rose qui traîne au long des rues.

d'études. Elle annonçait le prochain stage de formation des moniteurs et monitrices de colonies de vacances, organisé par les centres d'entraînement aux méthodes éducatives actives (les CEMEA). L'idée de m'occuper d'enfants pendant les vacances me séduisit et je retirai immédiatement l'imprimé d'inscription au bureau du surveillant général.

Les congés de Pâques commençaient. Devant la gare, un car attendait les participants venus des quatre coins du Languedoc-Roussillon. L'autobus nous déposa devant les locaux de la colonie de vacances de Corsavy, petit village du Vallespir niché au pied du Canigou.

Le directeur de stage qui nous accueillit n'était autre que mon premier prof de maths du collège, M. Belluc. Les premiers jours, je le trouvai sérieux et un peu autoritaire, sans doute à cause des problèmes d'organisation, des soucis d'intendance et de vigilance sécuritaire. Cependant, il se révéla un vrai boute-en-train et un pince-sans-rire plein d'humour.

Après un repas qui nous permit de faire connaissance, les activités débutèrent aussitôt. De la législation en vigueur aux consignes de sécurité et d'hygiène en passant par les diverses activités manuelles et les jeux sportifs ou d'adresse, nous apprîmes en quinze jours l'essentiel pour offrir aux enfants qui nous seraient confiés un séjour enrichissant et agréable, à la mer ou à la montagne.

Celui qu'à sa demande j'appelai dès lors Jean-François nous initia, avec son épouse et trois autres intervenants, au montage d'un spectacle de marionnettes, à la création d'un jeu de piste et même à la construction d'une cabane. Après le repas du soir, à la veillée, nous apprenions encore des chants et des danses folkloriques.

Pendant nos quartiers libres, nous descendions prendre un café à l'unique bistrot du village. Des groupes se formaient à l'aller et des couples au retour. Anne et moi revenions souvent ensemble. Qu'aima-t-elle en moi ? Pour ma part, je fus séduit par sa voix grave et sans doute aussi par son allure sportive. Nous parlions surtout de chansons et de nos études. Comme beaucoup d'autres, nous rentrions souvent après l'heure autorisée. Dans l'ombre du parc, les jeunes amours accordaient la fraîcheur de leurs baisers.

Le cœur d'Alice dut faire un clin d'œil au mien autour de ce feu de camp qui nous réunit le dernier soir. Assis en tailleur, nous chantions la chanson de circonstance, celle des « au revoir ». Les flammes rouge et bleu dansaient, fascinantes. De temps en temps, une étincelle montait dans la nuit comme une étoile filante. Je rencontrai le regard d'Alice. Elle me sourit un peu tristement et j'en fus ému. Oubliant Anne à mes côtés, je lui adressai un sourire à mon tour. Nous allions partir. Il était trop tard. Le feu se consumait et la fraîcheur d'avril traversait nos chandails.

Dès mon retour au lycée, je revis Anne. Chaque fois que nous le pouvions, nous nous retrouvions dans le grand parc de la Pépinière, tout près de mon arrêt d'autobus, pour être ensemble jusqu'à mon départ. Elle était toujours aussi amoureuse ; de jour en jour, je l'étais moins. Je pensais de plus en plus à Alice. Le hasard existe-t-il ? Je n'y crois plus depuis longtemps. Je pense plutôt à la force du cœur dans lequel naissent nos émotions. Touché, il est le lieu de naissance de nouvelles réalités, la source des désirs, des sentiments et du destin. Les forces conjuguées de deux cœurs sont capables de prodiges pour provoquer la rencontre. Alice et moi devions donc nous revoir.

Je la croisai au carrefour de l'avenue Foch et du boulevard des Pyrénées. Je remontais vers le lycée avec mon camarade Hidalgo. Elle se dirigeait vers le lycée de filles Jean-Moulin avec son amie Margaret. Deux minutes qui me laissèrent sous le charme. Hidalgo m'attendait patiemment. Margaret tirait Alice par la manche en lui parlant de retard. Je la regardai partir à regret. Elle se retourna. Plus de sourire triste. Ses deux fossettes parlaient du bonheur de se revoir. Mon camarade avait pris les devants car nous n'étions pas en avance non plus. Je l'écoutais parler mais je ne l'entendais pas vraiment. Mes pensées s'évadaient vers Alice.

Dès lors, ce fut un rendez-vous presque quotidien. Début mai, en proie à une excitation qui la rendait encore plus belle, elle m'annonça la grande nouvelle : Jean-François, notre directeur de stage, lui avait proposé de faire partie de son équipe d'encadrement pour le mois d'août prochain, à Angoustrine, en Cerdagne. Je venais de recevoir la même proposition. Elle laissa exploser sa joie : « Alors, on sera ensemble ! »

À notre dernier rendez-vous, je mis Anne au courant de ma rencontre avec Alice. Elle évoqua alors le soir les adieux à Corsavy. Autour du feu de camp, nos regards l'avaient blessée. J'étais embarrassé, mais la franchise me rendait serein. Je la pris dans mes bras et j'entendis mon « pardon ! » résonner dans ma poitrine. En montant dans le car, je la regardai s'éloigner lentement sur le boulevard. Je ne la revis plus.

Début mai, M. Joris, notre professeur de philosophie, nous fit part d'un avis de concours d'entrée à l'École normale réservé à ceux qui obtiendraient le baccalauréat. Cette nouvelle me combla de joie et je posai ma candidature dans le département des Bouches-du-Rhône. Je ne pouvais laisser passer cette nouvelle occasion de devenir instituteur. Je me replongeai comme un dératé dans mes révisions, appliquant la technique conseillée par notre prof et que j'avais mise en pratique dès les congés de Pâques. Pour chaque matière, avant l'étude de la deuxième leçon, réviser d'abord la première ; au moment d'étudier la troisième, réviser la première et la deuxième et ainsi de suite jusqu'à la dernière. Dans l'ordre, j'épinglais les pages à étudier sur le mur de ma chambre. Je lisais l'intégralité de chaque leçon avant d'apprendre les chapitres l'un après l'autre selon la méthode préconisée. J'allais et venais dans la pièce, lisant sur le mur, puis je récitais à haute voix devant la fenêtre, les yeux rivés sur le massif du Canigou. Je ne sortais de ma chambre que pour prendre mes repas et je limitais mes sorties à quelques escapades à vélo dans les environs de la maison où j'ai grandi.

L'endroit était devenu désert, sans âme. Le platane, privé de compagnie, semblait s'étioler. Le jardin n'existait plus. Personne n'habitait là depuis longtemps et le désir d'entrer me brûla. La porte branlante, à peine retenue au chambranle par un fil de fer, ne résista pas. Je m'introduisis dans la maison vide comme un voleur. L'intérieur était sombre. Seul un rai de lumière entrant par les volets disjoints de la cuisine dessinait un chemin vers ce qui avait été ma chambre. L'air sentait le moisi et l'abandon. Je fis le tour des pièces. Chacune racontait doucement son histoire. Tout semblait avoir rétréci. Je découvris qu'il n'y avait jamais eu de plafond sous la charpente métallique. Partout, le vide, l'absence, la nostalgie. Dans l'âtre, les restes d'un feu allumé témoignaient du passage de quelque chemineau venu se mettre à l'abri un soir d'orage ou de grand vent. La pompe était toujours là. Je n'obtins d'elle que deux ou trois grincements avant de comprendre l'inutilité de mon geste. Entre la fenêtre et les volets, des oiseaux avaient bâti leurs nids. Là, dans le silence, je revoyais ma mère lavant le sol à grande eau les samedis matin et mon père réchauffant ses pieds les soirs d'hiver. J'étais là, moi aussi, faisant mes devoirs à la lueur de la lampe à pétrole dont la flamme vacillante dessinait sur le mur des formes fantasmagoriques ou l'ombre chinoise de mon petit frère devenu soudainement géant. Ces souvenirs sentaient bon le pot-au-feu du dimanche, les côtelettes grillées sur la braise, l'omelette de pommes de terre à l'ail et au persil, les tendres cœurs de laitue, les châtaignes bouillies parfumées de fenouil et les veillées d'hiver devant les flammes bleutées d'un feu de ceps de vigne.

Les épreuves écrites du baccalauréat se déroulèrent au sein même du lycée, dans le calme et la sérénité. Dès le lendemain, plein d'espoir, je commençai la révision des matières de l'oral. Je connus cependant la peur de ne pas trouver mon nom sur la liste des élèves reçus lorsque je me rendis devant la porte du lycée où étaient affichés les résultats. J'étais bien là cependant, entre Lombard et Loriol. Je vérifiai tout de même une seconde fois, comme si je n'en croyais pas mes yeux. Puis je cherchai désespérément Gérard sur la liste des reçus en sciences expérimentales et ne l'y trouvai pas. Nous n'avions pas réussi ensemble.

Je partis donc seul à Montpellier où se déroulaient à cette époque les épreuves orales. De cette journée, je me souviens particulièrement de mon examinateur d'espagnol avec lequel j'eus une discussion à bâtons rompus sur l'Espagne et ses coutumes. Lorsque je lui annonçai : « *Para mí, la corrida es una cosa horrorosa*[1] », je fus ravi et soulagé d'apprendre qu'il était de mon avis car j'aurais pu m'adresser à un *aficionado*. Je lui parlai de mes origines et il me parla des siennes. Nous étions en pays de connaissance et je débordai largement les vingt minutes qui m'étaient imparties. Avant de le quitter, il ne put s'empêcher de me communiquer non seulement ma note d'écrit mais aussi celle d'oral qu'il venait d'inscrire sur sa feuille. C'était assez inhabituel. L'une était égale à l'autre et toutes deux frôlaient le maximum. Je n'en revenais pas. L'examen était terminé, je pouvais m'en aller. Dans le train du retour, j'essayai d'évaluer mes chances en me remémorant le déroulement de chaque épreuve. La sempiternelle question tournait et virait dans ma tête : « Et si j'étais reçu ? »

Mon père fut probablement l'un des premiers à acheter le journal le matin de la proclamation des résultats. Comme tous les jours il monta le café à ma mère et je l'entendis lui dire : « *És rebut*[2] *!* » Le froissement fébrile des feuilles de papier me fit penser que ma mère voulait vérifier qu'il ne s'était pas trompé. « *Ho és,*

1. « Pour moi, la corrida est une chose horrible. »
2. « Il est reçu ! »

afanya-te, desperta-lo[1] *!* » Submergé de bonheur, je m'enroulai dans le drap et enfonçai la tête dans l'oreiller pour feindre le sommeil et faire comme si je n'avais rien entendu. Je voulais lui laisser le plaisir de m'annoncer la bonne nouvelle. Il secoua doucement mon épaule. Je continuai à jouer la comédie en simulant un réveil difficile. Les yeux humides, il me tendit le journal ouvert : « Je te félicite, mon petit. Tiens, regarde, tu es reçu avec mention. » Je lui fis sûrement une grande joie, ce jour-là, et son travail dut lui paraître moins dur.

Ma mère, en me servant le café, s'inquiétait déjà de l'échéance de septembre, c'est-à-dire du prochain concours d'entrée à l'École normale d'Aix-en-Provence. À l'entendre, je devais commencer mes révisions sans tarder. Pour l'heure, j'avais tout simplement envie de m'abandonner à l'allégresse que me procuraient la réussite et la perspective de retrouver Alice au mois d'août prochain.

Dans le village d'Angoustrine, en Cerdagne, la colonie de vacances n'était pas installée dans les locaux de l'école, comme souvent à cette époque, mais dans une belle maison bourgeoise au milieu d'un jardin clos de murs. Jean-François avait fait le voyage avec enfants et moniteurs depuis Perpignan. Après quelques douloureuses séparations et des « au revoir » désespérés à travers les vitres, les autobus avaient quitté la ville pour prendre la belle route qui longe la vallée de la Têt. Les grands de neuf ou dix ans parlaient de leur dernier séjour et faisaient déjà des projets de cabanes près de

1. « C'est bien vrai, dépêche-toi, réveille-le ! »

la rivière. Les petits nouveaux, le cœur encore gros après cette première séparation, devaient sans doute se poser, comme j'avais dû me les poser à leur âge, mille questions préoccupantes. Nous allions de l'un à l'autre pour les rassurer en essuyant quelques larmes. À Villefranche-de-Conflent, au pied des remparts édifiés par Vauban, une pause pipi avait permis à chacun de se dégourdir les jambes. Quelques nausées provoquées par les nombreux virages avaient fini dans les sacs plastique si providentiels en cas de voyage avec des enfants.

Aux alentours de dix heures, nous étions devant les grilles de la colonie. Le soleil chauffait déjà très fort. À l'ombre fraîche des tilleuls, le directeur procéda à la constitution des équipes, puis chacun de nous conduisit sa petite troupe vers les dortoirs pour y défaire les valises. Sur le linge que chacun essayait de ranger tant bien que mal dans sa petite armoire, une étiquette cousue faciliterait grandement la distribution après chaque lavage.

À l'infirmerie, Magali avait troqué sa blouse d'institutrice contre une blouse blanche et, durant tout un mois, elle soignerait les écorchures, quelques maux de tête ou de ventre, et aussi les bleus à l'âme de ceux qui les premiers jours souffriraient des tourments d'une séparation trop brutale d'avec leur famille. Pour l'heure, elle pesait et mesurait chaque enfant. À la fin du séjour, elle réitérerait cette opération. Certains auraient peut-être grandi, d'autres auraient grossi et, indubitablement, l'air pur de la montagne y aurait contribué. Les bronchites d'hiver pourraient rester dans les officines des pharmaciens.

Même excellent et bien équilibré, le repas de midi

fut un deuxième choc pour certains dont l'assiette resta intacte malgré le voyage et l'altitude qui avaient dû creuser leur petit estomac. Au bout de la table, en regardant les visages renfrognés et les bras croisés de ceux que je venais de servir, je fus tenté d'amorcer avec eux un dialogue aussi persuasif que possible, où j'aurais parlé de la nécessité de manger en associant plaisir, énergie et croissance. Mais je me rappelai toutes les fois où moi-même, à leur âge, j'avais dû ingurgiter la nourriture sans envie et au dégoût qui avait immédiatement suivi, et je pris le parti de laisser faire les choses. « On ne fait pas boire un cheval qui n'a pas soif », tandis que « la faim chasse le loup du bois ». Peu à peu, quelques fourchettes commencèrent à s'agiter et les irréductibles petits loups « quittèrent le bois » jusqu'à ne rien laisser du dessert. Après tout, ce refus de manger ne traduisait-il pas tout simplement celui d'être là sans l'avoir choisi ? Au repas du soir, après la première promenade qui leur fit découvrir les environs, l'appétit était au rendez-vous et peu d'entre eux auraient cédé leur part.

Chaque lundi matin, après le petit déjeuner, la traditionnelle séance du courrier avait lieu dans le réfectoire. Pour envoyer des nouvelles à leurs parents, les enfants se livraient à un exercice d'écriture qui donnait bien du fil à retordre à la plupart d'entre eux. Le désir de communiquer, de renouer ce cordon momentanément coupé était manifeste, mais quelle difficulté de traduire en mots ces émotions déjà engrangées et qui se suffisaient à elles-mêmes. Les enveloppes prétimbrées, préadressées étaient prêtes, sur la table, avec le papier à lettres. La feuille de brouillon que j'avais distribuée attendait, tout comme le stylo à bille dont le capuchon tournait et virait dans la bouche, martyrisé de temps à autre par des canines tantôt indécises, tantôt impatientes. On aurait voulu tout raconter et finalement quatre lignes au style télégraphique résumaient tout : « Je vais bien. Je mange bien. Je dors bien. Je m'amuse bien. » L'adverbe ponctuant chaque phrase suffirait à rassurer les plus inquiets des parents. Certains se cachaient pour écrire comme des glousses gonflant leurs plumes pour protéger leur couvée. D'autres, en mal d'inspiration, copiaient ouvertement leur voisin. Au bout d'une demi-heure de contorsions physiques et mentales, le stylo retrouvait enfin son capuchon maltraité. Pierre avait eu du mal à terminer sa lettre et s'apprêtait à la recopier au propre car, selon lui, elle n'avait pas besoin d'être corrigée :

En Goustrine, le 7 out 1967.

J'écri une letre pour vous dire que je vé bien. Ça me tarde de vous voir, je m'é fé des copins et le moniteur é jenti. i sapèle Jorje é i nous oblije de fere la sieste. Ça con mange cé bon. la nui dé foi je pleure pasque je me langis. a la fin de la colo on ira a les spagne é i aura la quermesse.

écrivé moi é envoyé moi un coli. En vous embraçant, votre fis

Pierre.

L'enfant est comme l'artiste. Quand il considère son œuvre terminée, elle est définitive. Mais, hélas, même en vacances, l'orthographe a ses lois et ses règles. Contraints et forcés, la plupart acceptèrent de corriger leurs fautes, Pierre y compris. L'essentiel était, certes, de respecter l'expression de chacun mais, ici ou là, il fallait élaguer ce qui aurait pu inquiéter les familles.

Un grand nombre recevait une réponse mais je revois encore la déception qui se lisait sur le visage de ceux qui n'avaient jamais de lettre lorsque le directeur distribuait le courrier avant le repas. Ainsi, à chacun de mes jours de congé que je passais habituellement à Puigcerdà, en Espagne, je postais une carte pour ceux que la famille ou l'Assistance publique avait oubliés. En les voyant sautiller sur place ou courir en tous sens, leur missive à la main, je ne pouvais m'empêcher de penser que le bonheur tient parfois à si peu de chose !

Les matinées étaient plutôt réservées aux activités de peinture, de modelage, de tissage ou de vannerie. Après le repas, la colonie entrait dans le silence avec la traditionnelle sieste obligatoire. Les petits s'en accommodaient bien et profitaient d'un repos bénéfique dans la pénombre du dortoir aux rideaux tirés. Les plus grands la vivaient plutôt comme une contrainte et le calme était plus difficile à obtenir. Je comprends aisément qu'ils eussent préféré dépenser leur énergie en batifolant dans le jardin.

Par bonheur, nous étions loin des contraintes des siestes que je connus moi-même à pareil âge, héritage certain des coutumes de pensionnats : bras le long du corps, pieds joints, bouche cousue et paupières fermées. Ici, chacun s'allongeait dans la position qui lui convenait le mieux et la seule consigne était de ne pas faire de bruit. Des chuchotements naissaient peu à peu, puis le crissement des papiers de bonbons annonçait un festin de cassis, de fraise et de framboise. De temps en temps, je lançais quelques « chut » peu convaincants. Malgré la faible lumière, des lecteurs invétérés essayaient de lire des bandes dessinées. Le sommeil finissait souvent par gagner le dortoir tout entier. Vers quinze heures, la sonnerie donnait enfin le signal de la délivrance. Il était temps de retendre la couverture et de regonfler le traversin de quelques tapes plus ou moins virulentes avant d'aller prendre le goûter.

Le plus souvent, nous conduisions les enfants vers des lieux choisis en fonction de la distance les séparant de la colonie et des conditions de sécurité qu'ils offraient. Je me souviens particulièrement de la « collinette ». Alice et moi aimions particulièrement cet endroit qui dominait l'enclave espagnole de Llivia. Cette préférence venait-elle de la première fois où nous y allâmes ? J'aimais la douceur qui colorait sa voix et imprégnait tous ses gestes lorsqu'elle apprenait un chant ou un nouveau jeu aux enfants. Sa timidité m'impressionnait et me renvoyait à la mienne. Elle était femme et n'oserait pas ce premier pas qu'elle brûlait certainement de faire. La présence des enfants nous interdisait, bien sûr, toute effusion. Je transgressai délicatement la règle au retour d'une promenade. Les enfants marchaient devant et chantaient à tue-tête. En prenant sa main, je sentis monter en moi une vague douce et chaude qui semblait ne plus vouloir refluer. Je venais d'entrer dans un monde nouveau. J'étais tombé en amour. Plus beaux que jamais, les yeux d'Alice murmuraient le bonheur naissant, la tendresse et le partage. Le soir, après l'extinction des feux, nous nous retrouvâmes derrière l'église. La nuit était fraîche sur le village endormi. Nos bouches et nos corps oublièrent le temps. Nous étions enfin l'un à l'autre. Mes amourettes avaient soudain pâli devant un amour qui bousculait mon souffle et mes reins.

Dans ces colonies en zone frontalière, peu avant la fin du séjour, on organisait un voyage en Espagne, à Puigcerdà. Celui que nous fîmes dans cette résidence d'été de bourgeois barcelonais fut pour les enfants un dépaysement complet et prit les couleurs de l'exotisme. Nous croisâmes des groupes de prêtres en soutane et barrette noire, et de nombreux gardes civils, bedonnants et désœuvrés, coiffés de leur ridicule tricorne noir en carton mâché.

Il fallut gérer l'argent de poche de nos petits colons car ils voulaient tout acheter : castagnettes, tambourins, canifs, boucles d'oreilles, sachets d'anis et autres colifichets pour touristes crédules. Autour du lac central, nous nous contentâmes de regarder les enfants de touristes aisés faire une promenade en barque ou à dos d'âne. Au retour, tous serraient leurs achats dans leurs bras comme ils l'eussent fait d'un trésor. Leur bonheur était touchant.

La fête d'adieu eut lieu le dernier soir. Poussins, Écureuils, Crocodiles, Loups, toutes les équipes donnèrent leur spectacle préparé, en secret, tout au long des sorties. Saynètes, mimes, tours de chant et danses folkloriques se succédèrent jusqu'à la tombée de la nuit.

La nostalgie commençait déjà à pointer son visage affligé. Avant de se séparer, il fallait faire la fête ! Les monitrices vinrent nous rejoindre dans notre dortoir après l'heure de la toilette et du coucher. Yves, le moniteur des plus grands, décida de faire un sort anticipé à la bouteille de Martini qu'il avait rapportée d'Espagne. Pas de chansons à boire, pas de « et glou et glou, il est des nôtres » mais, puérils comme au temps de nos courses avec nos petits à travers les collines et les prés, nous chantions plutôt :

Colchiques dans les prés
Fleurissent, fleurissent
Colchiques dans les prés
C'est la fin de l'été.

L'orage éclata dans la nuit, terrible comme il peut l'être en montagne après les grosses chaleurs du mois d'août. Je m'éveillai dans les bras d'Alice. Humides de nos désirs contenus, nous avions fini par nous endormir, bercés de « je t'aime » murmurés à l'oreille.

Tout avait passé si vite ! Déjà les chauffeurs des autocars chargeaient les valises sur l'impériale. Des enfants échangeaient leurs adresses en se promettant de se retrouver l'année prochaine. Chacun emportait dans sa valise un souvenir emprunté à ce coin de Cerdagne. Un petit panier de jonc tressé, un sifflet en bois de sureau, une marionnette aux cheveux de laine viendraient aux premiers jours d'école leur rappeler ce temps d'insouciance.

Retrouvailles et séparation. Certains ne savaient plus où donner de la tête et allaient des bras de leurs parents aux nôtres. Tout finit un jour. On a fait un bout de chemin ensemble et chacun repart vers une vie où l'on n'en finit pas de croiser d'autres routes. Rencontres prévisibles ou fruits du hasard, qui peut savoir ? Ces enfants ne sauraient sans doute jamais combien ils accrurent mon désir d'être, le temps voulu, un de leurs guides.

Dès le début du mois de septembre, je m'inscrivis à la faculté de lettres de Perpignan dans la section d'espagnol. Je dus ensuite, en prévision du concours à Aix, passer la visite médicale réglementaire qui déclara qu'aucune affection ne me rendait impropre à occuper un emploi dans l'enseignement et que j'étais apte à subir les épreuves d'éducation physique au programme. *Mens sana in corpore sano.* Selon cet adage, il restait à vérifier que mon esprit était aussi sain que mon corps !

Trois cents candidats pour vingt postes à pourvoir. Cette nouvelle ralentit mon élan dès mon arrivée à Aix-en-Provence. Avec Adrien Camus, un camarade de lycée qui fit le voyage avec moi, je m'installai dans un petit hôtel mal éclairé mais bon marché du centre historique. Les épreuves écrites terminées, nous vagabondâmes durant cinq jours au long des rues et nous dûmes parcourir un bon nombre de fois le célèbre cours Mirabeau. Je découvris le pan-bagnat que j'ingurgitai en quantité car mon argent de poche ne m'aurait pas permis de m'installer à la terrasse d'un restaurant.

Nos deux noms étaient sur la liste des candidats admissibles ! Reçu trentième, je me plaçais d'emblée sous une épée de Damoclès. L'oral se déroula devant un jury de trois professeurs. Il consista en un exposé fondé sur *Le Prince*. La question qui me fut posée se révéla, en effet, bien machiavélique. J'aurais préféré discourir carrément sur la morale en politique et en général, mais discuter de « Peut-on faire un métier de la politique ? » me parut perfide. Pour moi, ce n'était certes pas un métier, et pendant que j'essayais de m'en expliquer je trouvai mes examinateurs à peine intéressés par ce que je disais, comme absents. Les vingt minutes de rigueur n'arrivèrent pas à leur terme. Celui qui présidait y mit un point final de façon cavalière après un coup d'œil, bien ostensible, à sa montre : « Ce sera tout. » Il se dispensa même du « merci ».

Je venais à peine de faire quelques pas sous le péristyle que je vis sortir le candidat qui venait de me succéder. L'entretien avait duré cinq minutes en tout et pour tout. Je pensai qu'il avait refusé de travailler sur un sujet tendancieux proposé par le jury ou qu'à la question qui lui avait été posée il n'avait eu à répondre que par oui ou par non. Je n'osai l'imaginer possesseur d'un passeport spécial. Quoi qu'il en soit, il fit partie des vingt reçus et je regagnai les rangs des dix recalés. Adrien Camus réussit lui aussi. Son oncle, directeur de collège dans la région, l'attendait à la sortie. Je rentrai seul à Perpignan.

Mieux que les mots, mon visage triste et fermé annonça la nouvelle à mes parents. Ma déconvenue me précédait. Joachim ne me montra pas son amertume et je lui en fus reconnaissant. Secrètement, il espérait peut-être mieux pour moi depuis que j'avais décidé d'entrer en faculté pour y faire des études d'espagnol. Par contre, dans sa désillusion, ma mère prononça des paroles désobligeantes : « Tant pis, tu ne seras pas instituteur comme ton frère ! » « Tant pis », oui, c'est ce que j'aurais pu me dire à moi-même mais le « comme ton frère » était de trop. Je tournai les talons pour ne rentrer que dans la nuit. Quelques jours plus tard, j'eus la surprise de recevoir un certificat d'admissibilité. Ce n'était pas courant et je me demandai à quoi pourrait bien me servir cette attestation de demi-succès.

En octobre 1967, je commençai mes études à la faculté de lettres de Perpignan. Au 15 de la rue Léo-

Delibes, près de l'avenue de la Gare, ma modeste chambre équipée d'un coin cuisine était claire et bien meublée. Originaire du Nord, la propriétaire, Mme Crouzières, était institutrice honoraire. Veuve depuis déjà de nombreuses années, elle louait les deux chambres de l'étage pour un prix dérisoire car son seul but était d'être moins seule dans sa grande maison.

Sans doute parce qu'elle n'avait pas eu d'enfant, elle était aux petits soins avec moi. Tous les soirs, elle frappait discrètement à ma porte et posait sur la table un bon potage de légumes et un dessert en me disant de temps à autre avec un sourire maternel : « Un étudiant doit d'abord bien nourrir son corps ! » Mon linge était lavé, impeccablement repassé et je le trouvais toujours empilé sur mon lit en rentrant de mes cours.

Mme Crouzières jouait merveilleusement du piano. Parfois, dès les premières mesures, j'entrouvrais ma porte pour mieux entendre s'égrener les notes, mais le plus souvent je laissais en plan ma version latine et le Gaffiot, l'étude de la vie quotidienne en Espagne au Siècle d'or ou encore la traduction difficile de quelque phrase de catalan. Sans bruit, je descendais l'escalier pour venir me lover dans l'un des grands fauteuils de cuir fauve du salon. Je me laissais caresser par la mélodie d'un prélude de Chopin ou d'un concerto de Mozart. Le corps de ma logeuse pénétré par la musique se balançait doucement et sa tête s'inclinait comme pour une candide révérence. Je voyais passer tour à tour sur son visage aux yeux mi-clos la tristesse, le chagrin, la compassion, la douceur d'une vague de bonheur et aussi la joie trépidante d'une fête villageoise. Quand ses mains quittaient le clavier, revenue à elle-même, elle sursautait, en m'apercevant, comme une petite fille surprise en train de rêver.

Un jour, comme je lui avouais en buvant le thé que je ne me trouvais pas beau, elle me dit ces paroles pleines de sagesse qui me redonnèrent confiance : « Vous savez, Georges, vous ne vous trouvez peut-être pas beau, mais vous avez beaucoup de charme. La beauté d'une personne est toute relative alors que le charme est autrement plus important car il vient de l'âme. La vraie beauté d'une personne est celle qui vient du cœur. » Elle avait mille fois raison.

Ma voisine de palier, Mlle Miollan, travaillait au service de comptabilité de l'Inspection académique. Elle était ce qu'à mon avis on nomme trop péjorativement une « mère aux chats ». Levée très tôt, et discrète s'il en est, elle filait d'abord jusqu'au marché de la République d'où elle rapportait des kilos de mou qu'elle prenait le temps de découper avant de partir à son bureau. Tout au long de la traverse des Quatre-Cazals, elle distribuait cette nourriture à des dizaines de chats abandonnés. Je l'accompagnais parfois sur ce parcours et le spectacle de ces pauvres bêtes faméliques me révoltait autant qu'il m'attristait. De proche en proche, sortant des jardins en jachère, ils venaient attendre son passage et ce repas quotidien assuré, dimanche compris. Elle leur parlait, les caressait, grondait les plus voraces et faisait manger les plus petits dans sa main. Méfiants comme tout animal errant, ils ne se seraient laissé approcher de quiconque, excepté de leur protectrice. Elle les connaissait tous et, malgré leur grand nombre, elle se rendait vite compte si l'un d'eux manquait à l'appel.

Plus loin, sur la place Arago, les pigeons avaient

droit à une distribution de pain trempé dans du lait auquel elle ajoutait des vitamines. Là, elle dut souvent lutter contre des gens imbéciles qui la conspuaient, lui reprochant d'entretenir une habitude néfaste et une nuisance certaine.

Mlle Miollan devait avoir une cinquantaine d'années lorsque je fis sa connaissance. Elle était de cette race noble des Hauts-Alpins, brune avec un teint mat, presque basané, des yeux quasi noirs, vifs. Sa voix grave et son allure sportive révélaient un tempérament un peu masculin. Elle était de celles « qui ne vous l'envoient pas dire ». D'abord institutrice sur les hauteurs de l'Embrunais, dans les Hautes-Alpes, elle avait préféré intégrer l'administration et avait choisi le Roussillon pour y expatrier son célibat.

Informée de mon désir, contrarié à deux reprises, d'intégrer le corps des instituteurs, elle prit les choses en main et s'occupa des démarches auprès de sa collègue et amie du service du personnel. Mon dossier fut rapidement constitué et, à toutes fins utiles, je joignis mon certificat d'admissibilité.

Jusqu'au mois de décembre, les cours eurent lieu près de la place Rigaud, dans les locaux de l'hôtel Pams qui abritait la bibliothèque municipale. Ma vie d'étudiant s'écoulait doucement. Je prenais goût à l'indépendance et, de temps en temps, j'avais aussi besoin de solitude. Le samedi soir, je prenais le train pour aller chez mes parents et j'en repartais chargé de nourriture pour la semaine. Je faisais ainsi quelques économies qui me permettaient d'aller de temps à autre au cinéma ou au théâtre avec mes amis.

Maguy, Rose-Marie, Pedro et moi faisions un joyeux quatuor très soudé à la faculté comme dans nos sorties.

Nous nous réunissions souvent dans ma chambre pour de longs après-midi de travail entrecoupés de nombreuses pauses-café. De nous tous, Maguy était la seule à posséder une voiture. Avec sa 2CV bleu ciel, nous parcourions le département dans tous les sens avec une prédilection pour les châteaux cathares de Quéribus et Peyreperthuse, citadelles du vertige, les abbayes romanes de Saint-Martin-du-Canigou, Saint-Michel-de-Cuxa et le prieuré de Serrabonne. Nous fîmes aussi quelques virées en Espagne sur les plages de La Escala, Tossa de Mar et Palamós. À Playa de Aro, je découvris pour la première fois l'univers des grandes discothèques et en particulier le célèbre Tiffany's de l'époque. Les décibels nous obligeaient à nous parler à l'oreille et nous laissaient presque sourds quand, au petit matin, nous retrouvions la rue. Le Cuba libre, traître mélange de rhum blanc et de Coca-Cola, coulait à flots. Nous dansions, rivés à la piste, un verre à la main, une cigarette dans l'autre, sur des musiques déjà soûles. Au retour, gagnés par le sommeil, nous nous endormions sur le bord de la route, dans la Citroën devenue soudain trop exiguë.

Les grèves de Mai 68 nous arrêtèrent dans notre course à l'examen de première année. Toute notre vie s'en trouva perturbée. Nous venions d'emménager dans des locaux préfabriqués sur le site de l'actuel campus, loin du centre-ville, que déjà nous les désertions, et le Vélosolex que je venais d'acquérir en faisant des économies sur ma bourse d'études resta vite dans le jardinet de la rue Léo-Delibes à cause de la pénurie de carburant. Je remontais tous les jours l'avenue de la Gare où ne circulait plus aucun véhicule. La vie semblait s'être arrêtée comme après un cataclysme.

Jusqu'à la mi-juin, nous fûmes dans l'attente d'une hypothétique session d'examens. Finalement, ils furent reportés en septembre. La bande des quatre se dispersa pour l'été. Maguy repartit chez sa grand-mère de Palamós, Pedro entrait dans un restaurant pour la saison d'été et Rose-Marie suivit son fiancé pour des vacances niçoises.

Je quittai Perpignan pour un nouveau séjour à Angoustrine, mais sans Alice que Jean-François n'avait pas rappelée. J'étais déçu et je faillis tout annuler à la dernière minute.

6

Il régnait une bonne odeur de propre et de cire d'abeille dans ma chambre d'étudiant début septembre. Je la regagnai pour m'isoler un peu, préparer mon examen et la repeuplai de mes affaires et de quelques photos de l'été.

Des petits pas pressés dans l'escalier, trois coups discrets frappés à ma porte, une lettre portant l'en-tête de l'académie, un coupe-papier fébrile qui libère un feuillet administratif complété par une belle écriture de maîtresse d'école : « J'ai l'honneur de vous informer que je vous ai désigné pour débuter votre première suppléance au collège d'Estagel à compter du 16 septembre 1968 », et tout commence.

Je tenais dans mes mains le premier indice et le point de départ d'une course au trésor qui allait durer plus de trente-cinq ans.

Ma première nomination ! Je n'en croyais pas mes yeux, car ma présence sur la liste d'attente n'était effective que depuis un an à peine et, au dire de certains, on ne pouvait pas espérer une première suppléance avant deux, voire trois ans. Mme Crouzières, en me donnant la lettre, avait déjà compris de quoi il s'agissait et ma mine réjouie lui indiqua qu'elle ne s'était pas trompée. « Je suis tellement heureuse pour vous ! » Ces mots qui venaient du cœur allèrent droit au mien. Mlle Miollan, alertée, sortit sur le palier et me dit avec un sourire heureux : « Eh bien, maintenant, il n'y a plus qu'à se mettre au travail ! »

Dans ma chambre, le papier encore dans la main, l'inquiétude vint atténuer ma joie. J'étais nommé dans un collège alors que j'attendais de me rendre dans une école primaire. On ne pouvait, certes, me demander d'enseigner autre chose que le français ou l'espagnol, mais quelle classe allait-on me confier ? Par où allais-je entreprendre les choses ? J'ignorais tout des instructions officielles et des programmes d'enseignement, et, surtout, je n'avais jamais fait la classe. Devant moi défilèrent alors les souvenirs mêlés de mes professeurs de collège. Je me substituais tantôt à M. Trabis en train d'expliquer les règles d'accord du participe passé avec les auxiliaires être et avoir, tantôt à Mlle Paro dévoilant devant nous les mystères du gérondif et des trois types d'irrégularité des verbes espagnols. La craie dans une main et une feuille de cours dans l'autre, j'arpentais à grands pas l'espace entre le tableau noir et les premières tables. J'hésitais à prendre un air sévère et une voix forte, impérative, propre à imposer le calme et l'attention, ou un ton plus paternel, persuasif, agrémenté d'un sourire destiné à rassurer mes élèves et à leur donner confiance. Devant des piles de copies à corriger, je me heurtais à la difficulté d'évaluer rigoureusement le travail de mes collégiens. Je me souvins aussi avec inquiétude de l'air narquois que nous prenions, à cette époque, lorsqu'un remplaçant se présentait pour la première fois devant nous.

J'étais au pied d'un mur dont je ne voulais pas, cependant, commencer l'ascension à l'aveuglette. Dès la fin des épreuves à la faculté, je rencontrai celui qui m'avait transmis l'amour de cette langue, Georges Septours. Il me conseilla quelques ouvrages sur la pratique de la classe dans les lycées et collèges, et me donna surtout de bons tuyaux sur la manière de se comporter avec un groupe d'élèves pour éviter de commettre les graves erreurs des débutants.

Première rentrée. Mon cœur battait comme à mon premier jour d'école. J'étais le plus jeune de l'équipe éducative. Mon pull noir sur une chemise blanche et mon costume sombre me donnaient, selon l'un des profs de français, une allure de clergyman. Je pensai qu'une laïcité excessive le portait à se moquer de tout ce qui pouvait lui rappeler le clergé.

Comme je lui demandais de bien vouloir signer l'accusé de réception de mon ordre de suppléance, le principal m'apprit que, vraisemblablement, je passerais l'année dans son collège car aucun titulaire n'avait demandé ce poste. Quelques jours plus tard, il en eut la confirmation administrative. Qu'espérer de mieux ? Je louai une petite maison dans le vieux village, à deux pas de celle de mon oncle Roger.

Une classe de quatrième pratique. Dix-neuf élèves auxquels, à l'exception de l'éducation physique, j'allais devoir tout enseigner. Dix-neuf élèves en difficulté scolaire pour lesquels j'allais finalement être un instituteur. Leurs deux années de collège s'étaient soldées par un échec et cette structure qu'ils venaient d'intégrer se voulait avant tout un instrument de rattrapage.

Ces enfants n'avaient pas supporté le rythme ordinaire des classes de collège et se sentaient un peu laissés pour compte. Je les trouvais très peu motivés, quelques-uns même dans le refus d'apprendre. Dès la première semaine, il m'apparut clairement que je devais changer mon fusil d'épaule et employer une méthode plus attrayante, fondée sur leurs centres d'intérêt, et qui, en leur donnant envie de travailler, leur fasse retrouver le goût d'aller à l'école.

Marie Wajsfelner, la directrice de mon école communale, reprit avec joie un peu de service et devint ma « conseillère pédagogique » attitrée. Elle entreprit de m'initier aux techniques Freinet que j'avais pu observer dans sa classe. La rédaction d'un journal scolaire devint un excellent moyen d'apprendre avec beaucoup d'enthousiasme tout ce qu'il faut savoir pour écrire un article : l'orthographe, les règles de grammaire et de style. Au fur et à mesure, nous inventions nos règles de vie. Le conseil de coopérative et le conseil de classe permettaient à chacun de prendre part à la gestion du groupe. Le plan de travail, négocié avec chaque élève, leur donnait la possibilité de progresser à leur rythme. Un climat d'entraide et de confiance régnait dans cette classe qu'on avait, pour je ne sais quel motif, reléguée au fond de la cour. Cette sorte de mise à l'écart nous convenait très bien et, souvent, mes élèves passaient leur récréation près du bâtiment, quand ils ne restaient pas à l'intérieur pour finir à tout prix un article du journal ou la rédaction d'une lettre à nos correspondants.

Sur la route nationale, M. et Mme Devèze fabriquaient à la main des espadrilles catalanes, ces *vigatanes* à la semelle de corde, couvertes de toile. Ils furent choisis pour notre première enquête sur les métiers d'autrefois. La lettre de demande que nous rédigeâmes trouva un écho favorable. Trois équipes se répartirent alors le travail de préparation dans le but de recueillir des informations sur les outils et les matériaux utilisés pour la confection, sur le métier proprement dit et enfin sur la rentabilité d'une telle fabrication à l'époque où beaucoup de gens préféraient acheter des espadrilles bon marché importées d'Espagne.

Le 5 novembre, en début d'après-midi, nous investissions La Sandale catalane et son petit atelier. Comme mes élèves, je pus voir manier avec une inégalable dextérité le battoir, le poinçon et l'aiguillette. On sentait chez M. Devèze le plaisir de montrer son adresse et le savoir-faire qu'il avait acquis depuis ses débuts d'ouvrier vers l'âge de douze ans. Petit à petit, sous nos yeux, la tresse de corde, s'enroulant sur elle-même, devint une semelle sur laquelle furent cousus le dessus et le talon de toile. La pose des lacets termina enfin l'espadrille. Une heure s'était écoulée. Les intervieweurs en herbe posèrent ensuite leurs questions auxquelles nos hôtes répondirent avec une infinie patience et une fierté non dissimulée. Cette fabrication artisanale n'était pas très rentable, il fallait bien l'avouer. En été, les touristes en achetaient quelques paires mais les meilleurs clients étaient surtout les danseurs des groupes folkloriques. Quelques bouts de corde et de tresse, des échantillons de toiles diverses récupérés avant notre départ donneraient vie à l'album relatant cette visite.

Le calme régnait dans la classe en plein exercice de rédaction quand celle qui allait tout compromettre fit une entrée brutale, sans même frapper. Les élèves se levèrent. Aucun bonjour ne vint répondre à leur politesse. Je pensais qu'elle allait se présenter mais elle n'en fit rien, bien au contraire : ôtant son manteau, elle demanda impérativement à un élève d'aller le suspendre. Qui pouvait bien être cette femme si sûre d'elle-même, si impudente ? Une conseillère pédagogique ? Une inspectrice ? Sans me soucier de sa présence, je continuai mon travail, allant d'un groupe à un autre. Soudain, cette bouche rouge trottoir, cet œil charbonneux, cette poitrine agressive tressautant à chaque pas me ramenèrent dans la cour de mon collège d'Ille-sur-Têt, l'année de mon départ. Aucun doute. Je venais de reconnaître cette jeune prof stagiaire qui traversait la cour tous les matins, serrée dans une jupe courte, le fessier ondulant comme la croupe d'une jument de trait.

Mon premier étonnement devant ses façons cavalières tomba d'un coup et je sentis monter en moi une certaine impatience. Quelques garçons auxquels elle promettait de « couper les oreilles en pointe » s'agitèrent. Les filles commencèrent à regarder d'un mauvais œil cette intruse qui se permettait des remarques sur leur tenue vestimentaire. Notre bonne ambiance fondait de minute en minute. L'heure de la sortie approchait. Je préférai arrêter la classe. Sur ses hauts talons, elle sortit comme elle était entrée, sans un mot.

Dans son bureau, gêné et déçu, le principal m'annonça la nouvelle : le poste que j'occupais venait d'être demandé par celle qui avait à l'instant quitté ma classe. Il ne comprenait pas qu'on ait pu lui confirmer mon installation pour l'année et, soudain, attribuer mon poste à une personne qui n'était pas plus titulaire que moi. Mes collègues étaient furieux, mais il n'y avait rien à faire.

La séparation fut difficile. Devant l'indignation et les mouvements d'humeur qui commençaient à naître, je dus calmer mes élèves, et les exhorter au calme et à l'obéissance.

Trois jours plus tard, un coup de fil du principal m'annonça que les parents de mes anciens élèves n'avaient pas envoyé leurs enfants au collège deux jours de suite. À la reprise des cours les enfants avaient refusé de travailler sous le prétexte que leur prof avait tout changé. Tables alignées, plus de travail en groupe, plus de gestion commune.

Ma collègue récoltait ce qu'elle avait semé sans comprendre ce que les adolescents voulaient lui dire. Loin d'y réfléchir et d'instaurer un dialogue, elle se laissait aller à la facilité et, folle de rage, menaçait de se plaindre à l'inspecteur d'académie, un peu comme un enfant menacerait en pleurnichant : « Je vais le dire à mon papa. » Je dus néanmoins faire le voyage jusque chez elle avec le directeur pour la ramener à la raison et éviter ainsi de créer un précédent qui aurait pu nuire à ma carrière. Mais je ne lui fis pas les excuses qu'elle attendait. De quoi fallait-il que je m'excuse ?

Trois jours déjà sans suppléance ! Presque une punition. Trois jours à repenser à la chaleur de cette classe et au bonheur interrompu. J'aurais tellement aimé constater l'efficacité de ce que les élèves et moi avions instauré durant les premières semaines. J'avais déjà compris que la carrière que j'avais toujours voulu embrasser exigeait un grand investissement personnel et un don de soi dont on devrait toujours informer les jeunes qui se destinent à enseigner. C'est beaucoup de temps à consacrer à la préparation de la classe sans obtenir obligatoirement le résultat escompté. Mais c'est surtout beaucoup d'amour et d'humanité à transmettre.

Le paquet que me remit le facteur me prouva amplement que les graines semées avec le cœur lèvent toujours. Mes élèves tenaient la promesse qu'ils m'avaient faite de m'envoyer l'album de notre visite chez les époux Devèze, finalement terminé avec l'aide de leurs parents. Une lettre très émouvante et résignée l'accompagnait. Les croquis d'outils, les échantillons de toile, de cuir et de corde collés, les photographies : tout était là, agrémenté de textes explicatifs sans la moindre faute. Pouvais-je rêver meilleure récompense ?

Sans espoir d'un nouveau remplacement, je m'apprêtai à retourner à la faculté que depuis la mi-octobre je ne fréquentais que le jeudi, et l'idée de retrouver tous les jours Alice et mes camarades me fit oublier un peu ma déception.

Par bonheur, un nouvel avis de remplacement arriva bientôt.

Le collège de Prades était installé dans les locaux d'un ancien couvent. Les salles de cours étaient sombres, tristes, monacales pour tout dire. Jusqu'à la veille des congés de Noël, j'y enseignai l'espagnol et le français dans les classes de sixième et cinquième. Là, je m'accommodai mal des changements perpétuels de classe, réglés par une sonnerie dérangeante, des heures trop courtes et surtout des clans instaurés en salle des professeurs. Je partais travailler avec entrain mais, le soir, j'avais hâte de reprendre le car en sens inverse.

À la rentrée de janvier, je fus envoyé au collège de Bourg-Madame, en Cerdagne, où je devais rester tout un trimestre. Je me mis en quête d'une chambre à louer. Celle que je trouvai dans une maison près du Sègre, juste à la frontière espagnole, était vaste et exposée au nord. Il y faisait froid. Je supposai que les propriétaires avaient dû couper le chauffage dans cette pièce qu'ils n'utilisaient probablement pas, et je cherchai en vain un quelconque convecteur. Dans mon lit, recroquevillé sur moi-même, j'eus du mal à trouver le sommeil. Au matin, avant mon départ, comme je lui faisais part de mon désappointement, la maîtresse de maison me promit un radiateur d'appoint. En rentrant, je trouvai effectivement au milieu de la pièce un de ces vieux Calor à parabole dont la résistance eut du mal à rougir. Ce soir-là, je me couchai pour corriger mes copies et, pour bénéficier d'un peu de chaleur, je coinçai le chauffage entre le mur et la tête de lit. Curieux de connaître la température réelle ce cette chambre, j'achetai un thermomètre. Il faisait moins trois degrés et ce n'est pas ce radiateur bon pour la brocante qui pouvait faire remonter le mercure.

Une collègue compatissante m'adressa au photographe du village qui louait un petit studio au-dessus de son magasin. Le soir même, je m'installais dans un endroit propre, confortable et bien chauffé.

Le collège de Bourg-Madame avait quelque chose de familial, il y régnait une bonne ambiance. Les professeurs n'avaient pas oublié leur première vocation d'instituteurs. On les sentait proches de leurs élèves et soucieux d'éducation autant que de réussite scolaire. De leur passage plus ou moins bref à l'école primaire, ils avaient gardé un esprit de franche camaraderie, et le directeur lui-même se comportait comme un collègue. Je me sentis très vite accepté.

Les plus grands des classes de troisième avec lesquels je n'avais, somme toute, que huit ans d'écart, semblèrent apprécier que je déserte mon bureau pour m'installer au milieu d'eux pendant les cours. Je dus cependant, à un moment donné, leur faire comprendre avec tout le tact nécessaire qu'il y avait quelques limites à la convivialité. Chaque fin de semaine, peut-être par jeu, les filles me rappelaient que l'ambiance était formidable à La Gazzara, une discothèque réputée de Puigcerdà. Chaque fois, je m'excusais de devoir décliner l'invitation.

Le père de Sophie Harton, élève de quatrième, était américain et grand amateur de whiskies. J'acceptai son invitation pour un dîner à Ur, où son épouse était institutrice. À l'exception du Jonnhy Walker, du William Lawson's et à la rigueur du Chivas, je ne connaissais rien à cet alcool que je noyais toujours outrageusement de glaçons. L'un après l'autre, je dus goûter, en modeste quantité heureusement, une bonne dizaine de whiskies américains, canadiens et écossais, dont je suis bien en peine aujourd'hui de me rappeler les noms. Brian Harton baptisa ce moment la « leçon de whiskies ». Effectivement, c'était lui le maître en la matière. Ma collègue, elle, était un fin cordon-bleu. Chaque plat qu'elle nous servit fut accompagné d'un vin adéquat. Après une délicieuse tarte aux mirabelles, les cafés successifs furent les bienvenus. Les vapeurs d'alcool semblaient se dissiper. Mais j'aurais dû me douter que Brian était aussi connaisseur en cognacs et armagnacs. Entre girations et inclinaisons, toute la Gascogne et sa palette d'arômes entreprit un ballet rituel, de mes narines déjà bien éveillées jusqu'à mes papilles fortement éprouvées, en passant par de continuelles élévations païennes vers la lumière du lustre.

Dans la Land Rover qui me ramena sur la route gelée, je ne vis pas grand-chose de notre itinéraire tant la neige tombait à gros flocons. J'avais du mal à garder les yeux ouverts et je n'aspirais qu'à retrouver la chaleur accueillante et douillette de mon lit.

La bonne ambiance de Cerdagne n'était plus qu'un souvenir lorsque j'arrivai au collège Jean-Moulin de Perpignan. Je n'entrai qu'une seule fois dans la salle des professeurs pour en ressortir très vite. Ces gens-là restaient entre eux. Le cercle était fermé. Ça sentait très fort le Capes et la maîtrise. Enfin, une banale histoire de torchons et de serviettes ! Dans cette période, je préférai passer les interclasses à discuter avec Michel, un surveillant, camarade de lycée et de colonies de vacances, mais mon choix fut très mal vu. Dans mes heures libres, c'est au bistrot tranquille de la place voisine que j'allais donc corriger mes copies ou préparer mes cours.

Mon travail dans ce collège me permit de fréquenter plus assidûment la faculté. Les épreuves du diplôme universitaire d'études générales approchaient à grands pas. Je voyais Alice plus souvent. J'allais l'attendre à l'entrée de son immeuble, rue de Venise. Les présentations mutuelles à nos familles furent faites à ce moment-là. Mes parents étaient ravis. Mon père ne tarissait pas de compliments, lui qui en était plutôt avare. Je dirais aujourd'hui que c'est la seule de mes compagnes que ma mère apprécia et qu'elle regrette encore. Au dire d'Alice, sa grand-mère et son père m'apprécièrent beaucoup. Sa mère ne s'exprima pas vraiment mais ne me manifesta cependant aucune hostilité.

Après l'obtention de mon diplôme universitaire, et dès la rentrée suivante, j'entamai ma deuxième année de suppléances et je partageai mon temps entre deux écoles primaires de garçons de Perpignan. Jules-Ferry, sur le boulevard des Pyrénées, c'était l'école huppée de la ville. La plupart des instituteurs étaient maîtres d'application et les élèves, triés sur le volet, venaient des quatre coins de la ville et même de l'extérieur. On y trouvait surtout les fils de la bourgeoisie perpignanaise. Le directeur était un homme pointilleux à l'excès. L'école de La Garrigole, dans le quartier de Saint-Assiscle, était plus populaire, l'ambiance y était conviviale et celui qui la dirigeait, un homme simple et cordial.

Dans l'une comme dans l'autre de ces classes, je me contentais de suivre les programmations établies. Mon rôle se borna durant toute une année à préparer et faire les leçons, puis à corriger les cahiers des élèves. Néanmoins, ces deux chefs d'établissement m'apprirent, l'un par sa rigueur et l'autre par ses précieux conseils, à bien rédiger le fameux et contraignant cahier journal et les non moins fameuses fiches de préparation.

De la rue Léo-Delibes, où j'avais reloué ma chambre pour l'année, j'étais à mi-chemin entre les deux écoles et je pouvais même faire à pied la courte distance qui me séparait de chacune d'elles. Peu avant la rentrée, je m'étais inscrit en licence, à la faculté de Montpellier, en même temps qu'Alice. Le mercredi soir, dès la sortie de l'école, je quittais Perpignan pour la retrouver dans sa chambre d'étudiante. Le lendemain, chacun de son côté, nous assistions aux cours, puis je reprenais le train de Perpignan.

Notre relation commença alors à s'effriter sans que je sois sûr que l'éloignement y fût pour quelque chose. Je crois surtout que je me lassai de la chasteté à laquelle je me sentais contraint. Je pris de moins en moins le train et je reçus de moins en moins de lettres. J'aurais dû, dès ce moment-là, avoir le courage de rompre pour lui éviter de souffrir, mais quelque chose me liait toujours à Alice. Dans mes moments de tristesse comme dans mes grandes joies, c'est vers elle qu'allait ma pensée et je lui écrivais des lignes qui, je le reconnais aujourd'hui, devaient être autant de pièges pour elle.

Vers la fin du mois de mai, j'appris qu'à la prochaine rentrée j'intégrerais l'École normale pour ma formation professionnelle. C'était inespéré. À défaut d'entrer par la grande porte, c'est par celle plus étroite mais tout aussi glorieuse pour moi que j'allais pénétrer dans le saint des saints.

J'annonçai la nouvelle à Mme Crouzières sur son lit d'hôpital. Depuis quelques mois, son état de santé s'était dégradé. Finalement, les examens avaient décelé un cancer. À cette époque encore, on prononçait à peine ce mot. Mlle Miollan et moi allions tour à tour lui rendre visite. La nouvelle lui fit plaisir et je revois encore l'effort qu'elle fit pour me sourire. Elle souffrait atrocement et la moindre pression sur ses bras ou ses mains la faisait hurler de douleur. Peu avant sa mort, elle retrouva sa maison. Tous les matins je passais la voir avant d'aller à l'école. Son visage se creusait, se parcheminait et pâlissait chaque jour un peu plus. La vie ne veut plus être belle quand elle s'en va. Elle quitta ce monde à l'heure où le soleil entrait dans sa chambre, au moment où, d'ordinaire, elle s'apprêtait à partir à La Miséricorde visiter les personnes grabataires. Ce jour-là, j'aurais voulu être musicien et laisser courir mes doigts sur le clavier de son piano pour l'accompagner d'une barcarolle.

Septembre 1970. Monique, Yvette, Annie, Marie-Claude, Josette, Roland, Joseph et moi, entrés par la petite porte à l'École normale, formions une sorte de famille et on nous voyait partout ensemble. Dès le premier jour, M. Rossi, notre directeur, nous surnomma les « octuplés ». Quelques heures par semaine, il nous dispensait des cours de législation scolaire qui se terminaient souvent par des conversations à bâtons rompus sur des faits de société comme le mouvement hippie dont les adeptes rejetaient la société de consommation, prônaient la non-violence, la liberté et la vie en communauté. Parfois c'était de peinture ou de musique que nous discutions après qu'il nous avait interrogés sur nos goûts dans ces deux domaines. Je l'étonnai beaucoup en lui disant que mon tableau préféré était *La Tentation de saint Antoine*, de Jérôme Bosch, et je fus moi-même bien en peine de lui répondre.

Nous inaugurâmes cette année-là les séances de dynamique de groupe, avec Alain Vila, notre professeur de psychologie appliquée. Au début, ces regroupements en cercle nous parurent bizarres et chacun jouait volontiers le rôle de chien de faïence, puis l'énervement gagnait et tout finissait dans un éclat de rire. Le silence mal compris d'Alain lui valut d'abord quelques remarques acerbes avant que nous comprenions qu'il était intentionnel. Peu à peu, nous commençâmes à communiquer et à découvrir les lois qui régissaient le comportement de notre groupe et le système d'interdépendance sur lequel elles étaient fondées. Néanmoins, l'une de ces séances se termina, un jour, par quelques gifles entre Joseph et Yvette. Comment en vinrent-ils là ? En s'excusant l'un et l'autre, ils se rendirent compte que le point de départ de leur animosité, très ancien et somme toute anodin, avait été révélé et verbalisé grâce au groupe.

Les cours de français n'avaient pas toujours lieu dans l'enceinte de l'école. C'était aussi dans un café tranquille de l'avenue de la Gare, ou chez notre professeur que nous discutions la poésie de Saint-John Perse, avec ses amples versets et ses mots éclatants, ou celle de Paul Éluard, si fidèle à l'exaltation de l'amour et des sensations immédiates.

Je crois volontiers que notre directeur appréciait en nous cette soif d'apprendre et d'apporter à nos élèves le meilleur de nous-mêmes. Nous fréquentions assidûment nos maîtres d'application et leur enseignement venait compléter le savoir-faire que nous avions acquis jour après jour au cours de nos remplacements. À l'exception de la méthode globale de lecture qui me laissa plus sceptique qu'indifférent, et des maths modernes auxquelles je ne voyais pas un grand avenir, je m'intéressai aux méthodes innovantes en matière d'apprentissage de la langue, et particulièrement aux divers types d'écrits – de la recette de cuisine à la lettre, l'affiche ou le bon de commande, sans oublier le compte rendu de visite. Notre passage dans une école maternelle de la périphérie de Perpignan me laissa un souvenir impérissable car j'étais loin d'imaginer toutes les activités que l'on peut mettre en place avec les petits. Les enfants y travaillaient alors sur le thème du cirque, et Mimi Paolo, ravissante écuyère, n'en finissait pas de faire parler d'elle. En tutu jaune et bonnet rouge, sur les pointes, elle caracolait sur le dos d'un poney bai. Marie-Claude nous en avait tant parlé depuis qu'elle venait remplacer la maîtresse dans cette classe que nous lui trouvâmes soudain une étrange ressemblance avec la petite artiste de cirque.

Après l'obtention de leur certificat d'aptitude pédagogique à la fin du mois de mai, les « octuplés » se séparèrent. Monique repartit avec son sourire et sa bonne humeur à toute épreuve, Yvette rejoignit Argelès-sur-Mer, Josette le pays des cerises et sa belle ville de Céret, Marie-Claude son sympathique mari et Annie prépara ses fiançailles. Joseph regagna son Andorre natale, Roland disparut très vite, comme toujours. Quant à moi, je regagnai Millas pour donner un coup de main à mes parents que la cueillette des abricots submergeait.

7

D'aussi loin que je me souvienne, j'ai toujours aimé revenir à l'école. Élève ou enseignant, j'ai à chaque rentrée éprouvé immanquablement le même plaisir de recommencer, de démarrer de nouveaux projets pour apprendre, enseigner et éduquer. Trois mots magiques, éternels complices. J'ai toujours attendu ces rendez-vous de début d'année scolaire, où je me posais les éternelles questions : serai-je à la mesure des attentes de mes élèves ? Conviendrai-je à chacun d'eux au-delà de la transmission des savoirs ? M'aimeront-ils ?

Début septembre 1971, je suis le plus heureux des hommes. Je viens d'obtenir à la dernière minute mon premier poste, ma première classe, une classe bien à moi, dans laquelle je serai seul maître à bord, capitaine à la barre d'un navire que je m'efforcerai de diriger sans trop de tangage vers des soleils toujours levants. Depuis la fin août, je faisais le siège du bureau du personnel à l'Inspection académique, espérant qu'après le dernier mouvement du personnel un poste quel qu'il soit me serait attribué. À chacune de mes visites, l'air désolé de la responsable me rejetait dans le désespoir.

La rentrée approchait et j'allais me résoudre à reprendre les suppléances lorsque je fus convoqué. Un poste se libérait à Vingrau, dans le canton de Rivesaltes. Pour une raison encore obscure, l'instituteur était déplacé – mesure assez inhabituelle et prononcée sans appel. J'eus alors l'impression que tous les Noëls en retard ou en avance s'étaient donné rendez-vous ce jour-là. Jamais nuage ne fut plus doux que celui sur lequel je m'abandonnai en acceptant cette nomination : la première. Les bras de mes parents achevèrent de me noyer dans la douceur. Je leur faisais la grande joie d'avoir un deuxième fils instituteur.

L'après-midi même j'enfourchai mon Vélosolex pour aller découvrir le village, l'école et ma classe. Trente kilomètres d'exaltation et de craintes mêlées. Certes, je me sentais capable de faire la classe mais je n'avais exercé jusqu'alors que des fonctions intérimaires pour des durées de trois mois à une semaine, parfois même de deux jours. Bien sûr, mon année de formation professionnelle à l'École normale devrait m'assurer un certain savoir-faire, mais elle représentait au bout du compte beaucoup de théorie pour une pratique réduite à quelques stages en situation auprès de maîtres formateurs. Les épreuves du certificat d'aptitude pédagogique n'attestaient en rien de ma capacité à enseigner et les épreuves pratiques devraient confirmer ou infirmer mes dispositions à faire la classe.

Mon véhicule devenu poussif à cause de son incapacité naturelle à gravir les côtes me contraignit à pédaler pour arriver au col de la Bataille. Dans la descente et jusqu'au village d'Estagel, je me laissai griser par la vitesse et mes jambes connurent le repos bien mérité des cyclistes qui ont vaincu un sommet.

Je fis une pause chez l'oncle Roger et la tante Joséphine pour leur annoncer la bonne nouvelle. Désormais je m'arrêterais souvent chez eux sur mon trajet entre Vingrau et Millas. Après la bifurcation du lieu-dit La Courberolle, je découvris une route qui m'était encore inconnue. De part et d'autre, des vignes rougeoyantes d'automne se lançant à l'assaut des collines blanches de calcaire, avec ici et là un genévrier torturé par les ans ou quelques pins parasols groupés pour mieux lutter contre l'inflexible tramontane. Je traversai cette garrigue sentant bon le thym, le romarin et le fenouil, territoire favori des lièvres et des lapins de garenne, des perdrix et des sangliers. Tautavel, oasis de verdure, au pied de la tour Del Far, ne s'était pas encore éveillé au tourisme, car l'homme le plus célèbre de la préhistoire gardait encore son secret au fond de la Caune de l'Arago, site archéologique qui donnerait au village sa notoriété et un essor économique inespéré au début des années 1980.

À trois kilomètres de là, à l'entrée d'un cirque tapissé de vignes, le village de Vingrau m'apparut accroché à la colline, à l'abri du vent du nord, face au midi. Plus haut, plantée sur la roche blanche, la vieille église, décrépie et souffrante, semblait veiller sur les maisons blanches à deux ou trois étages, auxquelles s'accolaient des granges immenses. Devant les celliers ouverts attendaient des comportes remplies d'eau prêtes à recueillir le précieux fruit de la vigne. J'allai au hasard des rues, montant ou descendant, m'imprégnant du lieu et de ses odeurs. Au fond du village, la fontaine faisait entendre la fraîcheur de son eau, au pied d'un immense platane. Dans la rue principale, quelques chiens couchés devant leur porte soulevèrent nonchalamment la tête pour me regarder passer, puis retombèrent aussitôt dans leur léthargie. Des rideaux se soulevèrent sur mon passage et quelques visages passèrent furtivement derrière les moustiquaires. Je ne croisai en tout et pour tout que deux ou trois personnes qui me saluèrent poliment en levant à peine la tête. Le calme semblait régner dans ce village et je commençai à rêver d'une vie paisible.

Sur la place du village un grand bâtiment déclinait sa symétrie rationnelle. La mairie, au centre, semblait avoir fait rempart en d'autres temps entre l'école des filles et celle des garçons. Mais la mixité ainsi que la diminution des effectifs avaient transformé l'école des filles en garderie pour les tout-petits.

Lorsque j'entrai, le maire trônait derrière la grande table du conseil. Il lisait *L'Équipe* sous la vigilance d'une Marianne aveugle. Mon deuxième « Bonjour ! » lui fit enfin lever les yeux et, remontant d'un doigt sa casquette, il me regarda par-dessus ses lunettes et me lança d'un ton las : « C'est pour quoi ? » Je me présentai et il rétorqua aussitôt : « Mais on en a déjà un. »

J'expliquai que ma nomination était toute récente et que l'avis de l'académie devrait lui parvenir sous peu.

« Paul, tu es au courant ? »

Paul, le secrétaire de mairie, travaillait dans la pièce voisine. Il apparut, le stylo derrière l'oreille. Ôtant ses petites lunettes, un sourire avenant aux lèvres, il s'avança pour me serrer chaleureusement la main. Le collègue qui quittait ce poste l'avait prévenu officieusement, peut-être aussi par amitié.

Celle qui avait en charge la direction de l'école était en train de préparer la rentrée dans sa classe. À en juger par la taille des bureaux d'élèves, je compris qu'elle s'occupait des plus petits, classe enfantine, cours préparatoire et cours élémentaire de première année. Je m'occuperais donc des plus grands de huit à dix ans et j'en étais très heureux. En m'apercevant, ma collègue s'avança dans le vestibule. Adeline Darsa était de petite taille. Je lui trouvai un regard triste et inquiet. Ses paupières tombantes qui emportaient le bleu délavé de ses yeux, son teint de cire et ses cheveux d'un blond grisonnant lui donnaient un air maladif. Elle poussa la porte et me montra ma classe. Le maire en profita pour me remettre les clés de la classe et du logement de fonction, et s'éclipsa aussitôt.

J'entrai dans le silence d'un grenier abandonné à sa pénombre, à son désordre, à son oubli. La poussière avait neigé durant tout l'été. Les cadavres momifiés de mouches et de guêpes, mortes en prison, jonchaient le sol au pied des fenêtres grillagées. Partout sur les bureaux, des livres, des cahiers négligemment empilés et, à même le plancher, des liasses de fiches polycopiées. Sur le bureau du maître tout aussi encombré de livres, de craies et de crayons, un rayon de soleil couchant tombait. Avant de quitter la classe j'effaçai, sur le tableau vert, la date du jour de juin qui signait ce manque de respect et j'écrivis celle d'espérance et de renouveau : Mardi 14 septembre 1971.

Juste au-dessus de la classe, le logement était vaste. On entrait directement dans la cuisine et le coin repas. Un couloir desservait trois pièces de part et d'autre qui pourraient constituer un salon et deux chambres. C'était grand pour un célibataire ! Je cherchai en vain les toilettes et la salle de bains. Ce logement duquel s'était accommodé mon prédécesseur n'avait connu aucune rénovation depuis des années. L'installation électrique datait d'une autre époque, les portes et les fenêtres peintes d'un marron foncé tranchaient horriblement sur le blanc des murs peints à la chaux. C'était pourtant là que j'allais vivre au moins durant une année, puisque ma nomination était administrativement dite « à titre provisoire ». Logement, classe, porte d'entrée, portail de la cour : toutes ces clés alourdissaient la poche de mon blouson lorsque je pris le chemin du retour. En conduisant d'une main, je les serrais de temps en temps. Ces gardiennes de mon premier paradis se réchauffaient dans ma main et se laissaient apprivoiser peu à peu.

Le soir même j'écrivis une longue lettre à Alice pour lui parler de cette première rencontre avec mon école. Nos amours que mon inconstance avait maltraitées durant tout l'été étaient en souffrance, mais c'est pourtant à elle seule que je voulais livrer ma joie et ma peur. En attendant que je puisse m'équiper, mes parents me fournirent une table, quatre chaises, un réchaud à gaz, un sommier et un matelas – l'essentiel pour parer au plus pressé. J'emportai aussi mes livres, mes disques et les lettres d'Alice. Nous fîmes le déménagement avec un fourgon prêté par un compatriote de mon père.

Deux jours pour remettre la classe en état, deux jours avant l'arrivée des enfants, c'était court. D'heure en heure, entre rangements et classements, je ne cessais de me répéter que j'y arriverais et que tout serait prêt pour la rentrée.

La poubelle débordait de paperasses inutiles qui auraient dû brûler depuis des années et la cave s'était enrichie de cartons d'archives classées, de dossiers numérotés, de livres d'un autre âge, si glorieux fût-il.

En fin de journée, il restait beaucoup à faire. Mon esprit combattait encore, voulant mener à son terme l'objectif initial : débarrasser, ranger, nettoyer, décorer, préparer. Mais mon corps, comme vidé de sa substance, refusa tout effort supplémentaire. La migraine me submergeait. Je dus arrêter et me reposer.

Au matin, je constatai honteusement que j'avais dormi très longtemps. Il restait tant à faire. Le repos avait néanmoins été salutaire et la migraine avait disparu. Mes pas résonnaient dans l'appartement. Le soleil inondait la table et je goûtai un moment de félicité en buvant mon café. La fumée de ma Rothman montait dans le soleil et je me laissai captiver un moment par ses savantes arabesques pareilles aux ferronneries d'art de quelque compagnon du devoir.

J'ai toujours eu besoin de ces minutes de paresse méditative. Sans cet émerveillement quotidien de sentir la joie de respirer, la simplicité d'être et le plaisir de réfléchir à de nouvelles expériences, sans cette paix qui me pénétrait peu à peu en contemplant avec enchantement à travers une fenêtre le ciel pur ou tourmenté, les toits du village ou la palme d'un arbre sous le vent, je n'aurais probablement pas su aller au-devant des vicissitudes de la vie quotidienne.

Entré dans ma classe comme un propriétaire en son domaine, je redevins vite ouvrier devant les tâches à accomplir.

Liste des élèves, registre d'appel, règlement intérieur, horaires d'ouverture et de fermeture de l'école, enquête de rentrée : en me remettant ces premiers outils administratifs, ma directrice assuma parfaitement son rôle. Pour le reste, le *Code Soleil*, vade-mecum de l'instituteur débutant, viendrait parfaire au fil des mois mes connaissances administratives. Avec le temps, je saurais rédiger une lettre à l'inspecteur d'académie auquel je n'oublierais pas d'adresser « l'expression de mes sentiments respectueux ». Pour les notes adressées aux parents d'élèves, je terminerais par « mes sentiments distingués ».

Le village, calme la veille, s'animait d'heure en heure. Tracteurs et camionnettes chargées de comportes, de seaux et de hottes allaient et venaient, dans un ballet incessant, des granges vers les vignobles. Les uns s'interpellaient pour connaître le degré de maturité de leur récolte. D'autres, enfiévrés, s'invitaient déjà pour la prochaine chasse, car des sangliers avaient laissé des traces de leur passage à la lisière des vignes.

Les *colles* d'Espagnols venues de la plaine de Rivesaltes où la vendange était déjà terminée attendaient sur la place avec leurs valises et leurs baluchons. Chaque propriétaire venait chercher son équipe pour l'installer avant le grand jour. Les vieilles maisons vides du village ouvraient à ces saisonniers leur confort sommaire. Pour ravitailler tout le monde, les deux épiceries du village avaient fait le plein de thon à la catalane, de charcuterie et de fromage. Comme tous les ans, le boulanger s'apprêtait à faire quotidiennement une fournée supplémentaire de gros pains bâtards. Assis sur les marches de l'entrée, je songeais au dur labeur qui attendait ces hommes et ces femmes, à la fatigue qui envahirait leurs reins et leurs membres jour après jour.

Quelques timides « bonjour » m'arrachèrent à mes pensées. Un groupe d'enfants venait de pénétrer dans la cour. Poussés par une curiosité bien naturelle, ces petits éclaireurs voulaient voir à quoi ressemblait celui qui serait désormais leur maître. Anne-Marie, Alexandre, Denis, Laure et Béatrice demandèrent mes nom, prénom et âge. Je dus aussi leur répondre que je n'étais pas marié, leur parler de ma famille, de mes études et de mon village natal. Je vis leurs yeux s'illuminer lorsque je leur annonçai que j'allais vivre au-dessus de l'école. C'était sûrement très important pour eux de savoir que j'allais rester ici, à demeure. L'irruption inattendue de la directrice les rendit soudain muets et ils quittèrent la cour en se retournant sans cesse pour me dire « au revoir, à demain ».

Rangée, dépoussiérée et nettoyée, la classe renaissait à la vie et devenait accueillante. Quelques images punaisées au mur lui donnèrent même un air de fête. Je m'accordai enfin le droit de m'asseoir à mon bureau. De ce poste stratégique, je vérifiai que chaque chose était bien à sa place : sous le tableau, sur une petite étagère, les brosses, les éponges et les boîtes de craie. Compas, règle, équerre et rapporteur attendaient, sagement accrochés au mur, les futures leçons de géométrie. Pour avoir connu, à mon premier jour d'école, cette peur panique de ne pas trouver de banc, je vérifiai que le nombre de bureaux correspondait bien à celui des élèves inscrits. J'étais enfin dans cette classe agréable dont j'avais tant rêvé. Tout commencerait le lendemain.

Dix-huit, dix-neuf, vingt. Mes élèves étaient tous là, alignés dans leur tenue de rentrée toute neuve. Ils souriaient, bavardaient, se poussaient du coude. Mon mètre quatre-vingts, perché sur la plus haute marche de l'escalier, devait leur paraître bien grand ! Je m'effaçai pour les laisser entrer après le passage de l'autre classe. Je reconnus les « éclaireurs » qui m'avaient rendu visite la veille. La porte refermée, silencieux, face à eux, j'attendis. Ceux qui s'étaient déjà assis comprirent mon message et se levèrent. « Assoyez-vous ! » Après cette invite, il y aurait ainsi, tous les matins, ce retour au calme indispensable avant de commencer une journée d'école. Tour à tour, ils se présentèrent et je pus ainsi mettre un prénom sur chaque visage. Désormais, je n'aurais plus à faire le fastidieux appel quotidien. Un coup d'œil à ma classe suffirait pour recenser les absents. À mon tour, je me présentai. Je leur racontai aussi quelques-uns de mes souvenirs d'école et leur expliquai pourquoi j'avais tant voulu mettre mes pas dans ceux de mon institutrice. Nous parlions comme en confidence. Les enfants aiment les histoires de grandes personnes lorsqu'elles sont simples.

Après la distribution des livres, des cahiers et des petites fournitures que firent les plus jeunes du cours élémentaire, chacun compléta la fiche individuelle qui me permettrait d'avoir les premiers et indispensables renseignements en plus des noms, prénoms et dates de naissance. Ils écrivirent l'adresse, le numéro de téléphone et la profession de leurs parents, puis leur place dans la fratrie et enfin, de manière succincte, ce qu'ils aimaient et ce qu'ils détestaient à l'école et en dehors.

Quelques tests me permirent ensuite d'évaluer leurs possibilités en lecture, écriture et calcul. Pour me rendre compte de leurs compétences acquises en rédaction, je leur proposai aussi d'imaginer un court texte racontant leurs dernières vacances. La fin de matinée fut réservée à la décoration libre de la page de garde que j'avais préparée le matin même dans chaque cahier.

Pourrait-on songer à un jour d'école sans que les élèves, à un moment ou à un autre, puissent en dessinant s'octroyer le loisir de se retrouver avec eux-mêmes ?

L'après-midi, après avoir expliqué aux enfants le fonctionnement et le but d'une coopérative scolaire, notamment la gestion des dépenses et des recettes, je leur proposai d'élire le président, le trésorier et le secrétaire du bureau. Pour chaque élection, dans une excitation manifeste, chacun se rendit dans un isoloir improvisé dans le couloir d'entrée. L'un après l'autre, les électeurs en herbe glissèrent leur bulletin de vote dans un baril de poudre à laver recouvert de papier bleu qui faisait office d'urne.

Après le traditionnel et dernier « A voté », nous procédâmes au décompte des voix. Mes élèves venaient de faire leurs débuts de citoyens.

Le scrutin terminé, les responsabilités des élus furent établies et consignées sur la première page du registre. Pour chacune de nos réunions mensuelles ou extraordinaires, le président serait chargé de dresser et d'afficher l'ordre du jour. Au cours des débats, il devrait veiller à donner la parole à chacun et faire procéder au vote à main levée pour entériner les décisions. À chacune de nos séances, le trésorier rendrait compte du bilan financier de notre caisse. Enfin, le secrétaire aurait la lourde tâche d'établir le compte rendu des décisions prises.

Pour que la vie de notre classe puisse se dérouler de la façon la plus harmonieuse possible, nous établîmes la liste des responsables et des tâches qui leur seraient confiées : portail, tableaux, cahiers, matériel de rangement, bibliothèque et plantes. Mais il était bien entendu que chacun devrait se sentir concerné par le rangement de ses propres affaires, l'entretien de la classe et le respect du matériel. Un responsable « en chef » veillerait, en quittant la classe, que celle-ci soit laissée dans un état présentable pour le lendemain.

Notre première réunion de coopérative eut pour but l'établissement de notre règlement intérieur, de nos règles de vie pratique au sein de la classe. Les propositions des enfants, écrites au tableau au fur et à mesure, puis, relues, complétées et remises en ordre, furent affichées dans la classe.

Au terme de cette première journée, je me sentais simplement heureux. Je venais d'ouvrir un grand livre. Ma passion s'inscrivait sur la première page. Mon enthousiasme prenait de belles couleurs. Raisonnables ou démesurés, les projets se bousculaient dans ma tête. Des questions aussi m'assaillaient mais deux choses importaient : vivre heureux ensemble, jour après jour, dans ce lieu où la vie en société prend ses racines, et savoir transmettre des valeurs qui donnent un sens et une direction à la vie, et nous remplissent d'un sentiment de cohérence et de plénitude.

Peu à peu, la classe prenait vie. Je commençais à mieux connaître les enfants et chacun semblait avoir trouvé ses repères.

Tous les lundis matin, nous reprenions le contact par un entretien au cours duquel chacun pouvait s'exprimer. Le plus souvent les élèves racontaient un événement du week-end précédent. Il arrivait que personne ne se propose et c'est moi qui leur parlais de ma dernière balade ou bien du dernier spectacle que j'avais vu. Dans la semaine, l'entretien était surtout consacré à l'actualité. Cette année-là, nous discutâmes en particulier du drame du *Bloody Sunday* à Dublin où quatorze manifestants pacifiques furent abattus par les tirs de l'armée britannique, de la dernière mission américaine « Apollo 15 » sur la Lune, et du prix Nobel de la paix attribué au chancelier allemand Willy Brandt. Un enfant rapportait aux autres le point qui l'avait intéressé en regardant les actualités télévisées ou dans un article de journal. C'était un moment d'argumentation, d'échange d'idées, de lecture compréhension mais surtout de prise de conscience du monde extérieur. Ils pouvaient aussi parler du livre qu'ils étaient en train de lire ou d'un objet qu'ils avaient apporté.

Mis à part le jour de la rentrée, je n'avais pas encore rencontré les parents. Vers la fin du mois, je décidai de les réunir un soir, après la classe. Seules les mères étaient là. Je me présentai et me rendis compte qu'elles en savaient déjà pas mal. À leur tour, elles se présentèrent. J'eus un instant l'impression d'avoir devant moi une classe d'adultes contents de se retrouver sur les bancs de l'école.

Après leur avoir exposé l'organisation de la classe et les règles de vie que nous avions élaborées, les enfants et moi-même, j'abordai immédiatement la question de nos futures rencontres. Pour un petit problème, ils pouvaient me rencontrer dix minutes avant l'entrée ou le soir après la classe. Pour les discussions plus approfondies concernant le travail ou le comportement de leur enfant, un rendez-vous était préférable : ils avaient le choix de le prendre de vive voix ou par l'intermédiaire du cahier de liaison. En cas de problème ponctuel ou passager, je pourrais aussi les convoquer. En leur demandant de me signaler les changements importants dans leur vie familiale, je précisai bien qu'il ne s'agissait pas de curiosité mal placée, mais plutôt du souci d'éventuellement aider leur enfant à vivre le mieux possible l'année scolaire. Enfin, pour clore le chapitre, je leur précisai aussi qu'en aucun cas je ne parlerais des difficultés ou des résultats d'un enfant devant les autres parents.

La mère de Laure trouvait que je donnais trop peu de devoirs à la maison. Ce fut l'occasion de leur dire qu'un texte officiel de 1956 stipule que le travail écrit à la maison est interdit et que, en dehors des leçons à apprendre et des lectures à préparer, un ou deux exercices, l'un de mathématiques et l'autre de français, étaient suffisants. Je leur rappelai aussi qu'une journée d'école est déjà bien longue pour un enfant.

Un bon climat semblait s'instaurer. Chacun donnait son avis. Nous nous étions mutuellement testés, nous avions fait connaissance. Avant de les quitter, en leur proposant une prochaine réunion vers la mi-décembre, je leur fis part de mon étonnement devant l'absence des pères. J'entendis la mère de Bernard dire, en passant le portail : « C'est vrai, ça, il faudra que j'en parle à mon Roger. » Il fallut cependant du temps avant de voir venir Roger et les autres sur les bancs de l'école. Certains ne vinrent jamais. Je dirais que je les connaissais de vue et c'est peut-être au café ou à la chasse que j'aurais pu les rencontrer, mais je n'aimais pas aller au café, et encore moins à la chasse.

Début octobre, je reçus la visite de celui que ma collègue, en le voyant arriver, nomma à voix basse la « voix de son maître ». C'était le conseiller pédagogique. Les enfants venaient d'entrer et se tenaient debout, en silence, près de leur table. Après mon rituel

« Assoyez-vous », ils commencèrent à déballer livres, trousses et cahiers. M. Fenouillet s'installa comme chez lui, à mon bureau. Il me parut un peu cavalier lorsque je le vis repousser mes affaires pour y installer les siennes, mais c'était sans doute l'usage.

J'opérai comme chaque jour. Les leçons se succédaient et j'allais d'un groupe à l'autre. Lui prenait des notes sans arrêt et se levait de temps en temps pour feuilleter rapidement les cahiers des enfants. Curieusement, ce pédagogue dont j'attendais de précieux conseils pour faire la classe, ne m'en donna aucun. Pendant que ma collègue surveillait la récréation, il se borna à me répéter inlassablement, en faisant référence aux diverses séquences auxquelles il avait assisté et à l'inspecteur que je ne connaissais pas encore : « Là, M. Baixas vous aurait sermonné ; là, M. Baixas n'aurait pas été content ; là... » À l'entendre, mon enseignement ne cadrait pas avec le « pédagogiquement correct ». J'attendais au moins un mot d'encouragement et, pourquoi pas, quelques indications pour m'améliorer. Il n'en fut rien. Après avoir méticuleusement rangé son cahier dans lequel il avait consigné tant de notes à mon encontre et son unique stylo, une pointe Bic à capuchon rouge, il s'en alla en me promettant de revenir au cours du mois suivant.

Je ne le revis plus et je le regrette car, après son départ, je m'en voulus d'être resté muet devant ses griefs demeurés sans explication. Je me promis ce jour-là de faire de mon mieux ce métier passionnant en écoutant les avis de mes supérieurs, certes, mais aussi en défendant mes points de vue et mes choix. Lorsque je lui fis part de mon indignation, ma collègue lâcha simplement : « Qu'est-ce que je vous disais ! »

Cette intrusion m'avait perturbé. Je supposai qu'il allait faire un mauvais compte rendu de sa visite. L'idée que cela pourrait influencer son « maître » et lui donner une mauvaise opinion de moi, avant de me rencontrer, me taraudait l'esprit. Je ne savais pas encore à quelle date je passerais les épreuves pratiques de mon CAP, mais dès lors, stimulé par ce que je croyais être un échec, je mis tout en œuvre pour les réussir.

Après des années de remplacement au cours desquelles j'avais fait des trajets plus ou moins longs en quittant ma classe, j'appréciais beaucoup de n'avoir qu'un escalier à monter pour rentrer chez moi. Mais les grandes pièces restaient tristes. Mes premières demandes pour les faire rafraîchir demeurèrent lettre morte. Devant mon insistance, le maire et le conseil municipal donnèrent finalement leur accord. Le logement fut équipé de sanitaires et d'un chauffe-eau. L'installation électrique refaite à neuf me permit de poser des convecteurs. Les employés municipaux, hommes à tout faire dans ces petites communes, donnèrent un coup de peinture blanche. L'achat et la pose de papier peint n'étant pas à la charge de la commune, et considérés comme un luxe selon une législation encore poussiéreuse, les élus proposèrent de les fournir à condition que je les pose moi-même. L'idée me plut et je me hâtai d'accepter.

Tous les soirs, après la correction des cahiers et la préparation de la classe, je m'attelais à la tâche. Il m'arrivait de poursuivre le travail la nuit et, souvent, mieux que n'importe quelle pendule, mes paupières alourdies me rappelaient l'heure tardive. Le lendemain, un bol de café dans une main et une cigarette dans l'autre, j'inspectais le travail de la veille. Dans chaque pièce rénovée flottait une bonne odeur de peinture fraîche, une odeur de nouveau départ.

Je me sentais cependant un peu prisonnier dans ce village où, à l'exception des commerçants que je fréquentais par nécessité et de quelques rares parents d'élèves qui venaient me voir à la sortie de l'école, je ne connaissais pas grand monde. Avec son atmosphère enfumée, ses relents de pastis et les exclamations tonitruantes des joueurs de belote, le café du village ne m'attirait pas. Mon travail achevé, je préférais écouter mes disques préférés sur l'électrophone de l'école, que je montais chez moi le soir, ou la lecture d'un bon livre au creux de mon lit. La lumière éteinte, je me laissais bercer par le tic-tac de l'horloge de la mairie au-dessus de ma chambre.

Le samedi, je partais retrouver mes parents à Millas. C'était un bonheur de pouvoir leur parler de ma nouvelle vie à l'école, dans mon logement, du village de vignerons. Cependant, les voyages en Vélosolex devinrent pénibles dès les premiers froids de novembre. Au retour, la tramontane m'obligeait fréquemment à poser pied à terre. L'achat d'une voiture devenait urgent. Je pouvais, certes, contracter un crédit mais les quelques sous que j'avais pu mettre de côté avec mon salaire mensuel de mille six cents francs ne me permettaient pas un apport personnel suffisant. Je suis encore redevable à mes parents qui sacrifièrent une partie de leur épargne pour me fournir la somme nécessaire.

Avec cette première voiture, une 304 Peugeot flambant neuve, j'eus l'impression de concrétiser une certaine idée de liberté et d'indépendance. À la sortie du garage de la route d'Espagne, je devais ressembler à un enfant qui a reçu le jouet tant désiré et qui n'en croit pas ses yeux. Comme lui, je me sentais traversé de bonheur. L'odeur forte du cuir neuf emplissait l'habitacle. Les deux mains sur le volant, calé contre le dossier, je regardais devant et autour de moi, examinant sur le tableau de bord les manettes, les boutons de réglage, les voyants lumineux, la commande d'essuie-glaces. Clignotants gauche et droit, feux de route et de croisement, réglage de la ventilation : je découvrais tout ce qui m'avait fait rêver sur le dépliant publicitaire.

L'après-midi même, j'emmenai mes parents faire une promenade jusqu'à la mer. À l'arrière, ma mère parlait sans arrêt de sa jeunesse et indiquait l'emplacement de chaque mas où elle avait vécu avant de se marier. Mon père, fixé sur ma conduite, n'ouvrait la bouche que pour m'exhorter de temps à autre à ménager cette voiture en rodage. Au retour, je lui proposai de prendre le volant. Je le sentis ému et flatté, lui qui n'avait jamais conduit que de vieilles camionnettes.

Les élèves qui jouaient sur la place s'agglutinèrent autour de la voiture dès que je fus garé. Chacun voulut, tour à tour, s'asseoir au volant et faire mine de conduire. Roland, tel un pilote de F1, se penchait dans des virages imaginaires avec des « vroum, vroum » sonores. Denis passait rageusement les vitesses comme dans un rallye. En conduisant d'une main, et nous saluant orgueilleusement de l'autre, Alex jouait le playboy. Michèle, trop petite, les deux mains rivées au volant, se haussait sur la pointe des pieds pour voir à travers le pare-brise. Le klaxon alerta de nombreuses fois le voisinage. Les élèves aiment ainsi, de temps à autre, pénétrer dans l'espace vital de leur maître ou de leur maîtresse ; encore faut-il que la porte ne soit pas trop dure à ouvrir.

Le 7 décembre 1971 au matin devait concrétiser, au moins administrativement, mon aptitude à enseigner. La veille, j'avais informé les enfants de la visite de l'inspecteur en leur disant bien que c'était pour moi seulement qu'il venait et qu'eux devraient se comporter comme d'habitude. C'était peut-être illusoire mais j'espérais, en les prévenant, qu'ils seraient moins perturbés. Béatrice demanda cependant si le monsieur qui devait venir les gronderait et s'il leur tirerait les oreilles. Je la rassurai aussitôt.

Ce matin-là, du cahier journal aux préparations en passant par les programmations dans les diverses matières et le registre d'appel, tout était prêt, sur mon bureau, à être consulté par mon supérieur hiérarchique. L'emploi du temps provisoire et les listes d'élèves par ordre alphabétique et par cours étaient en bonne place. La bibliothèque était rangée. Je sais aujourd'hui combien le rangement, l'affichage et la décoration d'une classe sont importants pour ceux qui y pénètrent. Une gravure qui se décolle, des murs vides de réalisations d'enfant, trop de fouillis peuvent trahir, malgré l'efficacité pédagogique, un certain manque de respect. Je l'avais moi-même constaté en entrant pour la première fois dans cette classe en grand désordre. Une classe renvoie l'image de l'enseignant et parle ouvertement du climat qui règne dans un lieu où se jouent tant de destinées. Il faut soi-même s'y sentir bien et tout mettre en œuvre pour que les élèves aient plaisir à venir y travailler.

Depuis huit heures, je me sentais quelque peu nerveux et le deuxième café que j'avais pris n'y était pour rien. Je vérifiai une nouvelle fois que tout était en place. En relisant mon plan de travail, je visualisais l'enchaînement des séquences de la matinée et j'en vins même à fredonner le chant dont les paroles étaient copiées sur le tableau en vue de leur apprentissage. Cet exercice inopiné eut l'heureux effet de me détendre, et ce relâchement tomba à point nommé : l'inspecteur entrait dans la cour, accompagné d'une directrice d'école et d'un conseiller pédagogique, comme c'était l'usage. En les accueillant sur le seuil de l'école, Mme Darsa me présenta. Mes « juges » s'installèrent au fond, à la grande table réservée habituellement aux activités manuelles et à nos réunions de coopérative. Les enfants ne firent pas grand cas de nos visiteurs. À peine quelques regards de côté, deux ou trois chuchotements discrets et ils se mirent au travail.

Je « servis » en entrée l'habituelle séance de maintien dont la plus grande vertu était de détendre à la fois le corps et l'esprit. Suivit une autre « mise en bouche » avec quelques récitations qui donnèrent à Claude la joie de « jouer » tantôt le chêne, tantôt le roseau, et de nous régaler des mimiques qu'il utilisait pour incarner les deux personnages. Selon moi, tout se passait pour le mieux.

Un coup d'œil à la pendule murale m'indiqua qu'il était temps d'attaquer le « plat de résistance » : vocabulaire et lecture, en alternance avec les deux cours. Étonnamment, les élèves qui souhaitèrent lire furent ceux qui avaient d'habitude beaucoup de difficultés dans cet exercice.

Après un intermède d'éducation physique consacré à l'apprentissage des rythmes et particulièrement celui de la polka piquée, le « dessert » fut chanté sur les notes de « Boris et Natacha ». C'était la « cerise sur le Sunday », comme disent nos cousins québécois.

Dans la forêt blanche d'Ukraine
Glisse une blanche troïka.
Dans le silence, elle promène
Petit Boris et Natacha.

Raconte-nous, petite mère,
Ce qu'ils ont vu sur le chemin
Raconte-nous, petite mère,
Jusqu'à demain.

La ballade des deux petits Ukrainiens terminée, quelques applaudissements jaillirent du fond de classe. Je m'apprêtais à faire les gros yeux à cet élève trop content de lui-même lorsque je constatai que c'était l'inspecteur qui manifestait son plaisir. Tout naturellement, les enfants le suivirent et ne s'arrêtèrent que devant le « chut » amusé que je leur adressai.

L'entretien qui suivit, après le départ des enfants, me rassura quant à la pratique de ma classe qui, bien qu'observée et jaugée durant un laps de temps trop court, était suffisamment en accord avec les instructions ministérielles. Je pris les remarques qui me furent faites pour des conseils et des mises en garde dont je pourrais tirer profit à l'avenir. Je notai quelques pistes qui me furent suggérées et je pus aussi donner mon point de vue à propos de l'enseignement des fameuses « mathématiques modernes », basées sur la théorie des ensembles, dont on commençait à nous rebattre les oreilles.

Je venais de vivre ma première inspection sans la subir. J'avais entendu tant de commentaires désobligeants à propos des inspecteurs, tant de critiques de leurs marottes et de leur parti pris à l'égard de certaines méthodes que je m'étais fait d'eux une sombre opinion. La visite de M. Baixas m'avait prouvé le contraire et je décidai que les suivantes auraient aussi cette tonalité, juste celle d'une rencontre et d'un échange le plus constructif possible. En prenant mon repas de midi, je songeai à la brillante carrière que cet homme venait de me promettre, même si je n'en étais qu'aux prémices.

Tous les jours, vers dix heures et demie, le facteur frappait à la porte et me remettait le courrier. Il saluait les enfants qui à leur tour lui rendaient la politesse en se levant. La lettre qu'il me tendit le 22 mars 1972 était un ordre de convocation portant l'emblème du service national. Le bureau de recrutement militaire de Marseille m'informait de l'expiration prochaine de mon report d'incorporation prévu le 31 juillet suivant et me convoquait pour les fameux « trois jours » au centre de sélection de Tarascon. J'étais tellement emballé par mes débuts d'instituteur que j'en avais oublié cette échéance.

Ces « trois jours » me laissèrent bien amer. Trois longues et ennuyeuses journées à subir les épreuves médicales et les tests psychotechniques. Le sergent qui encadrait mon groupe s'en donnait à cœur joie. Toutes les occasions étaient bonnes pour nous montrer que, même dans nos habits civils, nous devions nous soumettre au règlement. Pour lui, nous avions déjà un pied dans l'armée et nous étions considérés comme des militaires en activité. Prévenus par un caporal un peu réfractaire au système qu'une trop grande réussite aux tests pourrait nous conduire à une orientation vers une école de sous-officiers de réserve, je bâclai volontairement les dernières séries.

Dans un entretien qui ne dura pas plus de cinq minutes, un adjudant souhaita connaître mes préférences d'affectation afin de mieux servir mon pays durant les douze mois de ma future vie militaire. Troupes aéroportées ? Troupes de montagne ? Troupes d'Outre-mer ? Avec l'idée de pouvoir éventuellement voyager, je choisis les dernières.

À l'issue de ces trois jours passés à errer dans la caserne, j'avais suffisamment satisfait à tous les tests pour être déclaré « apte pour le service armé » et « incorporable ». Dans le train qui me ramenait à Perpignan, mes camarades discutaient fort. Certains se voyaient déjà pointant leur arme sur d'éventuels ennemis. Moi je songeais à mon école et à mes élèves que j'avais confiés à une remplaçante.

Une tornade semblait avoir traversé ma classe. Des papiers jonchaient le sol, les tableaux n'avaient pas été effacés et la date que j'avais écrite en partant était encore là. Les tables d'élèves étaient encombrées de cahiers et de livres ouverts. Mon bureau ressemblait à un champ de bataille et, pour combler le tout, le travail que j'avais préparé pour aider celle que je commençais à maudire avait à peine été ébauché. J'étais déçu. Je ne pouvais pas croire que mes élèves aient pu laisser leur lieu de travail dans un état aussi lamentable. La mort dans l'âme, je fermai la porte jusqu'au lendemain.

« Avez-vous envie de vous mettre au travail dans un tel désordre ? » J'accueillis les enfants avec ces mots avant de m'atteler au rangement de mon bureau. Sans une parole, même chuchotée, chacun s'activa, effectuant les tâches dont il était responsable. En quelques minutes, notre classe retrouva son état habituel. En grosses lettres, j'écrivis « réunion » sur le tableau. Dès qu'ils furent assis autour de la grande table, le président demanda : « Quelqu'un a-t-il quelque chose à dire ? » Je levai la main et, comme c'était l'habitude, il me donna la parole. Je leur dis ma déception devant ce manquement aux règles que nous avions établies en commun dès la rentrée et que chacun avait approuvées. Le secrétaire consignait mes propos dans le registre lorsque Anne-Marie, dans un désir bien légitime de justification, demanda à parler à son tour. Je fus catastrophé d'apprendre qu'ils avaient voulu laisser leur classe en bon ordre, mais que l'institutrice s'y était opposée, sous prétexte que ce n'était pas important. En reprenant le cours normal de notre journée, je pensai à toutes ces classes dans lesquelles j'étais passé et que j'avais eu à cœur de laisser au moins aussi propres que je les avais trouvées, par respect pour la personne que je venais de remplacer, mais aussi pour moi-même.

Sur le coin de mon bureau, une « boîte aux questions » était en permanence à la disposition des élèves. À tout moment, et à l'envi, chacun pouvait y déposer de manière anonyme une préoccupation personnelle comme : « Pourquoi mes parents me grondent-ils toujours ? », un avis sur le comportement d'un camarade et parfois sur le mien : « Je trouve que le maître ne nous laisse pas assez de temps pour faire les exercices », ou encore une interrogation sur les mystères de Mère nature : « Qu'est-ce qui fait changer les feuilles de couleur ? » Je reconnaissais souvent l'écriture de leurs auteurs mais je n'en laissais rien paraître. Pour ne pas être identifiés, certains écrivaient en lettres capitales. Le samedi, en fin de matinée, je retirais quelques-uns de ces papiers pliés en quatre et j'essayais de répondre de façon aussi complète que possible.

« Comment on fait les bébés ? » Je tenais dans ma main, roulée en boule, cette question qui devait tant tourmenter son auteur. En aucune façon je n'aurais pu refuser d'y répondre ou remettre à plus tard les explications. On commençait à peine de parler d'éducation sexuelle à l'école. Les livres destinés aux enfants sur un sujet aussi important étaient encore rares, alors qu'aujourd'hui ils sont en bonne place et à la disposition des élèves dans toutes les bibliothèques scolaires.

Quelques rires provoqués bien plus par une pudeur toute naturelle que par la moquerie fusèrent de-ci, de-là. J'imaginai la gêne contenue de celui ou de celle qui avait exprimé sa préoccupation et je m'empressai de lui faire savoir en m'adressant à tous combien j'étais content de donner une réponse.

Avec les mots vrais, j'expliquai globalement l'anatomie et le fonctionnement des appareils génitaux masculin et féminin puis la fécondation et la naissance du bébé. Devenus soudain sérieux, ils écoutèrent avec beaucoup d'intérêt comme ils eussent écouté une histoire ou un conte fabuleux.

« Qu'est-ce que c'est les règles, monsieur ? » Anne-Marie voulait des précisions. C'était important pour elle. Elle en avait sans doute entendu parler par sa grande sœur mais ne comprenait rien à ce saignement inquiétant et peut-être dangereux, qui sait ? Elle sembla rassurée après l'explication du phénomène menstruel et, soulagée, poussa même un « ouf » en mettant la main sur sa poitrine. Cette première expérience me conforta dans l'idée que, s'il n'est pas opportun de devancer les demandes des enfants, par contre, lorsqu'elles viennent, il est important d'y répondre sans détour, avec les mots justes et sans jamais bêtifier.

En arrivant à l'école, le lendemain, Anne-Marie me confia son désarroi. Tout heureuse d'avoir été renseignée sur ce qui la préoccupait tellement, elle en avait parlé à sa mère. Une gifle l'avait empêchée de terminer sa phrase et bien sûr elle avait pleuré. Pour la rassurer, je lui promis d'avoir, au plus tôt, une discussion avec ses parents. À la sortie, cette femme stupide et irresponsable m'attendait, justement, derrière le portail. Elle me lança : « Vous n'avez pas honte de parler de tout ça aux enfants ! » Elle était hors d'elle-même. J'attendis patiemment qu'elle finisse de me jeter sa hargne pour lui faire remarquer que sa fille allait sur ses douze ans et qu'elle aurait dû l'informer elle-même de la prochaine transformation de son corps. Vexée, elle tourna les talons, non sans me rappeler : « Les choses les plus importantes qu'il faut apprendre à l'école, c'est le français, les mathématiques et rien d'autre ! » Je n'étais pas de son avis et, heureusement, je ne le suis toujours pas.

Ma collègue elle-même ne voyait pas d'un très bon œil certaines de mes initiatives et les entorses que je faisais à un règlement que je trouvais quelque peu étriqué. Pour ma part, je pensais, sans doute trop cavalièrement, que je n'avais pas à lui rendre compte des projets, des changements et des innovations que je mettais en place avec les enfants et qui satisfaisaient pleinement les parents. Avec le temps, je compris qu'elle craignait d'avoir à souffrir de la comparaison dans un village où, comme dans bien d'autres, les critiques, bonnes ou mauvaises, allaient bon train. Je suivis cependant ce que me dictait mon audace de débutant.

Une journée de classe dans les pinèdes ou aux Gouleyrous, pourquoi pas ? Je lançai cette idée un jour de juin, en fin d'après-midi. Le surlendemain, à l'heure où les petits rentraient avec leur maîtresse, nous partîmes sur nos vélos, le sac à dos garni du casse-croûte et des affaires de classe. La petite troupe pédalait hardiment sur le chemin de la Millère pour rallier les rives du Verdouble. Les grands tiraient les plus jeunes dans les côtes. Le soleil baignait déjà le Serrat de la Narède et la tour del Far. Une merveilleuse journée d'été s'annonçait. Dictée, calcul et rédaction sur les rochers, au bord de l'eau. Oubliés le temps et l'heure, oubliée la récréation toujours tant attendue ! Ramasser le bois, allumer le feu, fabriquer soi-même un hast [1] pour faire griller une côtelette ou un bifteck : comment ne pas avoir d'appétit ? Un peu de préhistoire sur les lieux mêmes que parcourut l'homme de Tautavel précéda une baignade dans la dernière des marmites de géant creusées par le torrent à la sortie des gorges. Au retour, notre allure de sénateurs montrait bien que, après une aussi belle journée, nous n'étions pas pressés de rentrer.

Je venais à peine de découvrir les joies que procure le métier d'instituteur que je devais déjà y renoncer

1. Hast : gril improvisé avec une branche fourchue.

pour satisfaire à mes obligations militaires. Sans être foncièrement antimilitariste, je n'étais pas du tout emballé à l'idée de défiler au pas cadencé et de manier les armes. Je ne m'imaginais pas non plus en train de tirer sur une cible de forme humaine, moi qui n'avais jamais mis en joue un ballon de baudruche à la foire du village. Après avoir obéi à mes parents et à mes maîtres, je pourrais à la rigueur subir les ordres d'un adjudant pourvu qu'ils ne soient pas imbéciles. Ce qui me souciait le plus c'était sans conteste de me sentir prisonnier dans un quartier clos de murs.

La convocation venait d'arriver. Pas question de reculer. Je ne partais pas outre-mer comme mon choix me l'avait laissé espérer, mais j'allais faire mes classes dans l'infanterie de marine à Fréjus, sur la côte varoise, à compter du 5 août 1972. Je n'avais plus beaucoup de temps. La mort dans l'âme, je préparai la classe pour la rentrée suivante. En partant pour ces douze mois de vie militaire, je perdais ce poste dont je n'étais pas encore titulaire. Je n'avais plus qu'à espérer qu'il n'intéresserait pas mon successeur et qu'il se libérerait de nouveau dès l'année scolaire suivante. Je remisai mes meubles dans un local au-dessus de la mairie et ma voiture dans le garage de mes parents.

Finalement, je me fis assez vite à la vie militaire en prenant le parti de bien faire, sans aucune révolte, ce qu'on me demandait d'exécuter. Je repassais mes chemises depuis longtemps et le fait de marquer deux ou trois plis au lieu d'un ne me contraignit pas davantage. On sait bien que la nourriture à l'armée n'est pas excellente, mais j'appris à me contenter de ce que l'on mettait dans mon assiette car ma maigre solde d'appelé n'aurait pas suffi à améliorer l'ordinaire.

L'inévitable période des classes nous conduisit dans le haut Var, sur le plateau de Canjuers, qui deviendrait ma destination finale. C'était un terrain de manœuvres. Les gradés qui nous encadraient suivaient des instructions et dirigeaient les opérations. Nous avions l'impression de jouer à la guerre, un peu comme au temps de notre enfance. Certes, les uniformes et les armes étaient bien réels mais, à l'exception de certains qui décideraient peut-être de faire carrière dans l'armée, la plupart d'entre nous prenions ces simulacres de combat à la légère. Le sergent nous l'avait pourtant assené dès notre arrivée : nous étions là pour en baver. Effectivement, certains avaient du mal à supporter les marches forcées de nuit comme de jour, ainsi que les brimades et les moqueries que leur peu d'entrain provoquait. Leur moral en souffrait et, de jour en jour, ils se marginalisaient davantage.

Dès la fin des classes, je fus affecté au service de santé des armées. Rien ne pouvait me faire plus plaisir car, selon la convention de Genève, je serais dispensé du port et du maniement des armes. De plus, je me réjouissais à l'idée de me rendre utile en apprenant quelques rudiments sur l'anatomie et la pratique des soins infirmiers. Je partis pour un séjour de deux mois à Nantes. Cours théoriques et cours pratiques alternaient toute la journée. Durant nos quartiers libres, désœuvrés, nous errions dans la cour de la caserne. Le crâne rasé, en tenue beige d'un autre âge, nous avions une indiscutable apparence de bagnards.

J'appris à poser une attelle, à panser les plaies et à faire les bandages. Les piqûres sous-cutanées et intramusculaires que je craignais tant auparavant n'eurent plus de secret pour moi au bout de quelques jours. Nos instructeurs nous enseignèrent comment soulager les céphalées, les diarrhées, les gastrites, en passant par les ennuis intestinaux et urinaires. Les morpions et la blennorragie, ennemis jurés du soldat, ne furent pas oubliés non plus. Je révisai les gestes qui sauvent, ceux que j'avais déjà appris à seize ans grâce aux cours de secourisme dispensés par les sapeurs-pompiers de Millas.

C'était l'hiver lorsque j'arrivai au camp de Canjuers, au sud des gorges du Verdon, à proximité de Draguignan. Il avait gelé dans la nuit et le givre blanchissait encore les buissons et les arbres. Au milieu d'un vaste chantier dans lequel s'activaient de bruyantes pelleteuses, de grands bâtiments modernes, ocre et blancs, étaient déjà sortis de terre. Tout autour, c'était la campagne et, ici ou là, on pouvait voir des fermes abandonnées entourées de champs et de vergers. Ce coin de Provence avait subi l'expropriation.

Un peu partout s'alignaient de longues baraques métalliques. Je me dirigeai d'abord vers l'une d'elles marquée d'une énorme croix rouge. Mes collègues infirmiers m'offrirent le gîte et le couvert, mais refusèrent de m'employer car mon arrivée n'était pas attendue avant la semaine suivante. J'errai donc durant huit jours dans ce camp sans que personne se soucie de ma présence.

Enfin reconnu et inscrit aux effectifs du camp, je commençai les soins dans des conditions d'hygiène assez déplorables. Le Daquin et l'alcool coulaient heureusement en abondance et l'unique Poupinel tenait le coup malgré son grand âge. Nos patients étaient essentiellement les légionnaires qui travaillaient à l'édification du camp et de l'hôpital que nous devions rejoindre dès qu'il serait achevé. C'est dire que nous étions amenés à intervenir pour des accidents du travail, mais aussi pour des blessures mystérieuses souvent liées à des bagarres, à des brimades ou à des règlements de comptes. Chez ces hommes endurcis qui en avaient vu de toutes les couleurs à Djibouti ou ailleurs, le silence était une règle qu'ils n'enfreignaient jamais et, quelle que soit la gravité de la blessure, elle n'avait jamais été provoquée par un tiers.

Barietti était un colosse. J'imagine sans peine le nombre de tours qu'auraient faits ma tête et mon corps s'il m'avait donné une claque. En apprenant que j'étais instituteur dans le civil, il me demanda un jour, pendant que je refaisais le bandage de sa jambe, si j'accepterais à mes moments perdus d'apprendre à lire à son compatriote corse. Ce dernier, trop timide, hésitait à me poser la question. Dès que nous commençâmes les premières leçons, Barietti revint me voir et en guise de remerciement m'assura qu'il casserait la figure au premier qui me ferait du tort. Je n'eus pas à user de ses services, mais je ne doutai pas un instant qu'il eût tenu sa promesse.

Dès que les nouveaux bâtiments furent prêts, nous ne fûmes pas fâchés de déserter nos vieilles baraques pour entrer dans des locaux très fonctionnels. Salles de soins, pharmacie, cabinet dentaire et salle d'opération : rien ne manquait. Le médecin chef était un homme affable qui s'occupait peu des contingences liées au grade. C'est auprès de lui qu'à deux reprises je fus confronté à la mort brutale, accidentelle. En faisant la toilette du corps violacé d'un légionnaire qui venait de se pendre dans l'une des fermes abandonnées je constatai que la vue de la mort ne m'impressionnait pas. Devant celui d'un jeune engagé écrasé par le bulldozer qu'il conduisait je m'attendais à défaillir en soulevant ses pauvres membres écrasés et encore sanguinolents, mais il n'en fut rien. D'où me venait ce sang-froid que je ne me connaissais pas ? Était-il uniquement dû à l'urgence de la situation ?

À la mi-juillet, en revenant en voiture de ma dernière permission à Millas, je fis une halte à Sanary-sur-Mer où mon frère et ma belle-sœur passaient leurs vacances avec leurs enfants. Michael, le frère de Louise, venait de les rejoindre avec sa jeune épouse Béa et leur bébé.

Dès le premier soir, alors que nous prenions le repas sous la tonnelle, je fus troublé par le regard de Béa. Je feignis tout d'abord l'indifférence et continuai à raconter ma vie militaire au camp. Mais peu à peu, en l'observant, je ressentis quelque chose qui ressemblait beaucoup à mon premier émoi pour Alice. Le lendemain, sur la plage, nous fûmes les seuls à ne pas nous baigner pour profiter d'un moment bien à nous. Tout près d'elle, je respirais le parfum de ses cheveux. J'aimais sa silhouette gracile et sa voix grave. Dans nos yeux, tant de choses passèrent ! Je lui promis de revenir dès ma libération.

Le 5 août 1973, mon certificat de bonne conduite en poche, je quittai sans regret le camp de Canjuers et, avant de rejoindre Sanary-sur-Mer, je fis un détour par Saint-Tropez. La plage de Pampelune était noire de monde. Revenu à la vie civile, libre de mes mouvements, je me sentais en vacances comme ces touristes insouciants qui se prélassaient près du rivage. Nu sur le sable, au milieu de ces vies étrangères, je savourais ma liberté retrouvée. J'abandonnai mon corps à la caresse du soleil et à la brise marine. Soupir d'aise. Les yeux fermés, j'entrai en moi pour sentir mon ventre respirer, mes fesses s'assouplir comme des coussins doux, ma poitrine se soulever et s'abaisser au rythme des vagues sur la grève, mon dos se relâcher et ma tête s'alourdir sur son empreinte de sable. Félicité d'oublier, de se souvenir, d'être.

Ma voiture filait trop vite vers Sanary-sur-Mer. L'air s'engouffrait comme un fou par le toit ouvrant. Coup d'œil dans le rétroviseur. Le soleil couchant rougissait mon visage déjà hâlé. Impatience de revoir Béa. Exhortation à la prudence. Je voyais déjà le père et la mère Canolle nous réunissant sous l'ombre fraîche du figuier avec leur nombreuse famille pour une incomparable bouillabaisse. La sauce à la rouille annonçait déjà sa saveur piquante. Le pastis allait couler à flots pour un interminable apéritif et le rosé frais étancherait bien des soifs. André et ses frères proposeraient une partie de boules. Leurs femmes aux premières loges commenteraient chaque partie à grands renforts de plaisanteries grivoises. En fin d'après-midi, nous irions tous prendre un bain à Bandol sur la plage du Lido.

À la radio, Johnny et Sylvie chantaient en duo :

J'ai un problème, je sens bien que je t'aime
J'ai un problème, c'est que je t'aime aussi.

Cette chanson n'avait d'écho que pour nous deux. Béa et moi étions aussi concernés par ce délicieux et terrible problème. Ni elle ni moi n'étions libres d'être l'un à l'autre. Balayé par notre passion naissante, l'amour tirait irrémédiablement sa révérence dans nos couples respectifs. Rien ne serait plus comme avant pour nous deux. Fidèle compagne, mon inconscience naturelle en matière de sentiments bravait le danger à ma place. Que de doux regards imprudemment échangés d'un bord à l'autre de la table ! Quelle soif de vouloir être ensemble ! Mais nous n'étions jamais seuls et nous nous sentions prisonniers au milieu des autres.

Au bout de huit jours, je dus me résoudre à rentrer. Sur la route je ne crânais plus. Je n'arrêtais pas de penser à cette idylle et aux conséquences qu'elle ne manquerait pas d'avoir pour Béa si elle était découverte. Pour moi, une chose était sûre, je devais en parler avec Alice. Je ne me sentais plus le droit de continuer à entretenir une relation qu'une fois de plus je venais de mettre à mal. Nous nous connaissions depuis six ans et, je devais bien l'admettre, c'est moi qui, le plus souvent, avais joué au chat et à la souris.

Alice avait préparé un bon repas comme elle le faisait à chacune de mes permissions. Je n'en menais pas large et la tristesse que je lisais dans ses yeux accentua encore ma propre détresse. Je lui parlai de mon aventure. Visiblement, elle s'y attendait. Elle pleurait doucement. « De toute façon, je sais que je vivrai seul toute ma vie. » Ces mots montèrent avec mes larmes. Ils étaient en moi depuis toujours et je crois qu'ils sont encore là aujourd'hui. J'étais probablement né avec cette double incapacité : aimer et accepter d'être aimé. Je voulus la prendre dans mes bras. Sans doute pour ne pas succomber, elle s'écarta. Mon inconstance l'avait épuisée. Nous n'avons pas rompu ce jour-là ; notre amour s'est défait.

Dès le début de septembre, je participai au deuxième mouvement des instituteurs. Il restait très peu de postes à pourvoir. Vingrau ne s'était pas libéré comme je l'avais espéré. J'étais tellement déçu que j'étais prêt à partir pour le tout petit village de Batère, niché au flanc du massif du Canigou, où personne ne voulait aller. La responsable du personnel à l'inspection académique m'en dissuada et me proposa de revenir le lendemain. Je n'eus pas à me déplacer. Elle m'appela pour me dire qu'à la dernière minute le poste que je convoitais était libre et m'était attribué. J'étais aux anges.

Depuis mon départ, la population du village avait sensiblement augmenté avec l'arrivée de marginaux dont beaucoup vivaient en communauté. Ces « zippies », comme les appelaient les Vingraunais, étaient arrivés aux dernières vendanges et n'étaient plus repartis. Occupant les maisons vétustes, quelques-uns continuaient à travailler sur place au gré des embauches. Farouches partisans du *Peace and Love*, ils l'étaient aussi du « Il est interdit d'interdire », ce qui posa quelques problèmes avec leurs enfants à l'école. Selon Georges, qui fréquentait le cours moyen, je n'avais pas le droit de le gronder. Ses parents l'avaient dit et, si cela se produisait, il changerait d'école. Je lui rétorquai que la porte était déjà ouverte pour le jour où sa famille voudrait l'inscrire ailleurs. Michel, qui venait aussi de faire sa rentrée, se mit à me tutoyer d'emblée, prétextant que je ne m'étais pas habitué à la nouvelle mode qui depuis 1968 rendait, selon son père, le tutoiement presque obligatoire. Plutôt que de le reprendre sans arrêt je pris le parti de ne pas répondre à ses questions qui commençaient par « tu ». Le vouvoiement arriva très vite. Peu à peu, nous reprîmes nos bonnes habitudes de vie commune.

Pendant les récréations, ma collègue Adeline évoquait souvent son passé. Je me rendis compte combien les traumatismes anciens lui rendaient difficile la vie au présent. À mots couverts, elle me parlait de son enfance heureuse en apparence mais lourde de traumatismes et de désirs contrariés. Très bonne élève, au cours d'une scolarité sans erreurs de parcours, elle avait donné entière satisfaction à sa famille et, pour épanouir sa vie de femme, elle avait trouvé, en la personne d'Adrien, la perle des hommes. Travailleur opiniâtre et mari attentionné, il avait toujours exécuté le moindre de ses désirs et lui avait fait une fille superbe. Il ne fréquentait pas le café et montrait, avec sa belle-mère qui vivait sous le même toit, une patience à toute épreuve.

Cette femme avait donc tout pour être heureuse et cependant on la sentait rongée par un mal-être qui de jour en jour l'avait insidieusement enfermée dans un état dépressif qu'elle soulageait avec quelques médicaments. Elle essayait souvent de me dire l'origine de cette souffrance dont elle n'avait jamais parlé à personne, sans y parvenir vraiment. J'imaginai une passion non partagée, impossible ou contrariée par sa famille. De toute façon, l'être qu'elle avait aimé continuait à vivre dans son cœur comme aux premières heures éblouies.

Au fil des six années que nous passâmes dans cette école, je vis son état se dégrader. Elle portait en arrivant à l'école un masque de tristesse. Les drogues faisaient leur œuvre dévastatrice. Son élocution s'en trouva perturbée. La maladie de son mari, la mort de sa mère et quelques ennuis familiaux aggravèrent encore son mal de vivre. C'était trop pour elle. Les larmes aux yeux, elle me confia en quittant l'école, un soir d'octobre, qu'elle allait faire valoir ses droits à la retraite par anticipation. Elle n'en pouvait plus et même son métier ne parvenait plus à combler la plaie qu'elle portait béante en elle.

Elle passa le portail, le dernier soir, longtemps après l'adieu du dernier élève. Se souvint-elle alors de sa première rentrée de jeune institutrice ? Je le crois volontiers car ses yeux se noyèrent de nostalgie et de défaite en me disant : « Vous êtes jeune, la vie est devant vous. » Elle fermait une nouvelle porte. Un monde lui devenait étranger.

Durant tout l'été, je me demandai qui viendrait prendre le poste libéré par ma collègue. En attendant, j'étais devenu directeur d'école à deux classes. Quelle promotion ! Une nouvelle ligne sur mon bulletin de salaire mentionnerait une bien maigre indemnité pour un surcroît de travail administratif et une responsabilité accrue que beaucoup d'enseignants fuient comme la peste.

Septembre 1977. Une Renault rouge se garait devant l'école. Cheveux blonds, le visage encadré d'une belle barbe, simplement habillé d'un jean et d'une chemise écossaise à manches courtes, le sourire aux lèvres, Paul, mon nouveau collègue, s'avança dans la cour. Sa poignée de main était franche et son regard direct. C'était un bon présage. Il ne voyait aucun inconvénient à prendre la classe des plus jeunes. Je conservai donc celle des grands.

Il émanait de lui une force tranquille que traduisait sa voix calme et posée. Ses sourires en disaient long et, au fil du temps, j'appris à interpréter le signe d'un acquiescement ou au contraire d'une dénégation. Originaire du village de Maury, Paul venait d'épouser Catherine, une jeune institutrice déjà venue dans l'école pour un remplacement. Instituteur-vigneron ou vigneron-instituteur ? Lui seul pourrait le dire. À mon avis, il cultivait également ses deux passions en y excellant.

Son arrivée eut le bonheur de rompre l'immobilisme auquel j'étais contraint pour ne pas avoir eu l'audace de bousculer la routine de ma collègue. Nous passions la plupart de nos récréations à jouer avec les enfants, notamment à un jeu de ballon largement inspiré du rugby. Capitaines de nos deux équipes, il nous arrivait de nous percuter dans le feu de l'action, ce qui étonnait autant les enfants que les villageois qui traversaient la place. Dans les moments plus calmes que nous laissaient les élèves, nous discutions, assis sur le perron, de tout et de rien, sans tomber jamais dans cette fâcheuse habitude qu'ont certains instituteurs de parler constamment de pédagogie.

Patufet, d'on véns ?
De la muntanya, de la muntanya
Patufet, d'on vens ?
De la muntanya a veure el temps
I quin temps hei fa ?
Plou i neva, plou i neva
I quin temps hei fa ?
Plou i neva i nevera.

Quand Rémi récitait *Patufet* je retrouvais mon enfance au mas et cette poésie en catalan que ma grand-mère m'avait apprise. Comme elle était fière cette langue sang et or sur les bancs de l'école ! De pupitre en pupitre, elle dansait la sardane et chantait le totémique Canigou. Rémi roulait les « r » à souhait en vrai Catalan qu'il était et son plaisir était évident.

L'année précédente avait eu lieu, dans le département, l'ouverture de la *Bressola*, le Berceau, première école maternelle catalane. Nous en étions aux prémices de l'enseignement de notre langue régionale dans le primaire. Je ne m'étais donc pas fait prier pour m'en charger, à raison d'une heure et demie par semaine dans la classe de Paul et dans la mienne.

Les choses étaient simples entre lui et moi, et je crois pouvoir dire que jamais l'ombre d'un différend ne vint altérer notre entente. Un projet naissait, nous en discutions et aussitôt il prenait place. Nous inaugurâmes à cette époque nos premiers voyages scolaires. Un petit galet gris, lisse et veiné de bleu ramassé sur la grève, un caillou biscornu en forme d'animal attirent le regard d'un enfant et deviennent autant de trésors dont les poches s'alourdissent, tandis que les pierres séculaires d'un château cathare ou féodal ne trouvent que peu de grâce à leurs yeux. Un parc animalier, au contraire, attise leur curiosité et les tient tellement en haleine qu'il faudrait sans cesse demander aux gardiens de repousser l'heure de la fermeture. Certains enfants y entretiennent des dialogues touchants avec ces pauvres bêtes prisonnières d'un univers concentrationnaire. Une journée à la plage ne devrait pas avoir de fin non plus. Curieusement, sans doute à cause de nos mystérieuses origines, les sites préhistoriques les passionnent aussi.

Une fin d'après-midi de juillet de 1979, à l'heure où les étourneaux frondeurs et insupportables envahissaient les platanes de la ville et où les passants devenaient rares dans les petites rues du centre, bercé par la musique de Mike Oldfield, je m'endormis dans une cabine d'écoute chez Mélodisc, le disquaire de la rue Mailly à Perpignan. Michèle, qui travaillait là, me réveilla par quelques petits coups frappés contre la vitre. J'avais honte de m'être laissé aller et d'avoir ainsi abusé de la patience de trois personnes au moins qui attendaient le moment d'écouter leur disque. Elle éclata d'un rire sonore. Il n'en fallut pas davantage pour éveiller en moi un trouble curieux auquel je ne voulus pas croire sur le moment. Le jeudi suivant, j'étais de nouveau dans la boutique. Danielle, la responsable du magasin que j'ai toujours gentiment appelée la « patronne », m'indiqua avec un sourire entendu que Michèle serait bientôt disponible pour s'occuper de moi. Les concertos pour piano de Mozart que j'écoutai ce jour-là se parfumèrent de rencontre. Mouvement lent de l'andante du concerto numéro 21, où la mélodie infiniment belle de simplicité déploie sa courbe du plus haut registre aigu jusque dans le grave, retourne au point de départ puis dans une modulation finale tire sa révérence et s'envole. Touchant et mystérieux adagio du numéro 23, rêverie passagère. Cette fois, je ne m'endormis pas ! Bien au contraire, je passai le temps à mélanger mon sourire à celui de Michèle à travers la porte vitrée. Sa vive allure, cet entrain presque permanent qu'elle semblait communiquer aux autres, ses yeux bleu berbère, ses cheveux bruns coupés très courts et ce sourire qui remontait loin sur ses joues éveillèrent en moi une tendre curiosité. Je devins un client assidu et Michèle ne tarda pas à venir s'installer dans mon « sanctuaire », comme l'appelait mon ami Jean-Paul.

Beaucoup de mes collègues seront sans doute d'accord avec moi pour dire qu'en vivant parmi une population rurale on en devient le point de mire et souvent le sujet de toutes les conversations. Et que l'on vive sur la place centrale ou dans une ruelle, cela ne change rien. Au milieu de certains dont l'existence n'est pas forcément exemplaire, il devient difficile de protéger sa vie privée. La plus virulente des commères vivait elle-même sous le même toit que son mari avec son jeune amant. L'imagination galope et la rumeur lui emboîte aussitôt le pas. Dans ce village, il y avait toujours quelqu'un capable d'indiquer l'heure de mes départs et celle de mes retours. Ceux qui me rendaient visite étaient répertoriés.

La venue de Michèle déchaîna les critiques. Nos huit ans d'écart choquaient les âmes bien pensantes. Sa 2CV lui donnait parfois quelques soucis au démarrage et il n'était pas rare que, le dimanche, dans sa salopette bleue et les manches retroussées, on la voie se glisser sous son véhicule et en ressortir les mains et le bout du nez pleins de cambouis. Pour peu que, dans le même temps, je sois en train d'étendre la lessive, nous provoquions des remarques comme : « C'est le monde à l'envers ! » ou encore : « À chacun son truc ! » Il n'y avait rien à faire.

Nous étions bien ensemble. Notre amour était sans doute tissé d'une grande affection et d'une solide amitié, qui ont d'ailleurs traversé le temps et sont toujours présentes. J'étais important pour elle et sans doute ne le fut-elle pas assez pour moi, tant j'étais épris d'idéal. Mon côté paternel et ma fonction d'instituteur la rendirent-elle admirative ? Sa gaieté, son énergie et ce don de soi perpétuel furent-ils les premiers attraits pour moi ?

La vie germait en elle et je me voyais déjà tenant cet enfant à venir dans mes bras. Je me levais la nuit pour écouter la douceur de son souffle. Nous guidions ses premiers pas et ses rires peuplaient la maison. Je me préparais à être père.

Cet enfant ne vint pas et il me manque aujourd'hui. Aurait-il changé ma vie en venant au monde ? Mon amertume dura longtemps jusqu'à ce que je comprenne que ma vie ne serait pas telle que je l'avais rêvée. Dès lors, notre relation ne mit pas longtemps à se déliter et, plutôt que d'avoir à vivre l'un à côté de l'autre, nous préférâmes nous séparer. Michèle retourna en ville et je retrouvai ma solitude et mes errances.

L'hiver de l'année 1980-1981 fut des plus rigoureux dans notre Sud. La neige tomba en grande abondance, un dimanche après-midi, provoquant dans le Roussillon, peu habitué à de telles conditions climatiques, une situation catastrophique. Les énormes manchons de neige gelée qui se formèrent très vite autour des lignes à haute tension eurent raison des pylônes les plus résistants, privant ainsi la population de courant électrique et paralysant toute vie économique.

Au plus fort de la tempête, je me trouvais encore chez mes parents et je ne pus rejoindre Vingrau. Le lendemain, prévenu de mon absence, l'inspecteur me demanda de rejoindre mon poste par tous les moyens. Bien à l'abri derrière son bureau, tout devait lui sembler possible. La réalité fut tout autre. La route du col de la Bataille rendue impraticable, je dus faire un détour par la ville pour reprendre la route des Fenouillèdes. Mes années auvergnates devaient m'aguerrir à la conduite sur la neige mais je n'en étais pas encore là et je fis cinquante kilomètres dans la crainte de verser sur le bas-côté ou d'être heurté par une voiture venant en sens inverse. Mon chien Whisky, affolé par le crissement des pneus sur la neige, manquait à tout moment de me faire perdre le contrôle en cherchant à se réfugier sous mes jambes. À Tautavel je fus arrêté dans ma course au beau milieu de la place, où finissaient les rails que je venais de suivre. Les sapeurs-pompiers de Vingrau me délivrèrent et c'est dans les roues de leur camion que j'arrivai enfin devant l'école. La nuit venait à peine de tomber et le village semblait déjà endormi. Ici ou là quelques flammes de bougies vacillaient derrière les fenêtres. Whisky annonça son arrivée et entraîna quelques aboiements dans le voisinage. Le portail refermé, je me hâtai de me réfugier dans mon logement. À peine entré, j'eus le réflexe stupide de vouloir allumer la lumière. Durant dix jours, j'oubliai les interrupteurs et la lampe à pétrole de ma grand-mère Anna reprit du service. Le chauffage central de l'école mis hors d'usage par le gel, les élèves contraints à des vacances forcées restèrent calfeutrés chez eux. La vie semblait ralentir. Sous un ciel toujours bas, l'odeur âcre de la fumée baignait tout le village. Privé de chauffage, je me levais tard et me couchais dès la fin du jour pour profiter au maximum de la chaleur de mon lit.

Joachim est mort le 3 février 1981. Une thrombose du tronc cérébral l'a emporté après un coma de deux jours. Rien ne laissait présager un départ aussi brutal. Le vendredi, il taillait encore la vigne. Retraité depuis peu, comme beaucoup de paysans il n'avait pu se résoudre à cesser de travailler. À soixante-sept ans, il était encore solide comme un roc et je ne l'aurais pas imaginé rivé à son fauteuil devant le téléviseur durant des jours entiers. Il avait besoin d'agir, de se sentir utile et de profiter de la nature par tous les temps. J'étais venu voir mes parents après la classe pour leur confier Whisky, comme je l'avais fait tant de fois. Ils allaient se mettre à table et, comme je faisais observer à mon père qu'il s'apprêtait à manger beaucoup trop d'ail cru avec sa soupe, il me répondit en souriant : « C'est bon pour ma tension », et il ajouta encore : « De toute façon, je vais bientôt partir les pieds devant. » Je n'appréciai pas du tout sa plaisanterie et le lui fis remarquer. Il partit d'un grand rire et se mit à manger sa soupe. C'est ainsi que je le vis pour la dernière fois.

Le lendemain, je pris le train pour l'Auvergne. À l'invitation de la famille d'André, je me préparais à passer une fin de semaine reposante. Dans la matinée du dimanche, une forte douleur au côté gauche et des sueurs froides me tirèrent du lit. À ce moment-là, je ne compris rien à mon malaise. Quelques heures plus tard, Joséphine, une amie de mes parents, m'apprenait que Joachim venait d'être hospitalisé d'urgence. Le samedi avait été pour lui une journée tranquille. Après avoir acheté et lu le journal, il était allé faire un petit tour au champ. Le dimanche matin, ma mère s'était inquiétée de le trouver immobile dans son fauteuil. Cependant, il avait pris son repas de midi comme d'habitude. En montant faire sa sieste, il avait dit à ma mère : « Andréa, j'ai peur de partir » et l'instant d'après : « Je n'y vois plus. » Le médecin alerté ne cacha pas à ma mère que la situation était grave et promit de revenir au bout d'une heure. Couché dans son lit, Joachim demanda un verre d'eau, puis aussitôt une cuvette. Il se raidit ensuite d'un coup. À quinze heures, le médecin, ne constatant aucune amélioration, parla d'une hospitalisation pour le lendemain. Il connaissait sans doute l'issue fatale et pensait que les soins intensifs ne feraient aucun miracle. Néanmoins, devant l'insistance de ma mère, il appela une ambulance. Dans le véhicule qui l'emmenait vers Perpignan, Joachim avait déjà sombré dans un coma profond. C'est ainsi que je le trouvai en arrivant à l'hôpital vers vingt et une heures.

Tout près de lui, dans la blouse blanche que je venais d'endosser, je fixais son visage tranquille. Ses paupières closes ne s'ouvriraient plus. Je m'en doutais bien, mais ne voulais pas y croire. Une main dans sa main et l'autre sur son front, je m'adressai à lui en espérant très fort qu'il m'entende. Mes frères arrivèrent le mardi dans la soirée et se rendirent aussitôt auprès de lui. C'est le moment qu'il choisit pour quitter ce monde. Il les avait attendus. Je ne versai pas une larme devant son corps sans vie. Pour moi, il était déjà ailleurs.

Ce n'est que quelques jours plus tard, en me rasant devant la glace, que je laissai exulter ma peine. Je venais d'avoir la vision fugace de mon père en train d'étaler le savon à barbe sur son visage. Devant la petite glace accrochée au-dessus de l'évier, dans notre maison du mas Camps, il faisait tournoyer le blaireau sur ses joues, son menton et son cou, en souriant. Tout le chagrin contenu me submergea d'un coup. Je vis défiler la vie que nous avions eue ensemble et je me rendis compte que, depuis les premiers jours, il m'avait donné l'essentiel des règles de ma vie pour que je sois, comme il le souhaitait, « quelqu'un de bien ».

8

Le 3 avril 1981, je reçus l'acceptation de ma demande d'intégration dans le Puy-de-Dôme et les imprimés réglementaires pour ma participation au mouvement. C'est le moment que je choisis pour en reparler à ma mère. Secrètement, elle avait espéré que le décès de mon père m'aurait fait changer d'avis. Devant ma détermination, elle tenta d'infléchir ma décision et commença à me parler de sa solitude. Bien sûr, son veuvage serait difficile mais je ne voulus pas remettre en question mon désir de quitter la région et de construire ailleurs une vie différente. J'avais déjà tant de fois essayé de lui faire prendre conscience que la meilleure preuve d'amour qu'une mère puisse donner à ses enfants, c'est de les vouloir heureux dans la vie qu'ils ont choisie. Mais les mères abusives sont ainsi faites qu'elles supportent mal que leur fils ou leur fille soit heureux avec quelqu'un d'autre.

Juillet 1981. Je profitai de l'arrivée des vacances pour aller découvrir Saint-Étienne-sur-Usson que j'avais seulement repéré sur une carte, point minuscule au cœur du Livradois, entre Issoire et Ambert. Issoire me parlait un peu grâce aux photos en noir et blanc que mon frère Roger possédait dans son bagage documentaire acheté à la sortie de l'École normale. On y voyait des presses géantes et des laminoirs titanesques : toute l'industrie de l'aluminium du groupe Péchiney. Ambert, c'était sa curieuse mairie ronde révélée par Jules Romains dans *Les Copains*, que je lus vers l'âge de seize ans. J'avais choisi l'école de Saint-Étienne-sur-Usson car, sur le Mouvement des instituteurs, ce poste était rattaché au secteur d'Issoire et ma préférence allait du Lembron aux portes de Clermont-Ferrand. Cependant, dès la rentrée, la première circulaire m'apprit qu'une erreur s'était glissée dans ce fameux Mouvement et que cette école faisait partie du secteur d'Ambert, au cœur du Livradois. Quoi qu'il en soit, les dés étaient jetés ! C'est là, au pays de Gaspard des Montagnes si cher à Vialatte, que j'allais poursuivre ma mission dans une école à classe unique, ce dont j'avais rêvé.

À l'invitation du maire et de son conseil municipal, j'arrivai un dimanche matin. Il faisait presque froid en ce début d'été. Une pluie fine, pénétrante, tombait sans discontinuer sur une campagne transie, silencieuse, déserte. Tout au long de la petite route étroite et sinueuse que l'on appelle là-bas la « valette » car elle s'élance au pied du château qui lui a prêté un nom bien plus élégant que CD 89, j'essayai d'imaginer l'école, le village, les habitants du cru. Petit village ? Petite école ? Petites gens ?

Dans un dernier virage, je découvris une bâtisse immense solidement plantée comme une forteresse sur un promontoire rocheux. Un chapeau d'ardoises luisant sous la pluie, de grandes fenêtres arrondies lorgnant vers le midi, cette fière austérité, c'était bien elle, la maison d'école que j'allais rencontrer, sans savoir que nous allions vibrer ensemble durant de longues années, pour le meilleur bien plus que pour le pire.

Après avoir contourné le monument aux morts – un modeste obélisque en pierre de Volvic ceinturé d'une haie d'ifs sommairement taillés –, je garai ma voiture sur un terre-plein près d'un bâtiment désespérément clos qui avait dû être une ancienne agence postale et dont le seul vestige était cette boîte jaune où se déversent vœux et souhaits, récriminations, dettes, joies et douleurs, amitié et amour. La mairie était là, en face, accrochée à l'école comme une urne, avec ses deux fenêtres à barreaux et sa porte à deux battants.

À l'intérieur, les discussions allaient bon train et semblaient s'envenimer de temps à autre. Quelques « Il n'en est pas question ! » répétés, suivis de « Ça ne se passera pas comme ça ! » me firent penser qu'il y avait dans ce village quelques « grandes gueules » qui voulaient imposer leur loi dans un conseil divisé. Au cours des années qui suivirent j'eus souvent le plaisir de m'en rendre compte en connaissant mieux ceux-là mêmes qui comme les chiens essaient de mordre par peur d'être mordus.

Les palabres s'arrêtèrent net lorsque j'entrai et tous me dévisagèrent. Quelques mines réjouies, d'autres suspicieuses ou du moins interrogatives, d'autres encore plutôt fermées me donnèrent d'emblée la température générale. On n'entre pas comme ça dans la France profonde ! Il faut du temps, il faut faire ses preuves, s'intégrer peu à peu, sans bousculer les vieilles bonnes habitudes, sans déranger l'ordre établi, immuable, parfois séculaire. Les habitudes ont la vie dure, surtout les mauvaises. Que répondre au « Chez nous, c'est comme ça ! » qui tombe comme un couperet lorsque la discussion veut être close ? J'ai toujours pensé que la patience était de rigueur.

L'unique pièce, tout à la fois secrétariat, bureau du maire et salle du conseil, était plutôt sombre et décrépite. Des lézardes menaçantes traversaient le plafond. De forts relents de mazout baignaient l'endroit. En effet, le poêle central épuisé ou brûlant le plus souvent au ralenti, économies obligent, trônait sur une immense tache brune incrustée, déjà ancienne. Pour tout mobilier, deux classeurs aux rideaux définitivement baissés, un meuble ployant sous le plan cadastral et ses matrices, et la grande table de réunion servant aussi de bureau. Deux immenses placards muraux aux portes entrebâillées croulaient sous des piles de dossiers enveloppés d'un antique papier bleu et solidement ficelés. Partout dans la pièce, chemises, brochures et imprimés étaient empilés dans des cagettes et des cartons. J'imaginais la difficulté pour le secrétaire de retrouver ses petits dans un tel capharnaüm ; il m'apprit lui-même plus tard que cela ne lui posait aucun problème car il savait où était chaque chose. C'était un désordre contrôlé, donc respectable. Il me sembla que la République s'était arrêtée là, au numéro trois, et je tremblais déjà à l'idée de découvrir l'école.

Le maire, un grand bonhomme aux yeux clairs et à la franche poignée de main, un sourire jovial presque permanent aux lèvres, l'air un peu gauche, sanglé dans une veste trop courte, quitta la table pour faire les présentations. L'un après l'autre, je découvris ceux qui avaient entre les mains le destin de la commune. L'équipe était relativement jeune, à l'exception de deux d'entre eux et du secrétaire de mairie, instituteur retraité, qui était au service de la commune depuis 1946. Je ne fus pas très étonné de ne trouver là aucune présence féminine. L'idée de la parité n'avait pas encore germé en ce coin reculé d'Auvergne.

« Maintenant je vais vous montrer l'école. » C'est l'annonce que fit le maire, en ouvrant une porte de communication qui me surprit par sa facture récente. Ce que je vis me parut être le pire cauchemar que puisse faire un instituteur. Imaginez une salle de classe immense, très haute de plafond et vide de tout pupitre, de toute armoire, sans la moindre carte de France, sans la moindre gravure, sans le moindre dessin d'enfant. Seul restait sur l'un des murs peints d'un vert criard et froid un tableau plus gris que noir, témoignage d'un deuil déjà ancien. La salle de classe débouchait dans un vestibule où quelques patères subsistaient sur un mur attaqué par le salpêtre. On descendait ensuite par un perron de trois marches dans une cour herbeuse où, d'après des traces bien visibles, les vaches devaient brouter comme chez elles. « Mais ne vous inquiétez pas, tout sera prêt pour la rentrée. » Ces mots ne me rassurèrent pas, car j'étais atterré par un tel dénuement scolaire. Quelle tornade y avait soudain balayé toute trace de vie ?

En regagnant la Maison commune, j'appris que cette école avait connu le pire sept ans auparavant à la suite d'une chute brutale de ses effectifs. La fermeture, décision inexorable et qui d'ordinaire ne permet plus de scolariser les enfants dans leur commune, avait frappé aveuglément une fois de plus. Certes, on avait appliqué un barème, le fameux seuil de fermeture, mais, pour moi, quand il s'agit d'une école et surtout d'une école à classe unique, c'est un couperet de guillotine qui tombe et assassine un village tout entier. J'apprendrais un peu plus tard, car même dans ces endroits désolés les langues finissent par se délier, que trois familles – dont l'une était devenue depuis farouche partisane de la réouverture –, avaient retiré leurs nombreux enfants pour les inscrire à l'école de la commune voisine. Elles avaient ainsi précipité la chute de ce qu'il y a de plus précieux dans un village. Pour l'heure, la démarche de familles nouvellement installées et des élus avait eu raison des refus de l'administration aveugle et onze enfants pourraient ainsi fréquenter leur propre école. De plus, la municipalité instaurait un ramassage scolaire grâce à l'embauche d'une conductrice, coiffeuse de son état, transfuge de la région parisienne et qui faisait faire l'économie d'un minibus puisqu'elle le fournissait elle-même. La visite terminée, c'est au bistrot du bourg que je fus convié pour un apéritif qui s'éternisa un peu trop à mon goût. Bien que peu habitué à la fréquentation des bars et autres troquets, je me prêtai poliment à la coutume selon laquelle on finit toujours une réunion, une discussion, une tractation et même un enterrement par le verre de l'amitié. Là non plus, pas de femmes à l'exception de la tenancière du lieu qui allait et venait, prenait les commandes, servait et encaissait sans mot dire. Je ne m'en étonnai pas, car l'adage rural dit bien : « La femme au foyer, l'homme au café ! » Il y eut cependant trop de tournées car chacun voulut « remettre la sienne ». La désagréable sensation de me sentir flotter, l'esprit un peu embué, me fit quitter ces braves gens certainement plus endurants que moi devant l'alcool. Je repris donc la route du retour au cours de laquelle je m'empressai de faire une pause urgente et bien naturelle. Là, enfin soulagé, je me promis de ne pas retomber dans un tel guet-apens et je tins mon engagement, car j'avais encore en mémoire les critiques faites au collègue que j'avais remplacé dans mon premier poste. Un instituteur qui fréquente un peu trop souvent le bistrot, fût-il excellent pédagogue, perd de sa crédibilité auprès de la population, même s'il reste sobre. D'aucuns diront, dans un rapide raccourci, qu'il perd son auréole, et je les crois aisément.

Bien que déserte, mon école de Vingrau que j'allais quitter me parut un paradis lorsque je la retrouvai fin juillet. J'avais mis tant d'années à construire ce que j'allais transmettre à Cathy, l'épouse de mon collègue. En mettant tout en place pour qu'elle puisse me succéder au mieux, je pensais à l'école vide, sans âme, de Saint-Étienne-sur-Usson. Puis, peu à peu, l'idée de tout reconstruire ailleurs s'installa et je commençai à rêver à ma future classe, à mes futurs élèves. Je garnis quelques cartons d'ouvrages personnels, de documentations recueillies au fil des ans et d'objets hétéroclites destinés à de possibles activités manuelles. Quels rois du recyclage nous sommes parfois ! Comme beaucoup de mes collègues, sur le point de jeter un coffret, une boîte ou un emballage, je me suis souvent dit : « Tiens, ça pourrait me servir à l'école. » Ainsi, un rouleau de papier absorbant deviendra kaléidoscope, la bouteille recouverte de pâte à papier fera un beau pied de lampe, ces graines de pastèque ou de melon, enfilées patiemment et vernies, seront portées quelque temps en colliers ou en bracelets par des mamans complaisantes le jour de la fête des Mères. Un jour, après un sursis plus ou moins long et malgré cette transmutation enfantine, ces objets rejoindront tout de même la poubelle. L'important, c'est qu'ils auront permis à l'enfant de s'approprier des techniques et l'ineffable joie de la création.

Sacrifiant à l'inévitable rituel, je me consacrai au rangement de la classe. Tous les ans, je préparais ainsi la prochaine rentrée. En aucun cas je n'aurais pu laisser ma classe en désordre et poussiéreuse jusqu'au mois de septembre. Dans un carton déjà étiqueté pour le grand voyage je rangeai mes affaires personnelles avec mes « cadeaux », ces petits objets et ces dessins offerts spontanément par les petits et plus timidement par les grands. Dans mes mains, ces présents venus d'un passé proche ou lointain vibraient d'affection. L'esprit s'évade un moment, il passe en revue ceux qui ont peuplé ce lieu, déjà adultes ou encore enfants.

Petit vase ou girafe modelés, scoubidou tressé, étranges animaux griffonnés, messages d'anniversaire ornés de cœurs multicolores, agates bleues, irisées. Un prénom qui prend toute la page pour ne pas se faire oublier. Tout un précieux et puéril petit musée, messager d'un attachement certain. Objets inanimés, vous avez sûrement une âme !

Je n'aurais pas pu oublier, mêlés dans un bocal à poissons, une multitude de petits cailloux recueillis ici ou là, au cours de mes promenades dans la garrigue, dans le lit d'une rivière ou sur le bord de mer, témoins colorés, veinés ou marbrés, lisses, évocateurs de moments heureux de ma vie. Peut-être, comme le Petit Poucet, ai-je eu besoin, moi aussi, de ces repères pour ne pas m'égarer un jour, sur la route du retour : celle des souvenirs.

Cet été-là, je bougeai peu. Je partageai mon temps entre la maison et la plage. Encore ici et déjà là-bas par la pensée. Comment allaient réagir ces enfants, ces familles à qui, volontairement, je n'avais pas dit que je partais et qui n'en auraient la surprise qu'à la rentrée avec l'arrivée d'une institutrice ? Mon collègue Paul restait et devenait directeur de l'école : c'était rassurant pour eux comme pour moi, car nous connaissions son calme, sa gentillesse mais surtout sa rigueur et l'amour incontesté de son métier. Dans cette contrée de vignerons, il était doublement crédible car travailler la vigne et élever le vin était sa deuxième ou peut-être même sa première passion. Aujourd'hui encore, je lui rends hommage pour cette disponibilité qu'il signait seulement d'un sourire et qui en fit un précieux collègue et un ami sûr.

Le village dormait encore lorsque le soleil monta au-dessus du pas de l'Escale. Août finissait mais ce serait encore une chaude journée et, ici ou là, on entendait quelques moteurs s'échauffer. Bruits d'outillage, claquements de portières : le vigneron commence sa course contre le soleil. Sept heures, une bonne odeur de pain frais court dans la rue principale comme pour réveiller les retardataires.

Devant l'école, la place resta silencieuse jusqu'à l'arrivée des déménageurs. Tout était prêt et il n'y avait plus qu'à charger meubles et cartons. Certes, on ne déménageait pas Monsieur le Comte mais, tout de même, quel manque d'égards pour mes pauvres affaires ! À huit heures tout était terminé et je m'éloignai de Vingrau.

Trois jours plus tard, en arrivant à Saint-Étienne-sur-Usson pour préparer mon logement de fonction à l'arrivée de mes modestes meubles, j'eus la désagréable surprise de me voir octroyer ce qu'il fallait bien appeler un taudis au-dessus de l'ancienne agence postale. Des deux logements situés au premier étage de l'école, l'un était à refaire entièrement et l'autre, déjà rafraîchi, était loué par le maire à l'un de ses employés. « En attendant qu'on vous répare votre logement, vous pourrez habiter ici. La commune prendra l'électricité à sa charge. » Selon ce brave homme de maire, tout était simple et une simple question de temps.

J'emménageai donc dans les quatre pièces de mon « palais » auxquelles on accédait par un escalier aux marches raides, usées par les va-et-vient incessants et déjà vermoulues par endroits. Des quatre pièces, j'oubliai vite celle située le plus au nord. La fenêtre par laquelle le vent et le froid entraient comme chez eux resta volets clos et j'y remisai tout ce qui ne trouva pas place dans les autres. Mon espace se résuma donc à une cuisine étroite et mal éclairée, seulement équipée d'un petit évier, d'un salon-couloir menant à une chambre tapissée d'un papier peint à rayures bleues et blanches, heureusement exposée au sud. André, l'ami auvergnat qui m'aida à tout mettre en place, devait se demander comment je pourrais accepter de vivre là. C'est ce que je crus comprendre en voyant son sourire contrit. Naturellement, il me proposa d'aller, chaque fois que je le voudrais, prendre une douche ou un bain dans sa famille, car il était évident que je ferais ma toilette dans la cuisine et que j'utiliserais les latrines communales, de l'autre côté du bâtiment. Beaucoup auraient peut-être reculé devant ces conditions difficiles, cet inconfort manifeste, cette injure, diraient certains. Oui, la République est souvent tout à la fois exigeante et négligente. Cependant, mes origines modestes et une confiance qui n'a pas toujours joué en ma faveur me donnèrent le courage d'accepter la situation dans l'espoir d'entrer un jour dans un vrai logement de fonction refait à neuf.

Le 11 septembre 1981 le journal *La Montagne* titrait à la une : « Belle au bois dormant, depuis sept ans, l'école s'est réveillée dans un concert de cris d'enfants ». Très lyrique, le journaliste comparait la maison d'école à une cage altière mais triste, aux volets clos, qui n'attendait qu'un coup de baguette magique pour redevenir une joyeuse volière où les cris des enfants se mêleraient au gazouillis des oiseaux de la forêt toute proche. Plus loin, le pouvoir des fées avait opéré en repeuplant ce lieu déserté, et d'instituteur je devenais oiseleur. Devais-je prendre ce propos pour un compliment, moi qui n'ai eu de cesse d'ouvrir les cages ? La petite Caroline, interviewée pour la première fois de sa vie, avait ainsi résumé sa joie d'écolière : « La classe est plus jolie et le maître est barbu. »

En voyant arriver les enfants dans la cour, j'eus l'impression d'accueillir une fratrie. La plus petite avait à peine quatre ans et les deux plus grands étaient dans leur onzième année. Toute une école primaire résumée en une classe avec Karine, élève de petite section, Jean-François et Jérôme en grande section, Caroline et Maguelone en cours préparatoire, Philippe et Magaly en cours élémentaire première année, Nathalie dans le cours suivant, Davy au cours moyen première année et enfin Céline et Laurent dans le cours terminal. Tout commençait dans ce coin haut perché du Livradois dans cette classe unique qui renaissait à la vie.

La classe était vaste et haute de plafond. En l'absence d'armoires et de rayonnages, elle sonnait un peu creux. Les tables à deux places, alignées face au tableau repeint en vert, ne permettraient guère le travail en groupe. Les grandes fenêtres laissaient entrer la lumière à flots mais comme elles étaient hautes, volontairement hautes ! Les fenêtres des écoles sont cruellement faites pour que les enfants ne puissent pas se distraire en voyant ce qui se passe au-dehors.

Au bout de la semaine, je sombrai dans un profond découragement. J'avais l'impression de débuter. Je fis le constat que je n'avais pas réalisé la moitié du travail que j'avais prévu et je pris peur. Certes j'avais déjà eu une classe hétérogène, mais cette fois c'était la totalité de la scolarité primaire de mes élèves que je devais assumer sans faire d'erreur. L'apprentissage de la lecture devint une angoisse permanente. Avais-je choisi la bonne méthode ? Mes nuits en furent agitées et je me remis soudain à penser à mon école de Vingrau, à Paul, aux élèves que j'avais quittés et à des journées où rien n'allait de travers. Je rêvai même de mon ancien logement. Je m'y introduisais la nuit dans un parfait incognito. Je visitais les pièces désormais vides dans lesquelles j'avais vécu et j'en découvrais même de nouvelles qui n'existèrent jamais. Mon esprit s'égarait à la recherche d'une porte de sortie. Pour m'anéantir un peu plus, je me souvins aussi des propos de mon frère qui avait fait ses débuts dans une classe comme la mienne : « Surtout ne reste jamais dans une classe unique ! »

Au cours des jours qui suivirent, je me rendis compte que j'étais encore prisonnier d'une manière d'enseigner trop « classique ». Je me sentais ligoté par un emploi du temps, un cahier journal et des programmations trop contraignants pour que je puisse les maintenir dans une classe unique. Pour me sentir plus libre, il fallait que je donne plus de liberté aux enfants et d'abord celle de pouvoir circuler à leur gré dans la classe. Les tables étaient trop strictement alignées et c'est par un déménagement que tout commença. Groupées par trois ou par quatre selon les cours, elles constituèrent désormais dans la classe des îlots autour desquels nous pouvions circuler. Le tableau aussi changea de place et, fixé plus bas, il permit aux plus jeunes de ne plus avoir à se hisser sur la pointe des pieds pour y écrire. Leurs portes enlevées, les armoires se transformèrent en simples rayonnages, offrant immédiatement à la vue les dictionnaires ainsi que les fournitures scolaires. Un coin bibliothèque, qui devint aussi notre lieu de réunion, fut aménagé avec deux rayonnages, et quelques sièges d'anciens pupitres reprirent du service en devenant des petits bancs sur lesquels les plus grands peignirent des scènes de la ferme. L'ancienne table ovale du conseil municipal, oubliée depuis longtemps sous le préau, devint la table des petits après une amputation de quelques centimètres à chacun de ses pieds et une bonne couche de vernis. Le maire me fournit quelques panneaux de contreplaqué qui facilitèrent l'affichage des dessins et des documents administratifs, comme le règlement intérieur, les consignes en cas d'incendie et les notes de service. Les rideaux occultants que confectionnèrent les mamans nous permirent enfin de pouvoir projeter des diapositives à n'importe quel moment de la journée.

En participant à toutes ces améliorations, les enfants s'appropriaient chaque jour davantage leur lieu de travail et de loisir. Tous venaient de classes à un seul niveau où l'enseignant faisait à peu près tout pour eux. Là, en s'impliquant de jour en jour à rendre leur classe plus fonctionnelle et plus belle, ils en devenaient propriétaires et responsables.

J'eus beaucoup de mal, surtout au début, à faire prendre conscience à chacun, et plus encore aux petits dont la demande était quasi permanente, que je ne pouvais être partout à la fois. Ce fut l'occasion de mettre en place un code que chacun devrait respecter pour la bonne marche quotidienne de la classe. Il fut convenu que je ne pouvais pas être dérangé lorsque je travaillais avec un groupe ou un seul élève et que les plus grands pouvaient prendre le relais du maître pour répondre à la demande des plus jeunes. À cet effet, nous instaurâmes le parrainage. Les élèves du cours moyen et même ceux du cours élémentaire deuxième année furent choisis par leurs filleuls et en devinrent désormais responsables. Ils pouvaient aider à comprendre une consigne ou donner des conseils pour entreprendre une nouvelle activité. Les petits se sentirent sécurisés.

C'était un bon début. Les uns et les autres commencèrent à prendre des initiatives. Choisir le dictionnaire dont on a besoin, se rendre au coin bibliothèque pour y trouver une information ou tout simplement pour y lire, tranquillement, une fois le travail terminé, devint vite une habitude, tout comme aller aux toilettes ou boire un verre d'eau sans demander la permission.

Les grands prirent peu à peu le pli d'avoir recours aux fichiers autocorrectifs et s'initièrent à l'auto-évaluation. Apprendre à s'évaluer, non par rapport à un groupe mais par rapport à soi-même, est autrement plus formateur pour un élève, comme pour un adulte d'ailleurs. Les tout-petits, grâce aux pictogrammes affichés en haut du tableau, pouvaient se repérer dans la succession des activités de la journée. Sur de grandes étiquettes un livre ouvert leur indiquait le moment de se rendre au coin lecture, un crayon stylisé le temps de l'écriture. Un visage à la bouche grande ouverte signifiait le moment de chanter et une ronde celui de la récréation. L'autonomie s'installait doucement et moi-même je me sentais plus disponible pour tous. Au cours de la journée, des séquences collectives de poésie, de peinture ou d'activités manuelles permettaient de reconstituer le groupe.

Préparer quotidiennement le travail pour une classe unique, c'est un peu comme préparer un menu, adapter la quantité raisonnable que chacun pourra absorber, calculer les pauses nécessaires pour digérer les savoirs et éviter un gavage qui rendrait l'enfant malade de dégoût. Je m'attachai donc à préparer, avec la plus grande minutie, chaque séquence et, au fil des jours, je m'orientai vers une préparation presque individualisée. C'était un surcroît de travail, mais il me sembla que je maîtrisais ainsi davantage l'évaluation des progrès de chacun. Les plans de travail que j'établis remplacèrent désormais l'emploi du temps et les progressions que j'avais du mal à honorer.

Après les traditionnelles et obligatoires élections des parents au conseil d'école, et sur la proposition de ma collègue de Chauvaye, qui pensait probablement à un moyen de réunir les populations des deux principaux villages, les délégués élus se réunirent sous notre présidence. S'ensuivirent de longues discussions sur les fournitures, la gestion de nos comptes et la préparation des fêtes de Noël, que le secrétaire de séance, un grand blond moustachu, corpulent, assez imbu de lui-même, consigna dans les délibérations. En lisant l'exemplaire qui me fut remis pour le registre de mon école, je me rendis compte qu'une ligne avait été ajoutée : « La marche de l'école se fera sous le contrôle des parents. » Pour autant que je puisse m'en souvenir, les textes réglementaires n'allaient pas dans ce sens. Je pensai tout d'abord à une formulation erronée puis, de jour en jour, je me rendis compte que, derrière la formule, se cachait une véritable intention. Cet homme avait en lui quelque chose d'excessivement militaire, une sorte de volonté de tout régenter, qui, pour moi, trahissait un vieux complexe d'infériorité qu'il avait dû mal assumer dans ses jeunes années. Il fallut bien que je m'oppose à lui et, au cours d'un deuxième conseil qui eut lieu dans mon école, je clarifiai les rôles de chacun en exhumant les textes adéquats. Pour tout dire, je m'étais lassé de ces rencontres où les participants reportaient leurs inimitiés sur les décisions à prendre pour le bon fonctionnement de nos établissements.

Dès la rentrée suivante, je précisai à ma gentille collègue que nos deux classes uniques constituaient des écoles à part entière et que chaque conseil de parents pouvait se réunir séparément.

En février 1982, je coiffai ma casquette d'agent recenseur. La commune venait de me confier ce travail et, mes imprimés sous le bras, je commençai à battre la campagne tous les jours, de la sortie de l'école jusqu'à la nuit tombée. Je visitai ainsi les dix-huit écarts disséminés sur quelque mille cinq cents hectares. Je poussai les portes de maisons qui m'étaient jusqu'alors inconnues. Certaines me paraissaient abandonnées depuis des lustres et pourtant, derrière des façades lézardées et des volets vermoulus, elles vivaient encore. Compteur de foyers et compteur d'âmes, j'expliquais à chacun mon rôle et ses limites pour apaiser une suspicion bien campagnarde. Dans l'esprit de beaucoup de gens, ce recensement avait quelque chose qui sentait fort la délation et des accointances certaines avec les services fiscaux. Je fis ainsi connaissance avec les deux cent trente-quatre occupants de cet habitat dispersé.

Le hameau de Chauvaye était le plus peuplé et possédait même son école. Niché sur le flanc d'une colline, au bord de la route reliant Issoire au Vernet-la-Varenne, ce berceau de séparatistes acharnés posait au reste de la commune des problèmes similaires à ceux qu'en d'autres temps d'irréductibles Gaulois posèrent à Rome. Loin du bourg de Saint-Étienne, de son église, de son cimetière, ils avaient cependant le privilège que leur éloignement les autorisait à avoir leur propre bureau de vote. Chaque scrutin trahissait la couleur politique de son électorat et, pour leur malheur, les trop rouges et les trop blancs étaient facilement repérables. Les poivrots l'étaient tout autant, même lorsqu'ils désertaient l'unique café pour étancher leur soif dans les bistrots des villages environnants.

Deux familles semblaient vouloir gouverner la vie du hameau mais, sans doute en raison d'anciens litiges et de rancunes qui avaient la vie dure, l'une d'entre elles résistait de toute sa force, de toutes ses ruses. Des séparatistes chez les séparatistes ! Leur potion magique était un savant mélange de prudence, de calme et de vigilance.

Seule la sagesse des anciens aurait pu opérer mais, là encore, des luttes de pouvoir atteignaient même le club des aînés dont les réunions étaient parfois houleuses.

On aurait pu penser que les enfants des deux écoles seraient à même de fédérer la population dans leurs rencontres et leurs voyages communs. Pourtant, devant le clivage qui ne manquait pas de se produire à chaque tentative de réconciliation, je finis moi-même par baisser les bras. Les enfants seuls auraient, comme tous les enfants du monde, trouvé un terrain d'entente, ne serait-ce que celui du jeu, mais la présence des parents suffisait à l'éviter.

Je ne serais pas étonné d'apprendre un jour qu'un hameau du Haut-Livradois a demandé son indépendance !

Au village de Chabreyras, rien de tout cela. Une vie paisible y coulait entre les autochtones et les familles plus récemment installées. Au bout du village vivait un vieux garçon resté seul après le décès de ses parents. Sa porte ne s'ouvrait que pour ses furtives allées et venues. On le disait taciturne. Il se parlait souvent à lui-même et ne s'adressait à son chien que pour le rabrouer. La pauvre bête était devenue aussi acariâtre que son maître. La porte tremblait à peine y avait-on toqué. Lors de ma première visite, je fus contraint de glisser ma paperasse dans une boîte aux lettres qui avait subi l'outrage des ans. Je n'eus pas à revenir, car les imprimés arrivèrent directement en mairie, sans doute déposés par un voisin de confiance.

Le « grand » Michel habitait une petite maison d'angle au milieu du village. À l'intérieur, la télévision hurlait : « Santa Barbaraaaa ! » J'arrivai à l'heure du feuilleton et, assurément, je dérangeais. Après quelques appels infructueux, je dus me résoudre à jeter un coup d'œil au carreau mais ce fut peine perdue car même la lumière peinait à le traverser. Cependant, en frappant quelques petits coups, je dus donner l'éveil. « Ouais, entrez ! » Une voix d'ogre enroué sortit de derrière la porte. Cet homme de haute taille portait bien son nom. Je serrai la main qu'il me tendit. Je crus un instant qu'elle allait rester collée à la mienne tant elle était poisseuse. Il n'était pas question de m'essuyer et je me contorsionnai pour retirer les dossiers de ma serviette. Le poste hurlait toujours, mais aucune image n'apparaissait derrière une couche de crasse déjà ancienne. Adieu la Californie et les beaux paysages de la côte Ouest ! Célibataire, deux pièces, ni salle d'eau ni toilettes : quatre croix sur un formulaire pour dépeindre un individu dans sa maison. À un âge avancé, il continuait à vivre dans cet inconfort et les bouteilles vides éparses témoignaient d'un penchant propre à marginaliser sa solitude.

Au Gillerand, il ne restait que deux exploitants agricoles. Chez Ginette et Marcel, l'accueil fut des plus chaleureux. À les écouter, une fois ces paperasses remplies, je n'avais plus qu'à m'installer à leur table. Le fumet du bouillon de poule qui sortait de la marmite en fonte m'y engageait. Mon refus poli ne fut pas accepté et, ce soir-là, je partageai le repas de ces braves gens et quelques-uns de leurs souvenirs. La vie ne les avait pas ménagés. Ginette me rapporta, bien plus tard, combien ils s'étaient sentis honorés par la présence de l'instituteur à leur table.

Entre Berme haut et Berme bas il n'y a que quelques mètres et une légère dénivellation, mais leurs habitants tiennent à ce qu'on ne confonde surtout pas leurs lieux de résidence. Une veuve et son amant qu'il ne fallait pas recenser, un vieux célibataire égrillard encore obsédé par le sexe, une vieille grand-mère seule dans sa petite maison au bout du village, tous voulaient me faire goûter ce qu'ils gardaient précieusement pour leurs rares invités : cerises ou reines-claudes à l'eau-de-vie, vin de noix ou vin d'orange. Difficile de refuser ces marques d'hospitalité ! Je me permettais seulement d'arrêter poliment une cuillerée trop généreuse ou le débit trop abondant d'une bouteille.

À la ferme du Torcy, la vie semblait s'être arrêtée au siècle dernier. J'y arrivai un soir à la nuit tombée. Ma voiture resta au bord de la route et je fis à tâtons les quelques mètres qui me séparaient de la ferme. Par endroits, j'enfonçais dans la gadoue masquée par la couche de neige. Un chien aboya tout près de moi. Il fut probablement renseigné sur mes bonnes intentions car il cessa ses avertissements et me conduisit vers les premiers bâtiments. Une faible lueur me guida vers l'entrée. Je m'annonçai. La porte s'ouvrit et, en m'excusant de déranger, j'entrai dans une grande pièce aux contours imprécis. Une ampoule éclairait faiblement le dessus de la table. Peu à peu, je distinguai un grand fourneau en fonte entouré de nombreux fagots de genêts et une grande maie contre l'un des murs. Le maître des lieux était un homme sec au long nez et aux sourcils épais. Il était encore coiffé d'une casquette qu'il ne devait quitter que pour dormir, et ses vêtements de travail luisaient par endroits. Ses sabots crottés martelaient le plancher à chacun de ses pas. L'odeur si tenace des vaches emplissait la pièce. La traite était terminée, je pouvais donc questionner. L'homme essuya la table d'un revers de manche et, malgré le faible éclairage, je parvins à compléter rapidement le formulaire. Économe en paroles, Léon était assurément un brave homme. Rassuré sur les effets d'un tel recensement, il se mit à me parler peu à peu des aléas de sa vie et de ce qu'il appela la malchance. Sa fierté, c'était cette fille qui avait réussi, les terres et les maisons qu'il avait acquises sou après sou pour ses petites-filles, et sa paire de bœufs de la race de Salers dont la puissance, la robe rouge et les cornes en forme de lyre faisaient l'admiration de tous.

Avant mon départ, il insista pour que je goûte son « Quarante-trois », une liqueur qu'il fabriquait lui-même et dont il me donna la recette. « Pauline, apportez-nous deux verres. » Mais qui était cette personne à laquelle il donnait des ordres ? Une forme bougea derrière le fourneau et je vis passer une femme presque en haillons, le visage entouré d'un fichu à la couleur indéfinissable. Pauline était la servante. Elle déposa des verres qui me parurent curieusement dépolis et regagna sa place sans un mot. Cérémonieusement, Léon me versa une rasade d'un breuvage parfumé à l'orange et titrant bien le degré que son nom annonçait. Au-dehors, la nuit me parut moins froide !

Niché au fond d'un ravin, le hameau de Pouchon ressemble à une oasis au milieu des bois. De tous les écarts, c'est assurément le plus éloigné, le plus tranquille et aussi le plus abandonné. À partir du chemin départemental qui descend du bourg de Saint-Étienne, une petite route en pente raide vient mourir dans une étroite bande de terre bordant un ruisseau à écrevisses et à braconniers.

Bien que le sachant désert à cette époque de l'année, je m'y rendis tout de même pour l'explorer. Je fis le tour des quelques maisons de pierre défiant encore le temps. Les jardinets semblaient attendre impatiemment le printemps pour reprendre leur souffle coupé par la rudesse de l'hiver. Les hampes desséchées des roses trémières avaient résisté au poids des dernières neiges. Cet endroit me donna envie d'y vivre.

À Dijoly, que la route traverse de part en part, je ne comptai que six résidents. Comme beaucoup de petits villages, sa population décuplait durant les grandes vacances. C'était là que résidait le maire, et sa mémoire prodigieuse me facilita la tâche. Il connaissait par cœur le nom de tous les propriétaires ainsi que l'agencement de chaque maison. Je rendis visite à un retraité aux allures de général qui me fit un grand discours sur la torture dans le monde. Dans la dernière maison habitée vivaient Nectoux et sa femme Maria. Là, dans l'unique pièce, je fis mes écritures à la lueur d'une bougie, car cet entêté de bonhomme avait toujours refusé l'électricité, mais aussi l'eau au robinet et le téléphone. Quelques années plus tard et peu avant leur mort, ces braves gens firent la une du journal télévisé en acceptant enfin ces branchements qui nous facilitent tant la vie. Mais Maria continua cependant à puiser l'eau du puits et le robinet resta désespérément fermé.

Il est vrai que Nectoux n'aimait pas beaucoup l'eau, lui préférant plus volontiers de bons canons de rouge qu'il montait prendre au bourg dans le bistrot de

Toinou. En le voyant quitter la maison, Maria devinait toujours son irrésistible attrait et elle essayait de le retenir pour éviter le triste état dans lequel il rentrerait « à point d'heure ». Elle lui emboîtait le pas, commençait à gravir la côte derrière lui, puis lassée et impuissante à raisonner cet entêté de mari, les larmes aux yeux, elle rebroussait chemin.

On sait combien le traître alcool a ce pouvoir de libérer la parole. Les bras au ciel, planté au milieu du carrefour près de la bascule, en manches de chemise malgré la morsure du froid, il invectivait, puis s'arrêtait un instant pour écouter sa voix que lui renvoyait l'écho sorti du bois de la Garde. Invariablement, il aimait ainsi s'entendre proclamer : « J'emmerde la République et les gendarmes ! »

Avant de rentrer, au risque de se rompre le cou sur la route gelée, l'envie lui prit un jour de faire une visite à l'école. Il s'annonça en tambourinant à grands coups sur la porte qui en garda longtemps les traces. Avant que j'aie pu prononcer une quelconque invitation, il déboula comme une tornade au milieu de la classe, vociférant et faisant des moulinets avec sa canne. Les enfants, effrayés, s'aplatirent sur leur table en se protégeant la tête. En me dirigeant calmement vers lui, j'essayai de l'exhorter à la prudence, mais comme je lui demandais de bien vouloir sortir, il refusa catégoriquement par un « J'y suis, j'y reste ! » qui ne souffrait aucune réplique. Je l'invitai alors à s'asseoir à mon bureau. Ce geste eut l'air de l'étonner et le déstabilisa. Cependant, il accepta et, les deux mains sur sa canne, soudain calmé, il se mit à dévisager les enfants. Ceux-ci retrouvèrent le sourire devant l'homme qui venait de leur faire une belle frayeur. Je profitai de l'accalmie pour téléphoner au maire et lui demander de venir récupérer son voisin. Vinrent aussitôt à sa place son épouse et sa fille pour subir à leur tour les caprices de l'ivrogne, assortis de quelques paroles désagréables et peu convenables pour les oreilles de mes élèves. Il finit cependant par accepter de rentrer.

Le 1er mai 1983, je commençai mon travail à la mairie. Un comble ! Mais à Saint-Étienne-sur-Usson on respectait peu les dates des jours fériés, des armistices, des victoires et des fêtes nationales. Habituellement, on célébrait souvent les événements le dimanche suivant. C'était plus pratique pour réunir tous les conseillers et la population qui, pourtant, ne se pressait pas en nombre autour du monument aux morts.

Le conseil était au complet, l'opposition bien en place, prête à contredire les décisions prises par les fidèles du maire.

« L'an mil neuf cent quatre-vingt-trois, à neuf heures, dans la salle de la mairie, s'est réuni le conseil municipal de Saint-Étienne-sur-Usson, sous la présidence de Louis Chassagne, maire. » Ainsi commencèrent tous les comptes rendus de séance que je transcrivis durant dix-huit ans, à raison d'un conseil tous les deux mois environ. L'envie me démangeait parfois de remplacer « présidence » par « gouvernement », car on n'était pas loin d'une certaine réalité.

Comme après tous les changements qui surviennent à la suite des élections, qu'elles soient présidentielles, législatives ou municipales, on s'apprêtait alors dans cette commune du Livradois à faire souffler le vent du renouveau. Le maire faisait ses débuts et moi-même je venais de me lancer dans une aventure que j'aurais voulue des plus paisible. L'urgence de faire réparer le plafond de la salle commune, qui menaçait de s'effondrer à tout moment, et celle de s'équiper de classeurs métalliques pour rendre un peu de dignité aux paperasses communales furent consignées dans le registre, ce jour-là, immédiatement après mon procès-verbal d'installation. Les discussions portèrent ensuite sur mon horaire de travail au secrétariat. Sur les dix-huit heures qui m'étaient allouées, je devrais, comme c'était la règle, en consacrer au moins un tiers à l'ouverture au public. Avant mon arrivée, la mairie était ouverte tous les dimanches matin et je dus m'imposer pour préserver ce repos dominical. En contrepartie, j'acceptai le lundi après la classe, le mercredi matin et le samedi après-midi. À l'exception de trois ou quatre d'entre eux, la grande majorité des conseillers était composée d'hommes d'âge mûr. Le maire faisait partie de ceux-là. Jusqu'alors, il avait été premier adjoint, dans l'ombre du premier magistrat de la commune qui ne déléguait aucune de ses fonctions. Il assurait seulement une permanence dans la semaine, faisant en quelque sorte acte de présence, et n'avait même pas le droit de dépouiller le courrier. La roue que la population venait de faire tourner aux dernières élections du mois de mars inversait les rôles. Il va sans dire que l'animosité fut au rendez-vous durant les six ans de ce premier mandat. Impartial et souvent amusé, je ne fus jamais témoin d'affrontements brutaux en paroles ou en actes, mais bien davantage de luttes silencieuses, reptiliennes.

Les délibérations étaient souvent contestées après coup et, bien que n'ayant pas droit à la parole durant les séances, je pris la précaution de faire procéder à un vote, au moins à main levée, au risque de déplaire à la majorité en place. C'était aussi une façon d'obliger les conseillers à prendre leurs responsabilités en exprimant ouvertement leur opinion, et de forcer certains à sortir de leur confortable passivité. Le procès-verbal de réunion que je rédigeais au fur et à mesure était signé avant de lever la séance.

Certains se voulaient impressionnants et comptaient sur leur stature, leur embonpoint ou leur grande gueule. Leur tenue, jambes écartées, bras croisés entre des pectoraux devenus pendards et un ventre bedonnant, révélait un désir certain d'en imposer. D'autres se contentaient d'écouter distraitement, visitant de temps en temps leur nez ou leurs oreilles d'un index ou d'un auriculaire désœuvrés.

M. Cayre n'avait rien de commun avec les autres conseillers. C'était un homme droit et son honnêteté ne faisait aucun doute. Durant les séances, sa capacité d'écoute et le respect de l'autre l'opposaient souvent à ceux qui parlaient pour ne rien dire en coupant la parole à leurs confrères. Il savait attendre la fin des palabres pour donner son avis avec un calme que beaucoup auraient pu lui envier. Incapables qu'ils étaient d'agir avec la même sagesse, certains le disaient dissimulé. Il n'en était rien. Bien au contraire, il exprimait courageusement ses opinions dans un total respect de celles des autres.

Sans doute parce qu'il n'avait pas eu le bonheur d'être père, cet homme adorait les enfants. C'était un ami de l'école. Sa capacité à résoudre le moindre problème matériel et son profond désintéressement le rendaient précieux. Depuis les premiers jours de mon installation, et comprenant que je ne me satisferais pas longtemps de l'inconfort dans lequel je travaillais quotidiennement, il n'avait cessé de m'apporter son aide sans jamais cependant devancer mes demandes. Un mètre à ruban et un petit carnet à spirale tenant en laisse un court crayon gris impeccablement pointé sortaient de sa poche dès que j'avançais l'idée de faire quelques rayonnages supplémentaires ou un indispensable meuble-bibliothèque. Dès la sortie des enfants, il se mettait au travail, repartait chez lui manger un morceau, puis reprenait son ouvrage. Enfin satisfait d'avoir honoré sa promesse, il quittait l'école, tard dans la nuit.

Il me rappelait ce père que je venais de perdre. Bien que de plus petite taille, il avait cette même stature, cette force qu'on ne soupçonne pas. Les traits de son visage me laissaient parfois songeur et je ne pouvais m'empêcher de trouver des ressemblances avec celui que désormais je ne pouvais plus que visualiser. Lui aussi donnait sans compter et j'enrageais de voir ceux qui profitaient de lui le critiquer à peine venait-il de leur rendre service.

Mon emploi de secrétaire de mairie m'apporta, assurément, un surcroît de travail. Adieu aux mercredis et aux samedis amputés d'une demi-journée, et bonjour aux nuits trop courtes et aux dimanches derrière les bureaux pour préparer un budget, établir les bulletins de salaire ou préparer les plannings de la semaine scolaire ! J'avais, cependant, l'avantage d'être présent au moment où mes demandes concernant tantôt les travaux à réaliser à l'école, tantôt l'achat de matériel pédagogique ou de fournitures arrivaient devant le conseil municipal. Je pouvais, à ce moment-là, expliquer le bien-fondé des frais à engager. Mais rien ne pouvait m'énerver autant que d'entendre de la part du maire ou d'un conseiller : « Est-ce que vous en avez réellement besoin ? » Au pays de « Un sou, c'est un sou », la question pouvait paraître évidente mais j'avais déjà entendu ça au pays des vignerons. Certes, un budget est un budget et on ne peut pas lui demander d'être élastique à souhait. Pourquoi, alors, ne pas le prévoir suffisant afin d'éviter à ceux qui ont en charge l'éducation des hommes de demain d'être toujours en train de mendier des crédits ou des postes budgétaires ?

Invariablement, j'avais gain de cause mais je dus souvent « sur la cognée remettre mon ouvrage » !

Sous la houlette du maire, la nouvelle municipalité tint ses promesses en matière de rénovations, à commencer par mon logement de fonction qui fut entièrement remis à neuf. Ce fut ensuite au tour de la mairie et de l'école de connaître les grands travaux.

Nous étions enfin dans un local réhabilité. Un faux plafond permit de récupérer quelques précieux degrés durant les mois d'hiver. Un beau linoléum recouvrit le vieux plancher et les bruits s'en trouvèrent assourdis. Le rouleau en main, avec l'aide de l'infatigable M. Cayre, je recouvris murs, portes et fenêtres de deux couches successives de blanc cassé pour ne plus voir les horribles peintures verte et marron. De nouveaux rayonnages furent fabriqués et peints sur place. Une moquette et deux petites banquettes confortables ajoutèrent au confort du coin bibliothèque qui devint le lieu de prédilection des petits. Certains s'y endormaient fréquemment, le nez dans leur livre. La classe devint claire, agréable et encore plus fonctionnelle. Je m'y sentais comme chez moi. C'est à cette époque qu'arrivèrent les tortues qui, vingt ans plus tard, deviendraient les stars d'un film et feraient le tour du monde !

La fête de Noël se déroulait habituellement dans la salle des fêtes tout près de l'école. La population était invitée au spectacle que nous donnions avant la traditionnelle distribution des cadeaux. Durant plus d'une heure, les enfants se succédaient sur la scène pour réciter, chanter et jouer la comédie devant un public attendri et amusé du trac ou des mimiques des acteurs. Cette année-là, les élèves et leurs parents inaugurèrent ce qui devait devenir une tradition : la « surprise pour le maître ». Ce cadeau qu'ils me faisaient et qu'ils avaient préparé en secret depuis des jours était souvent l'occasion d'une petite mise en scène agrémentée de chansons et de poèmes. Quelques vers composés avec le cœur pour me dire ce bonheur de vivre ensemble :

Nous avons de la chance.

Merci, maître, d'être là,
Merci, de vos attentions,
Merci, de réussir
À sortir de l'ennui
Nos esprits endormis.

De nous apprendre à compter,
À écrire, à lire
Mais aussi à comprendre
Ce qui est écrit
Dans le cœur d'un ami ;

Ce n'est pas pour faire de l'éloquence.
Pourtant on le pense :
Avec vous
On apprend en confiance,
On apprend ce qu'est l'école
Et on apprend aussi la vie.

Merci pour ces après-midi
Où, mine de rien,
En nous donnant la main,
En nous encourageant,
Ce n'est pas l'école buissonnière
[que nous faisons.
Tant de choses, nous apprenons,
Et souvent notre cœur nous vous ouvrons.

Merci pour nos émerveillements,
Merci de nous guider si magistralement,
Merci de votre présence,
Nous avons de la chance.

Gwenn arriva parmi nous au mois de janvier 1997. Il venait de Liège, en Belgique. Ses parents avaient emménagé dans leur nouvelle maison au hameau de Chabanol. En ce jour de rentrée, après les vacances de Noël, la neige venait de tomber et il gelait fort. Je le vois encore arriver dans la cour, les joues rougies par le froid et le bonnet enfoncé jusqu'aux oreilles.

Ses camarades l'adoptèrent très vite et lui ne tarda pas non plus à s'intégrer. Naturellement porté à rendre service, il était toujours prêt à résoudre les problèmes des autres. En entrant au cours moyen première année, il devint l'ami et surtout le complice de Létitia et, bien plus d'une fois, je fis semblant de ne pas remarquer leurs fous rires. Les petits l'adoraient et, parmi eux, ses filleuls prenaient, avec un tel parrain, des airs de privilégiés.

Gwenn faisait souvent preuve d'initiative. Ainsi, peu après son arrivée, il me proposa un exposé sur la Belgique et Liège, sa ville natale. À aucun moment il ne me demanda de l'aide et, le jour de sa présentation, assis au milieu de mes élèves, j'eus l'impression qu'un instituteur remplaçant était en train de dispenser un cours d'histoire et de géographie.

Sans doute à cause de sa tendance à l'embonpoint, certains garçons de la classe commencèrent à se moquer de lui, en dehors de l'école et dans le car de ramassage. Il mit longtemps à m'en parler. C'est une dispute dans la cour qui me donna l'éveil et aussi l'occasion d'évoquer la méchanceté gratuite et l'intolérance autour de la table de réunion. Néanmoins, Gwenn avait effectivement besoin de surveiller son poids car sa santé s'en ressentait. En discutant avec ses parents, je sus qu'ils s'en préoccupaient beaucoup, mais je compris aussi la vraie difficulté à faire suivre un régime à un enfant.

Aide-éducatrice, Catherine est arrivée dans la classe au mois de mars 1998. Parmi d'autres candidats, elle s'était présentée devant notre jury composé de l'inspecteur et de mes collègues directeurs des écoles voisines. Après bien des délibérations, notre choix s'était finalement porté sur elle. Certains l'avaient trouvée, à tort, un peu trop sûre d'elle-même. En ce qui me concerne, j'avais senti chez elle une grande disponibilité, le désir farouche de s'investir dans cette charge et surtout l'amour des enfants. Brune, plutôt menue et de taille moyenne, Catherine cachait une grande timidité derrière un air espiègle.

Les enfants l'adoptèrent dès son arrivée et ce fut aussi le début d'une grande complicité entre nous. Sa présence une journée et demie par semaine apportait encore plus de vie à notre groupe. Plutôt que de la reléguer au fond en lui imposant des tâches rébarbatives et peu gratifiantes de découpage et de collage, je décidai de lui confier les enfants pour des activités plus formatrices et enrichissantes pour elle. Ainsi, elle entreprit, avec toute la classe, l'écriture d'un conte merveilleux, *Les Prisonniers de Zelleca*, qui fut ensuite intégré à notre site internet. Elle m'apporta aussi son aide précieuse dans la réalisation de nos spectacles de Noël et de ceux de fin d'année, qui furent des réussites. Les cours d'anglais, habituellement dispensés à l'école voisine, ne pouvant accepter que mes élèves de cours moyen deuxième année, Catherine se chargea de cet enseignement pour toute la classe. Au cours des récréations, nous avions de grandes discussions sur notre vie personnelle et sur les derniers événements survenus dans la contrée.

Un sympathique paysan des Landes nous l'enleva à la fin de l'année scolaire suivante. Elle nous manqua beaucoup, étant donné les liens d'affection que nous avions tissés et qui, heureusement, perdurent.

Tatiana eut la lourde tâche de la remplacer. C'est surtout des plus jeunes qu'elle préférait s'occuper lorsqu'elle venait chez nous. J'en étais heureux car les petits dans une classe unique sont, il faut le dire, un peu délaissés à certains moments de la journée. Son aide permit de les intéresser à des activités plus proches de celles pratiquées dans une école maternelle. Grande, blonde, d'allure sportive, Tatiana revendiquait fièrement ses origines yougoslaves. D'un caractère entier, elle avait en horreur la stupidité des gens et la propension de certains à critiquer celui qui venait à peine de tourner le dos, surtout quand les remarques émanaient de profs. Comment peut-on, en effet, parler de tolérance aux enfants quand on est capable soi-même de jeter la pierre à autrui ?

Le 22 octobre 1999, le jour de mes cinquante-trois ans, je fêtai mon anniversaire avec ma dernière inspection. C'était sans doute un heureux présage pour l'instituteur que j'étais encore. Philippe Léotoing était à l'heure. Dans son costume noir, chemise gris anthracite et cravate mauve, la serviette à la main, il poussa la délicatesse jusqu'à entrer dans la classe après le dernier de mes élèves. Un peu comme un grand qui revient pour un dernier cours, il déballa soigneusement ses affaires sur un coin de table, près des ordinateurs.

Lors de la première visite de courtoisie qu'il nous avait faite, au moment de son installation dans la circonscription, j'avais tout d'abord cru voir arriver l'un des nombreux représentants qui, tout au long de l'année, nous proposaient leurs dernières nouveautés en matière de livres et de matériel didactique. J'appréhendais déjà de perdre une partie du précieux temps que je consacrais habituellement aux corrections des travaux d'élèves et à la préparation des activités du lendemain. En me serrant la main, il avait décliné ses nom et prénom mais je n'avais fait, alors, aucun lien avec le signataire de la circulaire de rentrée. Juste avant la sortie, les enfants se consacraient, sans que j'aie à intervenir, au nettoyage quotidien et au rangement de leur lieu de travail. Comme dans une fourmilière, chacun allait et venait, un chiffon, une éponge ou un balai à la main, entre la salle et le couloir. Lui s'écartait en s'excusant pour laisser le passage à celui qui emportait la poubelle ou à celle qui se chargeait d'arroser les plantes. Le sourire aux lèvres sous sa grosse moustache brune, il visitait la classe, s'attardant devant les aquariums, la bibliothèque et le coin informatique. Leurs tâches terminées, les enfants regagnèrent leur place pour l'habituel retour au calme avant la sortie. Après leur départ, nous avions parlé à bâtons rompus de la classe unique et des regroupements pédagogiques liés aux effectifs en diminution un peu partout en zone rurale. Je m'étais alors rendu compte que j'avais affaire à l'inspecteur et, comme je m'excusais de l'avoir accueilli dans cette « tornade blanche » de fin de journée, il avait eu ces mots justes : « C'est cela aussi, la vie d'une classe. »

Pour sa deuxième visite, il entrait, cette fois-ci, dans la vie studieuse de la classe. Nullement gênés par sa présence, les uns et les autres se consacrèrent à leur travail habituel. De temps en temps, les petits allaient le voir puis retournaient à leurs activités. En le voyant rire, je me demandai ce que Létitia pouvait lui avoir dit à l'oreille. Il me confia avant son départ qu'elle lui avait demandé : « Tu restes avec nous, cet après-midi ? » Ce n'était certes pas habituel et, moi-même, je n'y aurais vu aucun inconvénient majeur, mais je pensai aux mines réjouies de certains de mes collègues en voyant l'inspecteur s'installer chez eux jusqu'à la fin de la journée. Pour m'amuser un peu, je lui proposai de rester au moins pour faire plaisir à Létitia. D'abord, il éclata de rire puis, plus gravement, ajouta : « On se sent tellement bien dans cette classe qu'on a du mal à s'en aller. »

Les rapports d'inspection restent souvent très secrets. Ils rejoignent les archives administratives des inspections académiques et un cahier personnel dans lequel chaque enseignant les consigne tout au long de sa carrière. Ils deviennent ainsi un portrait et un miroir. Au bout de toutes ces heures d'école, en relisant ce cahier qui se parchemine, je me suis vu grandir, progresser, m'affirmer, être.

Huit portes ouvertes dans mes classes, huit visites impromptues puis annoncées, six inspecteurs perspicaces et pleins d'humanité, six rencontres constructives.

Ces ponctuations dans une vie d'instituteur, évaluations assorties d'une note administrative après laquelle, cependant, je ne courus jamais, reflètent notre personnalité et parlent de nos qualités pédagogiques, relationnelles et surtout humaines. Être un as de la pédagogie ne sert qu'à essayer de faire de bons élèves, des têtes bien pleines. Mais tout enfant a besoin aussi qu'on l'éduque pour développer sa personne, l'amener à maturité, le préparer à la vie sociale et lui permettre de trouver un chemin de bonheur.

Le rapport que je reçus le mois suivant disait clairement qu'il serait le dernier et parlait – puis-je le dire sans être soupçonné d'autosatisfaction ? – d'un havre de paix, de quiétude et d'enrichissement culturel, d'enfants travaillant en totale autonomie qui s'adapteraient bien au collège dès l'année suivante. Il était aussi question d'une réflexion approfondie, de la maîtrise de la classe unique et des contenus, d'un climat de sérénité favorable aux apprentissages. Plus loin, il s'agissait de ma grande disponibilité et de mon tempérament calme et patient, et, surtout, de la confiance réciproque sur laquelle reposait ma relation avec les enfants. Enfin, écrivait-il, ma classe constituait un site privilégié pour la formation des professeurs des écoles lors des stages de pratique accompagnée.

Cela ressemblait à un rêve de débutant alors que j'allais bientôt terminer ma carrière. En guise d'épilogue, j'ajoutai ces deux pages à mon cahier de maître d'école, ce registre couramment appelé « cahier de rapports ».

Au mois de mai 2000, une lettre portant l'en-tête du rectorat évoquait les palmes académiques. Je crus d'abord à une erreur de secrétariat. Je n'avais pas entendu parler de palmes académiques depuis la lecture des livres de Marcel Pagnol. Pourtant, c'était bien à moi que cette missive s'adressait. On allait me remettre une décoration pour services rendus à l'Éducation nationale. Avant de pénétrer au jour et à l'heure indiqués dans les salons de la préfecture, je me rendis à la trésorerie principale de Clermont-Ferrand retirer ma décoration : deux palmes argentées, entrecroisées et suspendues à un ruban violet. Trop crédule, je pensai que la République m'offrait cette médaille, mais j'aurais dû me douter qu'on n'entre jamais au Trésor public pour recevoir un cadeau ! Il faut se l'offrir soi-même, et je réglai le mien avec un chèque de trois cent quatre-vingts francs. Après la cérémonie, dès mon retour à Saint-Étienne-sur-Usson, mes palmes retrouvèrent leur écrin.

9

Que pouvais-je espérer de mieux à deux ans de ma retraite ? Je vivais tranquille loin des routes, des villes et des foules. Les marques de reconnaissance que m'avaient prodiguées les enfants, leurs parents et l'institution elle-même ne laissaient plus de place aux doutes et aux hésitations qui, de loin en loin, m'avaient perturbé. Les choses étaient sûres. L'amour de ce métier restait intact comme au premier jour. J'avais réussi à maintenir une relation équilibrée avec les élèves et de bons rapports avec leurs familles. Bien à ma place comme l'un des rouages d'une mécanique bien huilée, j'éprouvais, enfin, un merveilleux sentiment de plénitude.

Pourtant, l'année 2000 ne ressemblerait décidément à aucune autre. La lettre que l'inspecteur me remit le 22 octobre, à l'issue d'une réunion à Ambert, resta sur ma table jusqu'au matin. Ce n'était pas dans mes habitudes. D'ordinaire, j'ouvrais immédiatement le courrier pour y répondre le plus rapidement possible. Cette enveloppe avait un parfum de mystère. À l'intérieur, le premier feuillet d'une télécopie émanant du secrétariat de l'inspecteur adjoint auprès de l'inspecteur d'académie s'adressait aux inspecteurs chargés d'une circonscription du premier degré. L'objet en était la préparation d'un long métrage documentaire sur la vie quotidienne d'une classe unique. L'inspecteur d'académie avait déjà donné son accord au projet et demandait qu'on lui fasse connaître l'école ou les écoles à classe unique répondant aux critères définis dans la note du réalisateur jointe en annexe.

Nicolas Philibert, réalisateur d'au moins deux documentaires, recherchait une classe unique qui pourrait accueillir son projet et en serait partie prenante. Afin de pouvoir raconter le quotidien d'une telle structure scolaire, ses difficultés, ses joies, et cela sur une longue période, il souhaitait une classe comportant un effectif réduit de huit ou dix élèves, de façon à permettre aux spectateurs d'identifier assez vite chaque enfant, mais aussi pour que l'enseignant, comme lui-même, ne se sente pas trop débordé ! L'éventail des âges devait y être le plus large possible, de la petite section au cours moyen deuxième année, pour le climat et le charme évident qui émanent de ces communautés hétérogènes, ainsi que pour le travail si particulier qu'elles exigent de la part d'un instituteur. Ce dernier serait une « belle personne » et aurait avec le réalisateur des atomes crochus car le projet devait reposer sur une relation de confiance mutuelle. L'apprentissage de la lecture étant une donnée constitutive du film, la présence d'au moins un enfant de cours préparatoire lui était indispensable. Les derniers de ses souhaits concernaient le village, qui devait être joli, et la classe aussi lumineuse que possible.

Le tournage de son film, provisoirement intitulé *Être*

et Avoir, s'étalerait sur toute l'année scolaire, à raison de deux ou trois semaines par trimestre, et devrait pouvoir commencer courant novembre – ce qui, selon lui, donnait à ses recherches un caractère d'urgence. Suivaient quelques précisions, disons, publicitaires, vantant les mérites des coproducteurs et sa profonde connivence avec eux. Finalement, il précisait que, par la voix du chargé de mission du ministre, il venait d'apprendre l'intérêt tout particulier que le ministre de l'Éducation portait à ce film et du soutien financier qu'il envisageait.

Dans la matinée, Philippe Léotoing m'appela pour me demander de lui donner une réponse dans les deux jours de façon à pouvoir éventuellement autoriser le réalisateur à nous rendre visite. Je relus les trois feuilles plusieurs fois dans la journée et le soir, après la fin de la classe, assis à ma table, je les relus encore. Notre école correspondait à coup sûr au profil souhaité, à une exception près : comment savoir si j'étais une « belle personne » ? Pourquoi accepter un tel projet à moins de deux ans de ma retraite ? Que ferait-on de ce film ? Irait-il rejoindre les archives du CNDP pour être utilisé à des fins pédagogiques ? Pourrai-je supporter d'être filmé, moi qui acceptais si difficilement d'être photographié ? Comment réagiraient les enfants devant une caméra et toute une équipe de tournage ? Ces questions m'assaillirent toute la soirée et j'eus du mal à trouver le sommeil. Je craignais par-dessus tout que notre vie paisible soit perturbée et que nous soyons gênés dans notre travail.

Le lendemain, vers onze heures, Nicolas Philibert était au bout du fil. Il me disait pouvoir être à l'école vers quatorze heures, si j'acceptais de le recevoir.

Visiblement, il n'avait pas attendu que je donne ma réponse. L'urgence dont il parlait dans sa lettre était donc bien réelle.

À peine entré dans la classe, il eut un sourire ébahi. Il regardait partout et semblait s'imprégner du lieu et de l'atmosphère dans laquelle il évoluait, silencieux. Je continuai à m'occuper de mes élèves en oubliant ce petit bonhomme échevelé, aux allures de randonneur et aux yeux écarquillés.

Il se passe toujours quelque chose chez les petits. Le plus souvent, c'est une dispute à cause d'une gomme empruntée trop cavalièrement ou d'un dessin trop beau qui vient d'être gribouillé de jalousie. Les petits sont capables de s'aimer et de se détester dans la minute qui suit. Chez eux, les couples d'amoureux se font et se défont à une allure que leur envieraient les habitués de Las Vegas. J'étais auprès d'eux pour régler l'un de ces différends quand le réalisateur, visiblement intéressé par mon intervention, me demanda s'il pouvait utiliser sa petite caméra DV. Habitués à celle que j'utilisais de temps en temps pour les filmer en classe ou dans nos sorties, les enfants ne prêtèrent pas grande attention à ce gros œil, qui se mit à les regarder au ras de leurs tables comme un chat guettant un ballet de souriceaux. À plusieurs reprises, je me surpris moi-même à retirer subrepticement un pot à crayons qui entrait dans le champ de la caméra ou à retenir à temps un enfant qui allait traverser au mauvais moment. Nicolas Philibert me raconta, plus tard, combien il avait apprécié ces attentions lors de ce premier contact.

Après le départ des élèves, j'appris que, sur les trois cents classes uniques qu'il avait contactées, il en avait visité cent vingt et il ne lui en restait plus que deux à voir. Après cinq mois de recherches, dans les Cévennes, l'Aveyron, la Lozère, la Haute-Loire et le Puy-de-Dôme, il allait mettre fin à ses pérégrinations et s'apprêtait à rentrer bredouille à Paris, désolé de ne pas avoir trouvé la classe qui correspondait aux critères qu'il s'était fixés. Ici ou là, le trop grand nombre d'enfants ou au contraire un effectif trop réduit, des enfants entassés dans un espace minuscule, une institutrice enceinte qui partirait en congé en cours d'année, un instituteur trop « copain » avec ses élèves ou encore un chantier près de l'école compromettaient l'idée même du tournage.

En l'écoutant parler, je me rendis compte que tout ce qu'il recherchait était possible chez nous. Je lui avouai cependant que je venais d'avoir cinquante-cinq ans et que sans doute un instituteur plus jeune conviendrait mieux. De plus, même si je recevais de futurs enseignants en stage, je ne me prenais pas pour un modèle et encore moins pour un éminent pédagogue. Pour moi, la pédagogie se construisait au jour le jour, avec mes élèves et, après trente-cinq ans de métier, perpétuellement insatisfait, j'adaptais encore mon enseignement. D'ailleurs, il ne devait pas s'attendre à me voir utiliser telle ou telle méthode préconisée par l'Éducation nationale, car il y avait bien longtemps que j'avais forgé les miennes, directement liées aux besoins des élèves et à leurs possibilités, ainsi qu'aux buts à atteindre.

Certes, il ne voulait pas examiner à la loupe ma manière d'enseigner le calcul ou le français, mais il me prévint qu'il ferait de moi le pivot, le centre de gravité du documentaire, et que je serais constamment sous l'œil de la caméra.

Je me sentais en confiance et prêt à donner mon accord. Mais, si nous devions être exposés, je tenais par-dessus tout à ce que ce film traduise le bonheur de grandir ensemble, dans une structure que l'on s'acharne à vouloir faire disparaître au profit de regroupements dits pédagogiques plus ou moins arbitraires. Il me semblait important qu'on y parle de confiance et de respect mutuel ; que l'autorité nécessaire à la vie scolaire y soit montrée comme émanant d'une volonté d'être cadrant, car je suis convaincu depuis toujours que plus les bornes sont claires, plus grande est la liberté. Plus mouvantes, elles sont déstabilisantes ; trop proches, elles conduisent à la transgression. Des élèves vivant dans un espace limité avec une totale liberté, voilà ce que j'aurais voulu montrer moi-même parce que je le vivais au quotidien depuis des années.

Ce projet me séduisait. On a parfois envie de faire savoir au monde qu'on est heureux. Je devais, cependant, avant tout réunir les parents pour leur parler de ce projet avant de pouvoir m'engager. Le délai de quarante-huit heures que je lui proposai sembla satisfaire Nicolas Philibert.

Les parents me renouvelèrent leur confiance. Puis, peut-être à cause de la relation que nous entretenions, ils s'inquiétèrent pour moi. Un tournage aussi long serait sans doute perturbant et occasionnerait un surcroît de travail. L'une se demandait si j'arriverais à boucler mon programme, l'autre s'inquiétait de la présence continuelle et peut-être trop difficile à subir d'une équipe durant une année entière. Les parents en oubliaient leurs enfants, alors que c'était surtout à eux qu'il fallait penser. Ils ne savaient pas trop comment ils pourraient se rendre utiles, mais je pouvais compter sur eux. Connaissant le caractère entier de certains, je n'en doutai pas une seconde.

Le lendemain, enfin soulagé, le réalisateur devait commencer à rêver. Il partit à Santiago du Chili le cœur léger. Sa lettre trahissait une exaltation à peine contenue.

Courant novembre, les quatre membres de l'équipe et le producteur firent connaissance avec les familles, au cours d'une rencontre à laquelle fut convié l'inspecteur de la circonscription. Nicolas Philibert présenta son projet de documentaire pour lequel il avait obtenu l'aval de l'Éducation nationale. Les contours en étaient mal définis. D'entrée de jeu, il annonça que leurs enfants ne seraient ni filmés à part égale ni montrés dans les situations les plus gratifiantes. Sinon, il ne pouvait y avoir de film, du moins pas d'histoire. Je compris mal pourquoi il exposait cette condition et je parierais que les parents ne le comprirent pas davantage. Il anticipa ensuite sur la question du montage en disant qu'il faudrait inévitablement, le moment venu, sacrifier des scènes parmi des heures et des heures de rushes. Il souhaitait probablement affirmer la subjectivité de son regard et de ses futurs choix. Le producteur du film, avec son air bon enfant, se voulait rassurant et se borna à indiquer, puisque c'était son rôle, que chaque famille devrait signer une autorisation et que, bien évidemment, le refus d'un seul des parents compromettrait le tournage.

Je reçus les autorisations à distribuer aux parents qui les renvoyèrent eux-mêmes au producteur. Ce dernier, de son côté, s'était engagé à les transmettre à l'inspection académique qui, dans sa lettre, rappelait les dispositions des circulaires du 3 juillet 1967 et du 10 décembre 1976 : « Il ne saurait être toléré en aucun cas et en aucune manière que maîtres et élèves servent directement ou indirectement à quelque publicité commerciale que ce soit. » Je m'étonne encore aujourd'hui que réalisateur, producteurs et distributeur aient transgressé la règle et que l'autorité compétente ne l'ait pas fait respecter. En ce qui me concerne, je ne signai aucune autorisation ni aucune renonciation à mes droits de propriété littéraire et artistique, droits à l'image, au nom et à la voix.

Nicolas Philibert, Kristel son chef opérateur, Julian le preneur de son et Hugo, responsable de la pellicule, arrivèrent au début du mois de décembre dans une classe dont on avait dû changer l'aspect pour les besoins du tournage. L'arbre qui trônait au milieu de la classe, au bord du coin lecture, fut relégué contre un mur pour faciliter l'évolution de la perche du preneur de son et laisser le champ libre à la caméra. C'était un petit arbre sec qu'une vigne vierge avait colonisé d'année en année. Les élèves l'avaient garni de mésanges charbonnières, de pinsons, de bouvreuils et de verdiers en pâte à papier, qu'ils avaient installés dans de vrais nids trouvés dans le bois tout proche. Désormais il ne fut plus question de changer la disposition des bureaux comme nous le faisions régulièrement, une fois par mois environ, pour rompre la monotonie et permettre aux petits, sujets à la bougeotte, de mieux s'approprier l'espace. Le premier jour, chacun des membres de l'équipe prit le temps de bien expliquer à quoi servaient tous leurs appareils, depuis la caméra, dont le gros œil impressionnait les petits, en passant par les objectifs, la cellule, le pied, la perche et le magnéto. Chacun put manipuler le zoom, mettre le casque et regarder dans le viseur. Leur curiosité satisfaite, les enfants regagnèrent leur place et le travail commença. La discrétion dont firent preuve nos hôtes dès cette première journée me rassura, car je craignais que leurs va-et-vient ne perturbent les élèves.

La caméra restait en permanence dans la classe, toujours prête à intervenir. À compter de ce jour et jusqu'à la fin du tournage, je fus équipé d'un micro HF bien dissimulé sous mes vêtements. Je dus aussi m'habituer à ne pas provoquer trop de bruits parasites ; les oreilles de Julian doivent se souvenir encore des horribles grincements que je leur infligeais en vissant et dévissant machinalement mon gros feutre à tableau. C'est souvent par le regard que je communiquais avec l'équipe afin d'éviter l'enregistrement de mes paroles lorsque je sentais que la prise ne serait pas bonne ou quand, au contraire, quelque chose d'intéressant se passait dans un autre coin de la classe. Peu à peu, j'apprendrais à repérer les mouvements de la caméra et, au bout de quelques mois, je finirais même par deviner sa présence où qu'elle fût.

Habituellement, l'équipe arrivait aux alentours de huit heures trente. Au cours d'un rapide briefing avant l'arrivée des enfants, je remettais à Nicolas un double de ma grille de travail, ce qui lui permettait de repérer à l'avance les séquences qui pourraient l'intéresser. Le soir, nous prenions aussi le temps de reparler des images tournées dans la journée et des séquences réussies ou ratées.

Axel, élève du cours préparatoire, fut pressenti dès les premiers jours comme une figure importante du film. Il correspondait aux critères du réalisateur qui voulait montrer un enfant en train d'apprendre à lire, mais c'était sans compter avec une timidité soudaine qui poussa Axel à se cacher de la caméra. C'est Johan, qu'il fallut convaincre de se laisser appeler Jojo pour les besoins du film, qui prit la relève. Il entra désormais sous la surveillance de la caméra qui ne devait plus le lâcher jusqu'à la fin. Inénarrable Jojo dont les bêtises furent happées au vol et dont certaines furent immortalisées sur la pellicule. Avec lui, l'une de ses narines pouvait vite devenir un porte-crayon improvisé et lui donner l'air d'un morse qui vient de perdre une défense. Ajouter subrepticement un gribouillage en guise de signature au bas du dessin de l'un de ses camarades ne lui posait aucun problème de conscience et il pouvait même s'étonner de l'indignation de ses victimes.

Le clan des petits était très sollicité en ma présence mais surtout dans les moments où je les quittais pour m'occuper des autres élèves. Les aînés, eux, ressentaient davantage la caméra et Jonathan y était particulièrement allergique. Il se mettait ostensiblement en retrait ou lançait des propos incongrus pendant les prises. Mais pouvait-on lui en vouloir de manifester ainsi la gêne qu'il ressentait ?

De temps à autre, c'est dans l'exercice de mes fonctions de secrétaire de mairie que j'étais sous l'œil de la caméra, tantôt travaillant à mon bureau, tantôt conversant avec le public pendant les heures d'ouverture. J'indiquai au réalisateur quelques personnes qui pourraient convenir pour de belles images. Je fus heureux de pouvoir tourner une scène avec Émilie, l'une de mes premières élèves. Le maire en profitait pour passer et repasser devant la caméra afin d'être filmé à tout prix. J'imagine sa déception lorsqu'il s'aperçut qu'il n'apparaissait à aucun moment dans le film. Il en fut sans doute de même pour cet agriculteur qui fit preuve d'une extraordinaire patience devant l'équipe en faisant dix fois au moins, sur son tracteur, le trajet du hameau de Genestine au bourg.

Ainsi, en période de tournage, il régnait une certaine effervescence dans la commune. Certains s'attendaient à être filmés d'un jour à l'autre. D'autres s'éclipsaient dès qu'ils voyaient poindre la perche du preneur de son. Un autre, sans doute mal informé, prit les membres de l'équipe pour des envoyés de la candidate écologiste aux élections présidentielles. Toutes les nouvelles convergeaient vers le bistrot et en ressortaient rapidement transformées. Chacun y allait de sa critique et tous donnaient leur avis. Le pastis et les canons de rosé enjolivaient les événements ou les noircissaient. Une année d'animation dans un pays où il ne se passait pas grand-chose d'autre.

Le tournage durait habituellement de dix à douze jours par mois. Entre-temps, nous n'apportions aucune modification à la classe, et les élèves gardaient leurs tenues habituelles dans leur casier pour d'éventuels raccords. Entre mon travail à la mairie et la préparation de la classe que je voulais la plus parfaite possible afin de faciliter le travail du réalisateur, il ne me restait pas beaucoup de temps. Dès lors, je dus dormir entre quatre et cinq heures par nuit. À la fin de chaque période, je me rendais enfin compte du stress accumulé de jour en jour. Je me sentais comme vidé de ma substance, mais je suis ainsi fait que je serais tombé malade plutôt que de montrer ma fatigue, ou pire encore, refuser la présence de la caméra.

L'équipe partie, nous retrouvions notre vie habituelle et notre rythme de travail coutumier. J'en profitais pour rattraper le temps perdu, surtout avec les élèves qui préparaient leur entrée en sixième, Olivier, Nathalie, Julien et Jonathan. De temps en temps, les enfants m'interrogeaient sur la date du retour de Nicolas.

Une véritable amitié nous liait désormais et, sans nul doute, la complicité qui s'installa entre le réalisateur et moi facilita grandement le tournage du film. Les familles, elles aussi, ouvrirent la porte de leur maison à tous les membres de l'équipe. Les scènes de devoirs tournées chez eux marquèrent le point de départ de leurs chaleureuses relations. Laurent fit son entrée dans l'équipe avant le printemps en remplacement de Kristel que son destin éloigna de nous. Les enfants furent tout de suite conquis par sa bonne humeur et ses blagues. Il n'était pas rare de le voir se mêler à leurs jeux durant les récréations et il devint le copain préféré de Jessie.

Christian, notre photographe attitré pour le film, était venu nous voir à plusieurs reprises et avait déjà fait un bon millier de photos. Au cours des derniers jours il prit encore un lot de photos dans lequel le réalisateur puiserait pour élire celle qui ferait l'affiche du film. Finalement, le choix se porta sur une photo de Jojo faite en classe, par Nicolas lui-même, un jour où ce loustic avait des mains immaculées. Mais une infographiste peut faire des miracles et tacher des mains de rouge et de vert !

À la fin du mois de juin, la chaleur s'installa pour de bon. Dès la fin du jour, on entendait les « tiouts » triomphants, réguliers comme une horloge, des rainettes dans les mares. Les familles préparèrent une grande fête champêtre pour les membres de l'équipe du tournage et de la production. La cour de l'école fut investie pour la circonstance. Mon élève Julien que nous appelions plus volontiers Juju se transforma en disc-jockey et ne quitta pas ses platines de la soirée. Vers minuit, le producteur nous offrit des cadeaux. Chacun des enfants reçut une tente igloo et un petit appareil photo. Le paquet qui m'attendait était assez volumineux. Les enfants m'aidèrent à l'ouvrir comme ils savent si bien le faire, en déchirant le papier en tous sens : c'était un superbe télescope. Je pourrais dorénavant, et plus que jamais, garder le nez dans les étoiles ! J'en aurais tout le loisir au cours de l'été qui s'annonçait.

Septembre 2001. Ma dernière rentrée. L'équipe de tournage revint filmer l'arrivée des enfants et surtout celle des nouveaux. Une scène montrant l'apparition de ces cinq petits avait déjà été tournée au mois de juin et finalement c'est celle-là que les spectateurs verraient. Depuis le début de l'été, à la demande du réalisateur, j'avais laissé la barbe envahir mes joues. Il escomptait peut-être montrer ainsi la fuite inexorable du temps et mon prochain départ à la retraite.

La caméra nous laissa tranquilles tout le restant de la journée. Je ne repris du service que le soir pour des prises destinées à faire des raccords. J'en avais maintenant l'habitude, et ma garde-robe retrouva le grand porte-manteau au fond de la classe. Pour une scène censée se dérouler en hiver, je m'affublai d'une parka et coiffai un bonnet de laine. Avec une hache ou une tronçonneuse à la main, on aurait pu me prendre alors pour un bûcheron canadien. Ce fut la seule scène pour laquelle le maquillage fut nécessaire car, incontestablement, j'étais trop bronzé pour être raccord.

Dès la tombée de la nuit, je rejouai la scène de l'instituteur corrigeant les devoirs en griffonnant quelques phrases bidon sur une feuille de cahier. Puis une autre, dans laquelle Nicolas me posait quelques questions sur mes élèves. Je dus être fort mauvais car il fallut faire une dizaine de prises. La vérité est que j'étais assez énervé car je ne sentais pas du tout cette scène. Mais il est vrai aussi que je m'entêtai à la rejouer pour qu'elle fût « dans la boîte » et ainsi être agréable au réalisateur. Un ami que j'avais invité à voir ce qu'était un tournage jugea que j'avais fait preuve de beaucoup de patience. C'était mal me connaître, et toute l'équipe pourrait en témoigner. Après ces dernières heures de tournage, la classe retrouva sa quiétude première.

À quelques jours de là, je vis arriver mon inspectrice. Décidément, cette année devait être celle des bouleversements car, pour la première fois dans ma carrière, cette profession s'affichait au féminin. Elle m'apparut charmante et très élégante dans son long manteau. Le rouge de son foulard rehaussait magnifiquement son teint. Bien sûr, elle évoqua ce tournage dont son prédécesseur lui avait longuement parlé. Elle voulait tout savoir sur les raisons qui m'avaient conduit à accepter, sur le comportement des enfants devant la caméra, sur le réalisateur et sur les contraintes que cette aventure m'avait imposées.

Durant les congés de février 2002, je fis le premier

de mes innombrables aller et retour à Paris. Nicolas Philibert avait souhaité que je vienne assister au montage du film qu'il effectuait pour la première fois en numérique. Depuis quelques mois déjà, il avait puisé dans les soixante-dix heures de rushes stockées sur des disques durs de grande capacité.

Bien calé dans un fauteuil tournant, un peu en retrait, j'allais me voir à l'écran pour la première fois. J'attendais ce choc avec inquiétude. Nicolas me prévint que je pourrais à tout moment donner mon avis sur telle ou telle scène et éventuellement lui en demander la suppression.

La rusticité des premières images me sauta au visage. Elles me plongèrent dans la rigueur des hivers passés. Mais cette neige tombant sur l'herbe nouvelle, je la connaissais bien : c'était la dernière neige de printemps, celle que l'on nomme la « neige du coucou », car elle arrive après le premier chant de l'annonciateur du renouveau.

Je regrettai l'absence de prises auxquelles j'avais assisté en spectateur pendant le tournage ; en particulier certains cours de musique avec notre intervenante, Helga. Je me souvins alors d'avoir entendu Nicolas me dire qu'elle ne passait pas à l'image. La femme de ménage, filmée tant de fois en train de passer l'aspirateur, n'était pas là non plus, et je pensai à tout le mal que j'avais eu à la persuader d'accepter la demande du réalisateur. Le cours d'anglais, pour lequel nous avions demandé à Julia de venir après la classe, n'était pas à l'écran non plus. On voyait trop rapidement Tatiana, pourtant présente deux jours par semaine dans la classe, et qui avait souvent été sous l'œil de la caméra.

Je présumai que ces trois femmes non plus ne passaient pas à l'image.

En réentendant ma conversation avec Olivier, élève de CM2, à propos de la grave maladie de son père, j'eus du mal à contenir mon émotion. Je me demandai si j'avais bien fait d'écouter le réalisateur qui m'avait suggéré de trouver quelques minutes pour parler à Olivier de ce moment douloureux. Nous étions assis sur un banc, à l'ombre du prunier, seuls avec l'équipe. « Et ton père, comment ça va ? » Cette question, après que nous avions parlé à bâtons rompus de son entrée en sixième, replongea mon élève dans son désarroi. « Il n'est pas tout à fait guéri. » Je le savais bien, en réalité, mais je voulais qu'il puisse tout simplement en discuter pour atténuer un peu sa souffrance. « Il va falloir lui enlever le larynx. » Il ne fallait pas poursuivre. Il venait de dire l'irrémédiable. Je ne pus qu'ajouter : « La maladie, ça fait partie de la vie. » Certains spectateurs trouveraient probablement cette scène très forte.

La scène de ma conversation avec Nathalie, à quelques jours de la sortie, me rappela le moment où elle avait été tournée et particulièrement la détresse qu'elle avait provoquée. Bien sûr, j'avais accepté la requête de Nicolas mais je n'en menais pas large. Et puis, j'avais oublié la caméra pour dire les mots que je voulais rassurants à cette élève fragile, qui allait partir dans un milieu moins sécurisant que le nôtre. Je voulus lui dire combien je comprenais son angoisse et aussi qu'elle avait fait d'énormes progrès au cours des deux années que nous avions passées ensemble. Mais quand je lui soufflai : « Il faut qu'on se sépare », elle s'était mise à pleurer doucement. Je crois que, jusqu'à ce moment, elle avait espéré rester parmi nous, dans cette douceur qui lui convenait si bien. Elle s'était apaisée seulement lorsqu'elle avait entendu : « On continuera à se voir. » Mais comment allait-elle réagir en se voyant à l'image ?

Le champ de blé aurait pu continuer de laisser ses épis se mouvoir sous une douce brise d'été, mais Nicolas avait décidé d'y « perdre » Alizé, la plus petite. Escortée de l'aide éducatrice que nous voyions à l'image pour la première fois – et que certains spectateurs prendraient sans doute pour une maman accompagnatrice – et du chauffeur de car, comme tous les autres petits, elle avait déjà regagné le train qui nous attendait en rase campagne. Olivier puis Guillaume avaient joué le jeu. Pour corser l'histoire, le réalisateur m'avait demandé d'entrer dans le champ de la caméra et de jouer la scène. J'avais décliné une série d'appels sur un ton d'abord impérieux, puis inquiet, et, enfin, presque suppliant. Pendant que nous faisions semblant de chercher, d'incessants : « Elle est là ! » nous parvenaient du train. Je trouvai la scène drôle, certes, mais un peu décalée par rapport aux images que je venais de voir.

Je ris beaucoup en voyant Jojo et Marie aux prises avec le photocopieur ; pourtant je m'étonnai que cette séquence fût suivie de l'épisode montrant le dépanneur en plein travail. Pour les spectateurs, il paraîtrait évident que nos deux lascars avaient détraqué la machine, ce qui était faux. Le technicien, lui, n'était venu le mois suivant que pour une visite d'entretien courant.

Où étaient les réussites de Jonathan, de Laura et de Guillaume ? N'y avait-il donc que des enfants en difficulté dans ma classe ? Au bout du compte, on voyait peu le travail d'un instituteur dans une classe unique, depuis l'investissement de la préparation jusqu'au travail d'évaluation, et la rareté des plans larges masquaient ce va-et-vient permanent entre les divers groupes. Les critiques de mes collègues ne manqueraient pas. Existe-t-il, encore aujourd'hui, une classe sans ordinateur ? Il y en avait cinq pour treize élèves dans la nôtre et nous possédions un site Internet depuis 1996. Tout élément de modernité semblait exclu. À ce stade du montage, peu de scènes pouvaient être encore intercalées dans ce film que je venais de voir. Or j'avais peur que les spectateurs et surtout les enseignants trouvent ce film un peu passéiste.

En me disant au revoir, Nicolas m'annonça que Réjane Viallon, la distributrice du film, souhaitait me rencontrer pour me demander de faire la promotion du film. Je quittai Paris avec de belles images dans la tête, mais aussi de grandes inquiétudes.

Réjane Viallon était une petite femme très volubile. Son tailleur bleu ciel rehaussait sa chevelure courte aux reflets cuivrés et son teint de rousse. En cette fin d'après-midi de mars, dans le petit café de Montbrison où elle m'avait donné rendez-vous, elle ne tarissait pas d'éloges sur ce qu'elle avait vu de ma classe, sur le petit Jojo et sur moi-même. Elle aurait voulu, pour son petit garçon, un instituteur comme celui qu'elle avait vu œuvrer dans le film.

Réjane était survoltée à l'idée de distribuer cette œuvre, qui avait ravivé en elle le souvenir de ses années d'école communale, et de son bref passage dans l'enseignement secondaire. Indéniablement, cette femme avait du flair. L'énorme budget publicitaire qu'elle s'apprêtait à engager pour la sortie de ce film prouvait qu'elle espérait de jolies retombées financières.

Elle m'informa alors de ce qu'était la promotion d'un film que l'on vient d'acheter et que l'on va distribuer. Elle me parla de l'énergie mais aussi des sommes considérables qu'il faut dépenser pour qu'un film « marche », depuis la bande-annonce projetée dans les salles, les spots diffusés sur le petit écran, la campagne d'affichage, en passant par les interviews, les émissions de radio et de télévision, jusqu'aux débats dans les salles, en France et à l'étranger.

Il était bien clair pour elle que, si Nicolas Philibert avait, jusque-là, assuré seul la promotion de ses films, ce ne serait pas possible pour celui-ci, car la demande serait trop importante. Elle finit par me dire ce qui l'avait conduite à me rencontrer dans ce bar : « Si vous acceptez de vous joindre à nous, vous aurez du travail pour cinq ans ou même davantage, ce qui vous fera un complément de retraite intéressant. » La date de sortie du film n'était pas encore arrêtée. Elle penchait pour la fin du mois d'août, car l'arrivée d'un film sur l'école attirerait de nombreux spectateurs à quelques jours de la rentrée scolaire, malgré l'« adversaire » de taille, le film de Nicole Garcia. Ses partenaires, parmi lesquels quelques exploitants de poids, suggéraient plutôt les derniers jours de septembre. Pour elle, cette présence qu'elle avait notée d'emblée en voyant les premières images, cette voix qui révélait tant de tendresse et de simplicité étaient capitales pour la mise au monde de ce film. Mais alors, le vieil adage : « Tout travail mérite salaire » serait-il caduc ? Certes, je n'étais pas militant syndicaliste mais, comme elle venait de me proposer un travail, je lui parlai de rémunération. Je fus soudain surpris du ton évasif qu'elle prit et c'est sur : « On aura le temps de reparler de tout ça » que nous nous quittâmes.

Sur la route du retour, je fis une pause au bord de l'étang de la Fargette, près de Saint-Germain-l'Herm. J'étais venu tant de fois et en toutes saisons me ressourcer au bord de cette eau calme ! Les rives frangées de glace emprisonnaient encore quelques feuilles d'automne. C'était le meilleur endroit pour réfléchir à cette proposition, tout à la fois exaltante et perturbatrice. Tout ce que j'avais prévu était remis en question. Après les derniers jours d'école, et avant de revenir dans mon pays natal pour mes vieux jours, je pensais rester encore à Saint-Étienne. Comme le maire me l'avait proposé, je pourrais continuer à y exercer ma charge de secrétaire en habitant le logement de fonction inoccupé. Et voilà que ce petit bout de femme venait de jeter le trouble dans mon esprit.

La première projection du film *Être et Avoir* eut lieu un matin d'avril au cinéma Le Rio à Clermont-Ferrand. C'était une séance privée à laquelle furent invités les enfants, leurs parents, les autorités académiques, la directrice de l'Institut universitaire de formation des maîtres et mes trois derniers inspecteurs. Ma mère était là aussi avec Yvette, Francine et Liberto.

Comme tous les autres, j'allais voir le film pour la première fois dans son intégralité. Je me fis tout petit dans mon fauteuil entre Nicolas et sa compagne. Celle-ci me rassurait sans arrêt afin de m'aider à recouvrer mon calme. Pour la première fois, je me voyais vivre, parmi les enfants, au fil des saisons, dans la campagne superbe. Sur la toile-miroir, je découvris quel instituteur j'étais. Lorsque les lumières se rallumèrent, je compris que je n'avais pas choisi cette école par hasard et que ce n'était pas le hasard non plus qui avait guidé les pas de Nicolas Philibert jusqu'à nous. Nous avions voulu dire les mêmes choses au monde. Lequel avait pris l'autre comme porte-parole ?

Certes, je ne cultiverai pas l'art d'être grand-père mais, c'est vrai, j'aurais bien aimé dire un jour à mes petits-enfants : « Il était une fois une petite classe unique au pays de Gaspard des Montagnes. »

Je leur aurais raconté cette belle histoire qui commence avec un concert de mugissements dans le froid et la neige. Dans la chaleur d'une école, deux tortues partent explorer le monde. Un petit autobus tout blanc sillonne la campagne gelée. Il va vite, trop vite. Une petite fille venue du lointain Viêtnam regarde à travers la vitre embuée. « Bonjour, monsieur ! » Les élèves entrent en classe. Dans le calme, les petits écrivent « maman ». Le petit Jojo se contorsionne pour accrocher une affiche beaucoup plus grande que lui. Les grands font une dictée pendant que, chez les petits, Létitia veut devenir la copine de tous les autres. Le soir venu, le maître reste seul dans la classe.

D'abord très silencieuse, la salle s'était animée à l'entrée des élèves dans l'école et les personnages des petits étaient déjà bien campés. Jojo et ses facéties commençaient à déclencher des rires. Plus loin, je redécouvris l'air médusé de la petite Alizé dépossédée de l'une de ses gommes par une main mystérieuse. Plus leste, celle de Valérie dut probablement faire sursauter plus d'un spectateur dans la salle en s'abattant sur la joue de son fils. Létitia me donnait du mal avec le « sept », mais comment ne pas la trouver attendrissante lorsqu'elle écoutait le bruit du lait dans les canalisations de la trayeuse ?

Le printemps ravivait la toile. Renouveau et jardinage. En revoyant la séquence dans laquelle le réalisateur me demandait de parler de mes origines, je pensai qu'il manquait quelqu'un dans la salle. À n'en pas douter, mon père eût été fier de moi ce jour-là, et peut-être m'aurait-il attribué ce « très bien » que j'ai tant attendu de lui.

Beaucoup plus qu'à ses côtés, je me rendis compte, en le voyant à l'écran dans une nouvelle séance de lecture, qu'Axel ne progressait pas assez. Pendant ce temps, Marie et Jojo s'initiaient à la photocopie et ne progressaient pas non plus. Johann insistait pour qu'un ami soit un copain et une amie une... copine !

De notre visite au collège destinée à faire prendre un premier contact à mes élèves de cours moyen, on ne voyait malheureusement aucune des séquences tournées dans les classes, mais on retrouvait Jojo comptant avec bonheur de zéro à l'infini. Lorsque Nicolas avait fait cette petite commande, je n'étais pas du tout certain que notre loustic aurait la patience d'aller jusqu'au bout.

Sur un banc, dans la cour déserte, Olivier me confiait sa peine. Un bel arc-en-ciel déployait ses couleurs pastel après l'anniversaire de Nathalie, Axel sillonnait le village à vélo, puis on nous découvrait en pleine dictée, dehors, sous les arbres. L'idée avait donc plu à Nicolas. La scène me ramena quelques années en arrière sous les platanes de ma cour d'école à Millas.

De ses notes enfantines, légères, souriantes, la musique rythmait les saisons qui s'étiraient lentement depuis la rudesse de l'hiver. Elle nous accompagnait en pique-nique jusqu'au champ de blé, où devait se perdre notre Alizé. Combien de personnes crurent-elles qu'il s'agissait d'une scène réelle ?

Le beau temps s'installait sur l'écran. On sentait l'arrivée des vacances. Les futurs nouveaux élèves nous rendaient visite. Nathalie devant la porte d'entrée refusait la séparation. Les enfants me quittaient et je vivais un moment difficile. L'école sombrait dans le silence de l'été.

Je découvris des scènes que je n'avais pas vues au cours du montage et je regrettai que d'autres aient disparu. Pendant l'échange que le réalisateur eut avec ce public privilégié, une voix s'éleva du fond de la salle. Cette voix, je la connaissais bien. C'était celle d'Alexis M., l'un de mes inspecteurs. Je fus touché en l'entendant parler d'une relation d'amour pour décrire celle qu'il venait de voir sur l'écran entre les élèves et leur maître. Ce jour-là débutèrent les premières interviews et les séances de photos ; elles ne devaient plus s'arrêter avant longtemps.

De retour en classe, l'après-midi, j'interrogeai les enfants sur ce qu'ils pensaient de leur apparition dans le film. Avec leur pudeur bien naturelle, ils ne parlèrent pas d'eux-mêmes mais furent intarissables sur leurs camarades. Julien assura que la scène de la gifle ne l'avait pas choqué. Comme je demandais à Olivier s'il n'avait pas souffert de se voir aussi triste en parlant de la maladie de son père, il me répondit simplement : « C'est la vie. » J'étais assez inquiet de connaître les impressions de Nathalie et je craignais qu'elle n'ait pas aimé se voir à l'image. « Ça va », dit-elle. Je me contentai de ces deux mots.

Le 20 mai 2002, nous partîmes de Saint-Étienne-sur-Usson comme pour un voyage scolaire. Destination Cannes, palais des Festivals. Dans l'autocar, certains parents n'y croyaient toujours pas. Depuis qu'on leur avait annoncé la nouvelle, chacun avait décidé de paraître à son avantage. Ils avaient couru les boutiques à la recherche d'une robe et d'un smoking. La mauvaise langue du coin avait fait courir le bruit qu'on avait voulu les piéger en leur annonçant une fausse nouvelle. Mais ils s'en moquaient bien et voulaient faire honneur à leurs enfants. Les filles, elles aussi, revêtiraient leur robe de gala ornée de rubans. Nathalie mettrait sa longue robe beige et son caraco noir, et les garçons leur costume sombre et leur nœud papillon.

À peine le temps de poser les valises dans un hôtel de Juan-les-Pins, de revêtir nos habits de soirée que nous sautions dans un train pour Cannes. Dans notre compartiment, Jojo signait déjà des autographes pour deux vieilles Anglaises. C'est presque au pas de course que nous arrivâmes au pied des marches mythiques. Sur notre passage une Italienne ravie s'exclama : « *É un matrimonio !* » (C'est un mariage !) Sharon Stone venait à peine de disparaître tout en haut des marches. Nous étions dans les temps, mais bien essoufflés.

De cette montée des marches sur le feutre rouge, je me souviens du crépitement des appareils photo et des centaines de flashes dont nous fûmes bombardés. Je me sentis heureux de me trouver là avec les enfants, les parents et toute l'équipe du film.

À la fin de la projection, nous étions sur la scène. Le public, debout, applaudit à tout rompre durant presque dix minutes. Manifestement, il se passait quelque chose d'important sur la Croisette cette année-là. Ce fut le moment le plus émouvant. Épuisée, Jessie s'était endormie au creux de son fauteuil. Elle ne se réveilla même pas.

Le lendemain, les flashes du traditionnel « photo call » nous immortalisèrent. Puis les enfants goûtèrent aux joies de la baignade. Je crois que ce fut leur plus beau souvenir de ce voyage à Cannes.

Le mois de juin fut magnifique cette année-là. Le festival avait réveillé les journaux. Le téléphone n'arrêtait pas de sonner ; les demandes des radios, de la télévision et de la presse écrite affluèrent. Heureusement, nous allions vers les vacances et le travail en classe diminuait en intensité.

La classe unique de Saint-Étienne-sur-Usson commençait à faire parler d'elle dans l'Hexagone. Les articles des journaux de tout bord étaient dithyrambiques. Aujourd'hui je reste surpris de cet engouement soudain pour ces classes qui existent depuis si longtemps. Je le suis encore davantage qu'on ait découvert en moi une sorte de « super-instit » ou de modèle, alors que je faisais le même travail qu'un autre. J'aurais accepté qu'on dise : « différent », car je me reconnais une certaine marginalité dans ma profession. Je crois surtout, pour l'avoir maintes et maintes fois entendu depuis, que ce sont les moments forts entre les enfants et leur maître, la bonne distance entre douceur et fermeté, et aussi la transmission des valeurs avec lesquelles je me suis construit moi-même qui ont conquis le spectateur.

Depuis le 15 juin environ, quelque chose se préparait du côté des parents et des enfants. Il y avait du mystère dans l'air. Même les plus bavards gardèrent le secret.

Cependant, quelques questions qui me furent posées, innocemment, à la sortie de l'école, me firent fortement penser qu'on préparait une fête pour mon départ à la retraite. Ces préparatifs signifiaient que l'échéance approchait. Cette fois, il n'était plus question de prolonger la carrière : je devais laisser la place. À force de vivre au milieu des enfants, j'avais fini par en oublier mon âge que ce départ me rappelait cruellement. Hier encore, je jouais avec les élèves dans la cour, profitant des dernières heures d'un bonheur qui m'avait porté jusqu'au terme de mon rêve. Pourtant, je m'apprêtais à tirer ma révérence.

Beaucoup disaient en entrant dans la classe qu'ils y ressentaient une vibration particulière, une étrange sensation de bien-être. Pour moi, elle avait des vertus curatives et le pouvoir de me faire oublier mes soucis. Ce lieu de travail était aussi un lieu de repos. Les enfants y venaient avec bonheur et avaient du mal à le quitter. Moi-même je n'ai jamais eu le sentiment d'y faire un travail. J'ai continué à grandir et me suis construit parmi ces petits jusqu'à m'étonner d'entendre sonner la cloche du dernier jour du dernier juin. Ainsi, « propre en ordre », comme le dit la formule helvétique, la classe, rideaux tirés, entrait dans son anachronique léthargie d'été.

Mes fonctions de secrétaire de mairie se terminaient à la fin du mois de juillet. Là aussi, je fis en sorte de régler au mieux les affaires communales afin que quelqu'un puisse me succéder dans les meilleures conditions. Je ne vis pratiquement plus le maire qui adopta une attitude pour le moins curieuse à mon égard. Pour tout dire, il m'ignora copieusement. Ne dit-on pas qu'il faut se méfier de l'eau qui dort ? Ma lettre de démission, envoyée en temps voulu et en recommandé, comme c'est la règle, me revint avec la mention « accordé ». Cet homme oublia vite que je lui avais été fort utile en lui mettant le pied à l'étrier lorsqu'il fit ses premiers galops sauvages à la mairie.

Mon ami Liberto vint à la rescousse de Tarbes pour m'aider à rassembler, dans ces cartons qui sont d'horribles bagages, mes affaires amassées au fil des ans. Ces riens qui nous semblent indispensables au quotidien deviennent encombrants dès qu'il faut les emporter. Je jetterais bien ce bibelot. Non, non, il m'a été offert. Aurai-je besoin de cette lampe ? Elle me rappelle tant mon arrivée ici. « On jette ces revues ? » Je les donnerai à quelqu'un. Quelle étrange culpabilité devant la poubelle ! Les livres, eux, sont sacrés. Le livre nous intime le respect pour ceux qui l'ont écrit, illustré, édité, imprimé, jusqu'à celui qui nous l'a remis entre les mains, devant les yeux et au fond du cœur. Pour peu qu'il nous ait été offert, il prend alors une valeur inestimable. Témoin muet ou bavard d'un amour, d'une amitié. Je me suis toujours indigné de voir des adultes laisser des enfants maltraiter les livres, les feuilleter atrocement, gribouiller leurs pages, les jeter ou les déchirer sans vergogne.

Le déménageur ne put tout prendre et devrait faire un nouveau voyage vers le pays de mes racines catalanes. Je fermai la porte en pensant qu'un peu de moi restait là quelques jours encore. J'entrai quelques instants dans la classe pour m'imprégner de sa douceur et en emporter un peu avec moi. Le dernier message des enfants encore dessiné sur le tableau blanc parlait d'« au revoir » et de « bonne retraite ». Je n'eus pas le cœur de l'effacer et je dessinai juste au-dessous deux ou trois myosotis.

Je fis le tour de la cour comme je le faisais parfois pendant les récréations lorsque les enfants – et c'était plutôt rare – ne me demandaient pas de jouer avec eux au « derviche tourneur », à l'« épervier » ou au « béret ». Je remerciai le prunier qui malgré son grand âge, les parasites et quelques tempêtes mutilantes donnait encore de succulentes reines-claudes. J'encourageai les rosiers à être toujours aussi prolifiques et je cueillis quelques brins de menthe et de mélisse. J'étais inquiet pour ces fleurs semées ou plantées par les enfants, pour ces haies de cyprès qui, l'hiver, nous faisaient un rempart contre le vent du nord, et pour ces arbres qui, de leur ombre, nous rafraîchissaient les jours de grande chaleur. Quelques mois plus tard, j'apprendrais que tout avait été rasé juste après mon départ.

Je constatai en quittant cette bâtisse, après vingt et une années de vie commune et quelques infidélités de vacances scolaires, que le temps était à la pluie comme au premier jour de notre rencontre. De l'abord glacial des premières heures, peut-être destiné à me faire regretter la décision et le voyage, jusqu'à la mine défaite, écrasée d'abandon et de nostalgie, je compris que cette maison d'école et moi avions vécu ensemble sans nous parler vraiment. J'accordai au vieillissement quelques plaintes sinistres ou une respiration parfois difficile, accompagnée de toux inquiétantes. J'enrageais souvent contre le laisser-aller : l'effritement des plâtres et de la pierre et ce goût immodéré pour les « voiles » d'araignées. Je l'excusais, bien sûr, connaissant le peu d'intérêt qu'avaient pour elle les élus. On se contentait souvent d'un rapide check-up : circulation acceptable, influx électriques défaillants, excrétions difficiles. Le grand lifting maintes fois demandé avait été chaque fois refusé. Tout était remis entre les mains de celui qui établit, qui instruit, de ce moniteur universel et polyvalent : l'instituteur. Combien de fois, lassé par des promesses fallacieuses, je pris le pinceau et le rouleau pour raviver portes et fenêtres. Fallait-il laisser la pluie s'engouffrer par les carreaux cassés et le poêle à fioul s'encrasser jusqu'à s'étouffer, nous privant ainsi de sa douce chaleur ? De mon investissement, je ne regrettais rien. J'avais été payé au centuple par les enfants. De fait, cette école, elle non plus, ne serait plus jamais la même, car sa soudaine notoriété lui vaudrait à coup sûr de nombreuses visites. Les curieux afflueraient de partout pour la voir et poser devant elle, comme devant le bistrot d'Amélie Poulain.

Ce 22 août 2002, la route parcourue tant de fois qui me ramenait au pays de mon enfance me parut longue. Je me sentais déchiré entre le bonheur de retrouver le rouge et l'or de mon Roussillon et la tristesse de me séparer de ce coin rude d'Auvergne.

Tout allait me manquer. Le bois de la Garde en hiver et ses grands sapins se balançant lourdement sous le poids de la neige me rappelleraient les parties de luge enivrantes et le bonheur sur le visage rougi des enfants. Les forêts de hêtres embrasées à l'automne résonneraient longtemps des cris des petits foulant, à pas feutrés, les tapis de feuilles mortes. Les vieux pommiers tourmentés, échevelés de gui, pareils à des fous criant leur désir de vivre, continueraient à donner parcimonieusement leurs petites pommes acides. La haie de cyprès protégerait encore les merles et leurs nichées. La chaîne des Dômes et le puy de Sancy encapuchonnés des premières neiges, les prés ensoleillés de pissenlits aux premiers beaux jours et le château de la Forie, vigilante sentinelle au bord du village, peupleraient mes souvenirs.

Tous allaient me manquer. Les enfants qui, surpris, ne réaliseraient vraiment notre séparation qu'à la prochaine rentrée. Leurs parents qui, pour me dire que je restais dans leur cœur, essayèrent encore de me persuader de rester. La sagesse et le grand cœur de mon vieil ami Marcel qui m'apprit à rempailler les chaises. L'affection sans bornes de Ginette, chez laquelle je fis de mémorables parties de belote, et qui laissa un grand vide en quittant le hameau du Gillerand. Les veillées chez la bonne Yvette, à Chaméane, et les repas pantagruéliques qu'elle me fit partager dans les rires et la bonne humeur. Certes, je reviendrais les voir, mais quand ? Jusqu'où allait me mener l'aventure du film, puisque j'avais finalement accepté la proposition de Réjane Viallon ?

Et j'embarquai immédiatement. Orly Sud, dimanche après-midi. La distributrice du film m'attend pour me conduire au studio qu'elle a loué pour moi dans le XIe arrondissement. Me voilà immergé dans cette capitale apparemment tranquille de la fin du mois d'août. Rue Popincourt. Une boutique sur deux vend des vêtements d'importation chinoise. Le studio, relativement spacieux, était pourtant sombre. Je fus agréablement surpris de trouver une azalée sur une petite table et un pot de basilic devant la fenêtre de la cuisine.

Réjane Viallon me parla d'emblée de la promotion

du film. Le planning qu'elle me remit mentionnait les premières interviews, les premiers débats à faire dans les salles. Je commençais le soir même au cinéma des Cinéastes, avenue de Clichy. Avant qu'elle parte, je voulus savoir comment s'effectuerait la rémunération, dont Nicolas Philibert m'avait dit un mot et dont elle-même ne m'avait pas reparlé depuis notre rencontre à Montbrison. Pour elle, je n'avais aucun souci à me faire. Il suffisait que j'en parle au producteur, que je lui demande un intéressement de deux pour cent aux bénéfices du film et tout s'arrangerait. Je notai que toutes ses phrases étaient ponctuées de généreux « Ne t'inquiète pas », qui me soucièrent beaucoup au contraire.

Inquiet, certes, je l'étais. J'arrivais dans un monde où je ne connaissais que le réalisateur, le producteur, l'attachée de presse et quelques personnes gravitant autour d'eux. La caméra, qui fut présente durant de longs mois, je la connaissais bien, mais comment allais-je réagir à celles de la télévision ? Saurais-je répondre pertinemment aux questions de mes intervieweurs et aurais-je de bons arguments ? Je n'y étais pas du tout préparé. Mes élèves en classe et leurs parents au cours des conseils d'école avaient composé mon seul public. Comment serait celui que j'allais affronter dorénavant ?

Je ne tarderais pas à le savoir. Ce soir-là, Nicolas m'attendait devant le cinéma. Le propriétaire de la salle nous présenta au public, puis nous sortîmes prendre un verre pendant la projection. La musique du générique deviendrait désormais le signal de mon entrée dans la salle encore plongée dans l'obscurité, afin de créer un effet de surprise. Je me rendis compte très vite qu'il fallait laisser le temps au public de se remettre d'une émotion trop prenante avant de s'adresser à lui.

Curieusement, je me sentis à l'aise dès les premières minutes du débat. Chacun à notre tour nous répondions aux spectateurs. Certaines étaient plus spécifiquement destinées au réalisateur : « Comment est née l'idée du film ? », « Sur quels critères avez-vous choisi cette école ? », « Pourquoi cette classe vous convenait-elle mieux que les autres ? » Bon nombre de spectateurs me demandaient d'abord des nouvelles des élèves qu'ils venaient de voir à l'écran. L'espièglerie d'un lutin de quatre ans, l'éveil difficile d'une grande fille et la douleur d'un garçon que la maladie fatale de son père bouleverse les avaient attendris. Je m'étonnai moi-même de la facilité avec laquelle je m'adressais à chacun. L'attachée de presse du film aurait-elle eu raison de dire : « Il est bon pour la promo », après une interview pour France Culture qui se déroula, en sa présence, dans la classe ?

Les débats s'enchaînaient les uns après les autres : Marly, Angers, Suresnes, Nanterre, Épernay, Ibos. Partout je trouvais l'accueil chaleureux des exploitants des salles et l'émotion d'un public touché par le naturel et la grâce des enfants.

Le 16 septembre dans l'après-midi, dès mon arrivée à Perpignan, Thierry Laurentis m'attendait pour me conduire aux studios de France Bleu Roussillon. En fin d'interview, l'animateur me demanda de mettre le casque d'écoute. Je fus ému aux larmes en entendant la voix de mon institutrice, Angèle Adroguer, que l'on avait jointe au téléphone le matin même. Elle se souvenait bien de « Georges Lopez, un garçon timide, poli et très sérieux dans le travail ». En écoutant sa voix un peu tremblotante, je mesurai soudain le temps qui avait passé, et je me revis sur mon banc d'école dans ma blouse noire boutonnée à la russe. Il y avait si longtemps que je n'avais pas revu ma maîtresse et c'est sous les traits de son visage de l'époque que je l'imaginai. Une institutrice parlait de son élève devenu instituteur : quelle attention pour mon retour au pays !

Au restaurant Le Tire-Bouchon, sur l'avenue de la Gare, Marie et Bernard avaient préparé une magnifique réception. Toute la presse régionale était là. Jacques Font, exploitant de toutes les salles de cinéma de la ville, me souhaita très chaleureusement la bienvenue. Après l'entrevue avec le journal local, je répondis aux questions d'une journaliste catalane pour une émission de radio, *Arrels*, racines.

La télévision régionale attendait déjà dans une salle de cinéma, Rive Gauche. Je me sentis soudain désemparé en apprenant que je devrais répondre aux questions en catalan. Mon accent serait sans doute au rendez-vous mais je ne pouvais rien garantir quant au vocabulaire. Je me lançai en espérant que les téléspectateurs seraient assez indulgents pour leur compatriote que de longues années auvergnates avaient dépossédé de la pratique courante du roussillonnais.

Devant l'affluence des spectateurs qu'il voulait satisfaire à tout prix, Jacques Font n'avait pas hésité à programmer une deuxième séance.

En découvrant, au premier rang, mon vieil ami Gilbert, je sentis bien qu'il allait se passer quelque chose. Je connaissais trop sa fougue et son franc-parler pour imaginer qu'il resterait sagement dans son fauteuil en se contentant d'écouter. Le temps de lui sourire, il était déjà près de moi et m'entourait les épaules. En s'adressant au public moins médusé que moi-même, il brossa mon portrait avec beaucoup d'affection. Ce naturel qui le caractérise tant le conduisit à dire qu'il n'était pas étonné du succès de ce film car le réalisateur n'avait pas choisi n'importe quel instituteur.

Dès la clôture du débat, qui, bien évidemment, dura plus longtemps que prévu, je me sentis soudain très entouré. Jackie, Fernande, Maryse, Mathias et Louis étaient là pour me rappeler les jours heureux du collège d'Ille-sur-Têt. Leurs bras me rappelèrent notre amitié et mes années d'insouciance. Je me sentais submergé de bonheur. La fatigue qui ne me lâchait plus depuis le début de cette tournée harassante semblait s'estomper.

Mon répit fut de courte durée. Le lendemain j'étais à Metz et, après Aubervilliers, je pris un avion pour Nice où se déroulait le congrès des exploitants. Je me serais bien épargné la fatigue du voyage pour cinq courtes minutes passées sur une scène. Mais je m'étais engagé à faire ce travail et je tenais à l'honorer jusqu'au bout. J'aurais mieux fait de me rendre directement à Bruxelles. Que d'argent inutilement dépensé pour cinq minutes !

Bruxelles, Liège, Plaisir, Millau, Rodez. En Aveyron, je pus voir combien de plus petits exploitants s'investissaient pour faire partager à un public, le plus large possible, l'amour du cinéma.

Ma première interview pour le journal *Le Figaro* eut lieu chez Nicolas Philibert. Le soleil entrait par la baie vitrée et courait sur le parquet ciré. Ce fut comme à l'école : « Qui s'y colle ? » Je me surpris moi-même en voulant ouvrir le feu et cela faillit flamber car la journaliste eut l'imprudence de débuter par une phrase qui n'aurait jamais dû sortir de sa bouche : « Mais, dites-moi, monsieur, ce petit Jojo, c'était bien votre chouchou ? » Fallait-il donc que je termine ma carrière pour entendre une insanité pareille, moi qui avais toujours eu à cœur de traiter équitablement mes élèves ? Calme, je lui laissai le temps de finir sa phrase pour la prévenir qu'elle allait me mettre en colère. Nicolas pensa sûrement qu'enfin il pourrait voir son instit « monter sur ses grands chevaux », mais il en fut pour ses frais. La brave dame comprit le message et passa aussitôt à une autre question. L'entrevue se termina quand même dans la bonne humeur. Le métier commençait à rentrer. Les rencontres avec la presse se succédèrent à un rythme effréné. Chacun voulait son papier sur l'instit d'*Être et Avoir*. L'attachée de presse croulait sous les rendez-vous et m'accompagnait partout, m'indiquant que tel journaliste était sympathique et conciliant mais que tel autre était sournois et plutôt dangereux. Invariablement, elle assistait aux interviews mais je vis certains journalistes lui demander de nous laisser seuls.

Comme la presse écrite, la radio et la télévision voulurent aussi leurs entrevues.

Entre deux émissions de radio, je rendis visite au producteur pour lui parler de l'intéressement à deux pour cent, comme me l'avait conseillé Réjane Viallon. Pour lui non plus, je ne devais pas m'inquiéter car il avait prévu de me dédommager et de récompenser aussi les enfants en versant à chacun d'eux une somme d'environ mille euros. Il voulait bien faire un geste, même s'il n'était pas habituel de rémunérer les acteurs d'un documentaire. À compter de ce jour, je ne cesserais pas d'entendre cette litanie que ne chantent d'ailleurs pas tous les réalisateurs de documentaires. Il me donna un rendez-vous pour la semaine suivante. Je l'attendis en vain toute une fin de matinée.

Je finis pourtant par le rencontrer et il me proposa de me verser des défraiements complémentaires soit 7 500 euros à cinq cent mille entrées, 7 500 euros à un million d'entrées et 7 500 euros à un million deux cent mille entrées au titre de droit à l'image pour toutes les interviews et tous les débats passés et futurs et ce jusqu'au 31 janvier 2003. Avant d'accepter, je lui demandai d'établir cette proposition sur papier. L'air bon enfant que je lui connaissais l'avait quitté et je le trouvai même acerbe lorsqu'il me dit : « Tu sais, Georges, on aurait pu tourner le film ailleurs que dans ta classe. » Il avait beau jeu de me parler ainsi. Avait-il soudain oublié l'urgence dans laquelle se trouvait Nicolas à la fin de son long périple à la recherche d'une classe unique ? Avait-il aussi oublié son propre enthousiasme en visionnant les premières images que le réalisateur rapportait de son séjour dans notre classe et qui lui firent dire : « On a trouvé la perle rare » ? Je me permis de lui faire remarquer, en toute modestie, que ce film tourné dans une autre école n'aurait pas forcément eu le même succès. Sur ces mots, je quittai son bureau.

Manifestement, je commençais à déranger beaucoup de monde et l'attitude du réalisateur me le prouva amplement. Dès ce moment, il devint encore plus secret que de coutume. J'aurais pourtant aimé qu'il me parle franchement au nom de nos liens d'amitié et de complicité. À cause de la demande toujours grandissante des exploitants de salles, nos débats communs prirent fin et ce fut très bien ainsi.

Finalement, c'est la distributrice qui me transmit par fax la proposition rédigée par son service juridique. Ce « contrat » rappelait ce que m'avait annoncé le producteur mais aucune mention n'était faite des déclarations et cotisations obligatoires. Sur la proposition de mon conseil, je demandai l'établissement d'un contrat réglementaire. Réjane entra alors dans une colère noire et me harcela au téléphone. Elle en vint même à m'intimer l'ordre de signer le document dans les plus brefs délais. Je ne le fis pas et, dès ce moment, la procédure commença.

Je continuai cependant à honorer tous les rendez-vous inscrits sur le planning que le personnel du bureau de distribution mettait à jour. Je regrettai particulièrement de ne pas me rendre à Camaret-sur-Aigues, près d'Avignon, où un premier rendez-vous avait été annulé à cause des terribles inondations de septembre. Dès que les eaux se retirèrent et que la salle de cinéma fut remise en état, Michel, le responsable, sollicita de nouveau la distributrice pour obtenir un débat. Il lui fut refusé. Le film marchait très fort, alors pourquoi se soucier du désir d'un petit exploitant ou d'une association destinée à promouvoir le cinéma ? Je commençai à m'apercevoir que l'argent et le profit régissaient le milieu dans lequel je venais d'entrer. De toute évidence, les qualités humaines semblaient ne pas y tenir la première place. À la fin d'une aventure qui avait si bien commencé, j'aurais le triste sentiment d'être éconduit comme quelqu'un dont on n'a plus besoin. Le 22 octobre 2002, je fis mon dernier débat à Briançon. À compter de ce jour, tous ceux qui essayèrent de me contacter eurent de la part de l'attachée de presse et du distributeur la même réponse : « La promotion du film est terminée. »

Dès la sortie du film dans les salles, ma boîte aux lettres commença à se gorger de centaines de lettres de spectateurs enthousiastes. Parents ou grands-parents d'élèves, personnel enseignant en activité ou retraité, élèves d'Instituts universitaires de formation des maîtres, élèves de cours moyen, beaucoup d'entre eux, encore sous le charme, avaient immédiatement pris la plume pour me livrer leurs impressions. De toute l'Europe, du Canada et même des États-Unis, je reçus des mots très chaleureux et touchants qui parlaient de respect, d'écoute et de compassion dans un monde en perte de valeurs et de repères.

L'une me parlait du merveilleux souvenir qu'elle avait gardé de son institutrice, qui, par sa rigueur, lui avait permis de bien se construire et de devenir une belle personne. Elle ajoutait, avec humour, que mon témoignage méritait d'être reconnu par la Sécurité sociale car il agissait comme une thérapie ô combien préférable à l'ingestion d'antidépresseurs.

De Baguer-Morvan, dans l'Ille-et-Vilaine, Dominique disait qu'elle se devait de m'écrire car elle avait eu le plaisir de constater en voyant le film que les vraies valeurs étaient toujours enseignées à l'école contrairement à ce que nous laissait voir et croire la télévision.

Une dame de Saint Paul dans le Minnesota se réjouissait de ce « conte de la vie dans une école-maison qui ressemblait à une oasis ». Elle était encore émue de la leçon d'humanité qu'elle venait de voir.

Institutrice à Metz, une collègue me disait être ressortie de la séance complètement ressourcée. Ce film lui avait redonné l'élan nécessaire pour continuer sa carrière. Elle ajoutait que, en quittant la salle, elle s'était dit : « Parce que je penserai à M. Lopez, je ne me fâcherai plus et je ne me mettrai plus en colère ! » Elle terminait par ces mots : « Le cœur ne s'use pas, même si les forces physiques diminuent. »

En licence de mathématiques, Élise, de Montagne-au-Perche, voulait devenir professeur des écoles. Comme moi, depuis son plus jeune âge elle voulait devenir institutrice et avait hâte d'avoir une classe bien à elle. De son élégante écriture elle terminait ainsi : « Ce sont des personnes comme vous qui m'ont donné envie de faire ce métier. »

Enfin, beaucoup d'entre eux faisaient référence à la classe unique dans laquelle eux-mêmes avaient grandi, et parlaient notamment de l'aide qu'ils avaient reçue des plus grands et aussi des responsabilités qu'à leur tour ils eurent envers les petits.

Au début du mois de décembre, un appel de la production m'informa que le Premier ministre souhaitait rencontrer le réalisateur, l'instituteur et les membres de la production à l'issue d'une projection du film *Être et Avoir* à Matignon. Sincèrement, je n'avais aucune envie de me joindre à ceux pour qui j'étais devenu *persona non grata*. J'acceptai finalement l'invitation à condition qu'elle me fût personnellement adressée. Deux jours plus tard, le secrétariat du Premier ministre m'invitait.

C'est en compagnie de Réjane Viallon que je me rendis rue de Varenne. À l'entendre, et ce n'était pas une plaisanterie, j'aurais pu m'y rendre dans ma tenue d'instit qui m'allait si bien. Je ne me voyais certes pas arriver dans ce pull noir et ce pantalon gris qui avaient servi à faire tant de raccords durant le tournage. La presse m'avait souvent qualifié de digne héritier des hussards noirs de la République mais je n'allais pas pour autant en revêtir la tenue. Il fallait sans doute que j'apparaisse comme tout droit sorti du film, un peu comme un petit instituteur arrivant tout droit de son coin reculé d'Auvergne, ayant laissé, pour un temps, ses petits élèves dans leur petite école. En entrant dans la cour, Réjane m'informa qu'un cocktail dînatoire suivrait la projection, mais que ni elle ni le reste de l'équipe n'avaient l'intention de s'éterniser à Matignon.

Je m'installai à la place qui me fut indiquée en attendant l'arrivée des invités. Après les quelques très chaleureux mots de bienvenue que m'adressa le Premier ministre, la projection commença. C'est là que je vis le film pour la première fois avec les yeux d'un quelconque spectateur, en oubliant l'endroit dans lequel je me trouvais.

Je fus surpris de me sentir aussi à l'aise que lors de mes premières rencontres avec le public et, bien que celui-ci fût, en majeure partie, composé des membres du gouvernement, je fus frappé par la simplicité de leur abord. Comme d'autres, ils étaient sous le charme des images qu'ils venaient de voir et leurs questions avaient la même fraîcheur. Certes, leurs visages m'étaient connus par petit écran interposé mais je dois avouer que sur le moment j'eus du mal à me remémorer le nom de certains. Heureusement, Claire Chazal, que j'avais déjà eu le plaisir de rencontrer, m'aida beaucoup à recouvrer ma mémoire. Ce fut un beau moment et je pensai à mon père qui à cet instant voyait peut-être son fils, paysan et instituteur, discutant entre le ministre de l'Agriculture et celui de l'Éducation. Daniel Toscan du Plantier me donna rendez-vous pour la cérémonie des césars. Il devait, malheureusement, disparaître quelque temps après. Comme je le remerciais pour son grand talent, l'acteur Francis Perrin me confia que, selon lui, il était beaucoup plus difficile de jouer son propre rôle dans un film.

Lorsque les derniers invités quittèrent la soirée, le porte-parole du gouvernement et son épouse me raccompagnèrent et nous dialoguâmes quelques instants sur le perron. Je devais, théoriquement, rentrer en taxi mais, ce soir-là, c'est une limousine qui me conduisit jusqu'à mon hôtel et je me souviens d'avoir mis le chauffeur dans l'embarras en ayant la maladresse de vouloir ouvrir la portière moi-même.

À la fin du mois de mars 2003, je m'envolai pour Montréal. L'accueil si chaleureux de nos cousins québécois n'est pas une légende. Dès mon arrivée à l'aéroport de Dorval, Dolorès Otero, chargée de programmes, et Francine Jacques, directrice de communication, m'attendaient. Je pus enfin mettre un nom sur les voix au délicieux accent de ces deux femmes qui avaient tout organisé pour mon séjour. L'Uqam, l'université du Québec à Montréal, et la faculté des sciences de l'éducation fêtaient le quarantième anniversaire du « Rapport Parent », la grande révolution du système éducatif de ce pays. De grandes manifestations étaient organisées et, parmi elles, une conférence que je devais donner au palais des congrès en présence du recteur et du ministre de l'Éducation. Tous les personnels en charge de la formation des maîtres ainsi que les étudiants voulaient m'entendre sur ma conception du métier d'instituteur, car ce qu'ils en avaient vu dans le film les avait intéressés.

Je reste encore ébahi d'avoir été au centre de cet événement. Les radios, la presse et la télévision s'en firent l'écho. Claire Bouchard, qui travaillait au centre des communications à l'université, devint mon attachée de presse pour la circonstance. Ses cheveux courts et ses petites lunettes, ce béret savamment incliné et cette démarche si volontaire lui donnaient un charmant petit air « gavroche ». Elle m'accompagna au cours des nombreuses allées et venues que je fis entre la faculté et Radio-Canada. Je me souviens particulièrement de l'émission de Johane Despins à laquelle je prêtai mon concours et dans laquelle j'eus le privilège de rencontrer Mira Cri, une diva des ondes à l'humour inégalable, digne descendante de la tribu indienne des Mowaks. En fin de programme, et en guise de remerciement, la régie envoya l'émouvante chanson de Bourvil, *Le Maître d'école*.

Sur la route de Québec, la somptueuse américaine de Francine ronronnait dans la tourmente. Nous partions passer trois jours dans le charmant petit village de Saint-Antoine-de-Tilly. La neige tombait sans discontinuer. De temps à autre, d'énormes camions nous doublaient à une allure folle. Il faisait bon dans la voiture. La radio distillait en sourdine des musiques country. Le paysage avait disparu autour de nous et on se serait soudainement cru au milieu de nulle part. En parlant des choses de la vie, Francine, les yeux rivés sur la route, me posa soudainement cette question : « Sais-tu, Georges, quelle est la plus grande vertu au monde selon saint Thomas d'Aquin ? » Je réfléchis un instant avant de proposer : « La patience ? » Elle tourna lentement la tête et, le sourire aux lèvres, elle martela d'un doigt levé : « C'est la prudence. » Elle avait cent fois raison et je me mis à recenser les imprudences de ma vie en regardant les papillons blancs s'écraser sur le pare-brise.

Et puis, il y eut l'affaire *Être et Avoir*. Ma revendication suivait son cours jusqu'à ce qu'un journaliste, sans doute en mal de sensationnel, poussé par on ne sait quel sombre désir, l'exhume au début du mois d'octobre 2003 pour l'étaler sur la place publique. « Docteur Georges » se transformait soudain en « Mister Lopez ». De saint laïc, je devenais méchant comptable. La presse qui m'avait encensé brûlait son idole. Après « L'instituteur a choisi d'être », « Georges Lopez, héros de conduite », « Prix d'excellence pour un instituteur », chacun y allait de sa manchette nauséabonde : « L'instit préfère avoir », « Être et avoirs », « L'instit sort sa règle à calcul », « Du conte de fées au règlement de comptes », « Être et avoir, au passé compliqué ». Ces titres et ces articles empuantis de réprobation et de scandale ne m'affectèrent pas. Bien au contraire, ils me stimulèrent dans ma démarche qui visiblement en choquait plus d'un. Certains s'attendaient sûrement que je perde mon calme et espéraient que je sorte intempestivement de ma réserve. En vain. Dans un premier temps, je résolus de laisser braire certains journalistes dont l'analyse n'avait rien d'objectif. À la lecture des journaux, comme dans les émissions de radio, beaucoup prirent mon parti et je leur rends hommage, car je me sentais bien seul devant ce déferlement médiatique. Un lecteur, qui soulignait que le succès de ce film n'était pas dû au seul talent du réalisateur, écrivait dans le courrier d'un magazine : « Comment, quelqu'un de la France d'en bas ose réclamer sa part de gâteau ? Scandale ! Réveillez-vous : dans notre société marchande, tout se paie. »

Beaucoup d'encre devait couler à propos de ce documentaire dont Nicolas Philibert a fini par dire, bien prudemment, qu'il n'était pas si éloigné de la fiction. En principe, un documentaire n'a-t-il pas pour objectif de documenter, c'est-à-dire de fournir à ses spectateurs une documentation ou une information ? Toute recherche de profit devrait théoriquement en être écartée et le produit de sa diffusion ne devrait servir qu'à couvrir les frais de sa réalisation. Comme le faisait très justement remarquer un lecteur écrivant au *Monde* : « Il ne s'agit plus de discuter de la nature de ce qui a été réalisé mais du résultat d'une marchandisation tout à fait étrangère à ce que devrait rester un documentaire. » Effectivement, compte tenu du succès du film, on s'était mis à reproduire *Être et Avoir* à une quantité industrielle d'exemplaires de cassettes et DVD pour les commercialiser et en tirer des profits juteux. Pourquoi les enfants et moi-même n'en aurions-nous pas eu une part ? Le réalisateur et les producteurs eux-mêmes n'auraient-ils pas dû nous le proposer ? Ceux-là mêmes qui me reprochaient d'avoir cassé cette image de saint laïc en transposant le problème sur un terrain matérialiste ne monnayent-ils pas leurs informations et leurs images ? Au nom de quoi voudrait-on me dénier le droit de rester un instituteur attaché à mon métier et à ceux qui m'étaient confiés et d'être aussi un consommateur comme tout un chacun ? Indigné, le réalisateur disait dans une interview : « Apparemment, je n'avais pas saisi toutes les facettes de cet instituteur. » En fait, on ne me pardonnait pas de ne pas être resté dans le cadre étroit d'une icône et de m'être révélé un être humain vivant avec son siècle. Fallait-il que je défraie la chronique, en parlant des réelles conditions du tournage ? Devais-je dévoiler les scènes induites ou fictives, au sein de l'école ou à l'extérieur, celles qui furent rejouées pour ne pas être perdues, les raccords d'image et de son, et mon travail discret de mise en scène avec les élèves ? Ce film parlait de respect mais ce sentiment n'allait pas plus loin pour ceux dont nous avions fait le succès. À les entendre, ils m'avaient fait un présent royal en me montrant dans ce film et reprenaient à leur compte deux expressions qu'il m'arriva d'utiliser au cours de débats ou d'interviews : « Ce film est ma plus belle inspection » et « C'est un beau cadeau pour un départ à la retraite ».

On me reprochait, par ma revendication, de vouloir casser l'image du documentaire alors que c'est de reconnaissance que je parlais. Devant une fin de non-recevoir, j'en étais venu à me battre sur les thèmes du droit à l'image, au nom, à la voix et à la propriété littéraire et artistique.

Le responsable de l'unité documentaire d'une grande chaîne de télévision qu'on avait interrogé sur le droit à l'image disait : « Cela n'a jamais choqué personne de rémunérer des personnalités connues pour qu'elles apparaissent dans un documentaire. Mais dans le cas d'inconnus, on trouve cela moins normal. Je pense que toute participation doit être considérée comme un travail qui mérite donc rémunération. »

Le directeur général d'une chaîne du même groupe ajoutait : « Il n'y a pas non plus de contrat moral qui tienne. Les choses vont mieux en s'écrivant. Cependant, je pense que, en plus du respect du droit à l'image, tout travail mérite salaire pour peu que des recettes plus ou moins conséquentes aient été engendrées. »

Des réalisateurs de documentaires s'exprimèrent aussi le 9 octobre 2003. Pour Daniel K., l'instituteur avait raison. Les producteurs avaient gagné énormément d'argent et ils auraient dû penser à en faire profiter non seulement l'enseignant, mais aussi les enfants.

Agnès V. indiquait : « *Les Glaneurs et la Glaneuse* ayant été un succès, nous avons partagé avec les participants principaux les sommes gagnées par les deux prix remportés par le film, et ceux qui ont accepté d'animer les débats autour du film ont reçu un salaire déclaré. »

« Dans le cas d'un film qui fait le portrait d'une personne, on peut se poser la question du partage des droits d'auteur », disait en substance Raymond D.

S'agissant de savoir, puisque je le revendiquais, si le cours qui avait été filmé était une œuvre de l'esprit au sens défini dans le code de la propriété intellectuelle, un avocat spécialiste de ces questions donnait une réponse positive et citait : « Ce qui caractérise une œuvre de l'esprit, c'est qu'on y voit le reflet de la personnalité de celui qui l'accomplit. C'est le cas ici. »

Comme toutes les tempêtes, celle-ci finit aussi par s'essouffler. J'avais gardé mon calme et j'étais resté debout : c'était là l'essentiel. La vie pouvait suivre son cours. Je regrettai cependant que l'invasion des médias soit venue perturber les enfants, leur famille et la vie paisible de l'école et du village. Ces vingt années passées ensemble avaient tissé entre nous des liens d'amitié et de confiance et, au-delà de la distance qui nous séparait désormais, je fus très fier d'apprendre que les parents soutenaient ma démarche. Lorsque, le moment venu, ils se constituèrent en association pour faire reconnaître les droits de leurs petits, je fus là, à mon tour, pour les épauler.

À l'automne de ma vie, j'ai probablement pris le risque d'être perturbé par une exposition brusque et une gloire éphémère. Mes origines modestes m'ont sans doute aidé à traverser cette aventure en restant le même. Dans *La Nouvelle République des Pyrénées*, Pierre Challier écrivait : « Celui qui est sur la toile est là, devant vous. Construit au compas et à l'équerre. À sable et à chaux. Solide, droit. Surtout pas pour en imposer, mais juste comme une évidence. » Ce portrait à la plume surgi de notre entretien attestait que, de l'écran à la vie, je ne créais pas de surprise. La célébrité avait seulement changé le rythme de ma vie. Au fond de moi, j'étais toujours l'instituteur sorti de sa petite classe nichée au cœur de l'Auvergne. Je venais simplement d'entrer dans une nouvelle étape qui me menait de la lumière des villes aux salles obscures, à la rencontre d'un public avec lequel je parlais de ces accords avec « être » en général et avec les êtres en particulier.

Devant tous ces gens qui découvraient ou redécouvraient qu'on peut être heureux à l'école, ma passion d'éduquer s'écrivait désormais en majuscules. J'apprenais soudain qui j'étais : un instituteur-jardinier qui s'était efforcé de semer patiemment de bonnes graines avec l'espoir qu'elles s'enracineraient solidement dans le jardin de tous les enfants qui m'avaient été confiés, et que la récolte serait bonne.

Au-delà des images, je disais le bonheur que ma carrière d'éducateur m'avait apporté et la place que tous ces enfants avaient prise dans ma vie. Partout où j'allais, je partageais mes convictions avec des parents d'élèves, des enseignants retraités ou en exercice, des collègues débutants, de futurs instituteurs et même de jeunes élèves. Cette petite école qui venait de faire le tour de France avec ses treize enfants et qui s'en allait déjà courir le monde n'avait pas de leçon à donner, mais beaucoup y voyaient un exemple pour essayer de guérir un mal qui semblait s'amplifier. J'espérais avoir été un bon guide pour mes élèves en balisant le terrain dans lequel les valeurs qui étaient en eux puissent s'éveiller.

On me demandait souvent : « Pourquoi avez-vous choisi d'être instituteur en classe unique ? » Pour certains enseignants, comme pour mon propre frère, la classe unique n'avait été qu'un passage à leurs débuts. Moi, je l'avais choisie parce qu'elle m'attirait et j'y étais resté. Cette structure qui a toujours fait peur à tout le monde, sauf aux enfants et à quelques enseignants, a permis aux élèves qui l'ont fréquentée de ne pas se couper de leur milieu intime, de la vie sociale du village. En groupe hétérogène, ils y ont construit leur propre histoire grâce à la continuité, au temps et à l'espace dont dispose une telle classe. Même dans un espace clos la liberté de l'enfant est grande et il peut plus aisément évoluer et communiquer. Il est bien plus aisé dans une classe unique d'abattre les murs de l'école, de laisser pénétrer l'extérieur et d'aller vers lui pour enrichir constamment l'environnement de chacun.

Tout n'a pas été facile et je me souviens encore de l'échec si déstabilisant des premiers jours. Mais, comme les enfants, j'ai appris à travailler en liberté et je me suis construit au gré de mes erreurs et de mes succès. Cette structure, que pour rien au monde je n'aurais échangée contre une classe à un seul niveau, m'a permis de prendre le temps de mieux connaître mes écoliers. En les aidant à développer leur personnalité et à se socialiser, j'ai voulu leur permettre de donner un sens à leur vie. Pour avoir accepté les contraintes et les règles du jeu de toute vie en société, ils connaissaient le bonheur de vivre ensemble. L'autonomie, apprise dès le plus jeune âge, les laissait libres d'agir, d'exister et de devenir responsables.

Une élève en dernière année de formation des maîtres voulait savoir ce que je dirais à un jeune débutant. Je dus la surprendre en lui répondant que j'étais à jamais convaincu que l'éducation fait appel à l'intelligence du cœur et ne requiert ni diplôme ni capacités intellectuelles. Elle exige simplement le bon sens pour coller au réel et surtout beaucoup d'amour.

À la fin de ces intenses moments d'échange, un peu comme si mon avenir les préoccupait, certains spectateurs me demandaient : « Qu'allez-vous faire de votre retraite ? » C'est vrai, j'avais longtemps feint d'ignorer cette échéance, cette petite mort. À force d'habiter l'école, j'avais fini par croire que j'y étais chez moi et j'en avais oublié de chercher un toit pour mes vieux jours. À peine l'heure du départ avait-elle sonné qu'*Être et Avoir* m'avait emporté dans son tourbillon et, comme un soldat de réserve, j'avais repris du service pour continuer à vivre mon métier en le faisant partager. Je n'avais pas eu le temps de me rendre compte que l'école me manquait. Cette question me ramenait soudain à la dure réalité. Éduquer, c'était ce que je savais faire le mieux et je ne voyais pas encore poindre une nouvelle passion sur mon chemin. Je parlais alors de possibles voyages, de peinture et d'écriture mais ce que je souhaitais par-dessus tout c'était mieux me connaître. Il restait encore des petits cailloux blancs ou gris, noyés au fond de moi.

Composition réalisée par IGS-CP

Achevé d'imprimer en août 2006 en France sur Presse Offset par

BRODARD & TAUPIN

GROUPE CPI

La Flèche (Sarthe).
N° d'imprimeur : 37188 – N° d'éditeur : 73308
Dépôt légal 1re publication : septembre 2006
LIBRAIRIE GÉNÉRALE FRANÇAISE – 31, rue de Fleurus – 75278 Paris cedex 06.

31/1744/7